Klaus Kämmerer

I couldn´t get no ...

Ein katholisch-repressiv Erzogener auf der verzweifelten Suche nach sexueller Erfüllung

Bibliografische Information der Deutschen Nationalbibliothek:
Die Deutsche Nationalbibliothek verzeichnet diese Publikation
in der Deutschen Nationalbibliografie; detaillierte bibliografische Daten sind im Internet über http://dnb.dnb.de abrufbar.

5.Auflage
Illustration: Klaus Kämmerer unter Verwendung eines
gemeinfreien Fotos von pixabay: https://pixabay.com/de

Herstellung und Verlag: BoD – Books on Demand, Norderstedt

ISBN: 9783752861310

This is for all the lonely people

Thinking that life has passed them by

America

Orte, Namen, Berufe und Schicksale der Figuren in diesem Roman sind frei erfunden oder gewählt, so dass sich lebende Personen hier nicht wiederfinden können. Zum Beispiel habe ich nicht in Dortmund studiert!

1
Die Anfänge

Bei seinem Rücktritt sagte Willy Brandt: „Es gibt Zeitabschnitte, da möchte man meinen, dass einem nichts erspart bliebe."

Ich kanns ihm nachfühlen: Mit 13-14 war ich in eine ehemalige Klassenkameradin von der Grundschule verknallt. Zu schüchtern, Anita im Bus anzusprechen, himmelte ich sie heimlich an.

Es war übrigens kein Gedanke an die mit 11 entdeckte mysteriöse Sexualität dabei, ja nicht mal an einen Kuss. Anita war sozusagen heilig für mich. Sex dagegen erschien als etwas derart Monströses, dass es unmöglich etwas mit dem realen Leben und mit realen Personen zu tun haben konnte.

Liebe aber war etwas unendlich Großes und ich ein unendlich dummer, verklemmter katholischer Junge. Sie erinnerte mich, ungelogen, an die Uta von Naumburg – so, jetzt ist wohl klar, wie verdreht ich tickte.

Mit Hits im Kopf wie „Bridge Over Troubled Water", „The Boxer" oder „Kathy's Song" und „With A Little Help From My Friends" saß ich wochenlang immer wieder im Bus hinter ihr und bewunderte sie still, ihre Grazie und den eleganten Fall ihres Sommerkleides. Sie wohnte nur ein paar Straßen vor meiner und, wenn sie aufstand und den Bus verließ, starb irgendetwas in mir.

Eines Tages nahm ich all meinen Mut zusammen, stieg mit wackeligen Beinen hinter ihr aus und sprach sie an: „Hej, wie gehts?"

„Gut! Musst du nicht eine Haltestelle weiter fahren?"
„Ja, aber ich wollte dich mal fragen, auf welche Schule du jetzt gehst!"
Die Schule habe ich wieder vergessen und was wir noch über den Unterricht zu sagen hatten, aber dann kam vor ihrer Haustüre mein genialer Satz: „Dann könnte ich dich ja morgen wieder nachhause bringen."
Sie lächelte ihr püppchenfeines Lächeln und meinte, das ginge nicht, sie zögen heute Nachmittag um, in einen ganz anderen Stadtteil.

Das wars dann gewesen. Sie nannte mir noch die Straße und ich fuhr ein paarmal dort auf und ab, in der Hoffnung sie zu treffen, was aber nicht klappte. Ich habe sie nie wiedergesehen, aber von Sport-Kollegen manchmal ihren Namen gehört, weil sie im Schulamt für den Bereich Sport als Sekretärin tätig ist. Ein merkwürdiges Gefühl, jedesmal ein kleiner Stich. Soviel zu Anita. Gut. Oder eher schade. Aber mit der nächsten, der wirklich großen Liebe sollte es auch nicht klappen.

1972 war ich 15 und in München fanden die Olympischen Spiele statt. Und zwar waren es die mit der Geiselnahme. Daran kann ich gut festmachen, wie mir erst im Sommer 72 das Mädchen im Strandkorb nebenan aufgefallen ist, das im Vorjahr natürlich genauso dagesessen hatte.

Interessant gefunden hatte ich 1971 aber nur die etwas gedrungene Mutter, die mit albern durchgedrückten Knien und ganz tief vornübergebeugt Muscheln aufsammelte und in einen blauen Eimer warf. Einfach zu komisch.

Anna, musisch begabt, intelligent, lustig, hatte ein Jahr später ein freundliches Lachgesicht mit wunderbaren gesprenkelten Augen, einem großen Mund und es war alles an ihr dran, Busen, Po und lange Beine, so dass es unmöglich war, sich nicht in sie zu verlieben. Ich wollte sie haben, ich wollte sie küssen, an Sex dachte ich nach wie vor nicht.

Aber ich muss etwas weiter ausholen.

2
Was zum Henker ist das: Sex?

Wasser, Sonne, Strandburgen bauen hatte ich 1969 oder 1970, das geht mir ein wenig durcheinander, im Urlaub vermisst, Schwimmen war mir immer ziemlich wichtig gewesen, im Sand rumliegen und lesen auch. Leider jedoch waren wir nicht ans Meer, sondern „nur" an die Mosel gefahren, wo man, ja gut, natürlich auch mal schwimmen konnte.

Aber während Vater und Mutter viel Spaß mit dem Wein und der lokalen Küche hatten, schnappte ich mir die Zeitschriften, die sie so geschickt unter ihrem Bett versteckt hielten. Das waren Druckwerke, die damals die Sexuelle Revolution befördern wollten und heftige, derbe, ausschweifende Sexfantasien oder sogenannte Dokumentationen brachten, die zum Teil auf rosa Papier gedruckt in der Mitte der Zeitschrift klebten und erst durch einen Abreißstreifen freigegeben werden mussten. Das diente, obwohl unwirksam, wahrscheinlich dazu, die Zensur zu umgehen. Da der Streifen nun mal abgerissen war, muss ich davon ausgehen, dass meine katholischen Eltern den Schund gelesen hatten.

Leider fehlten ausreichende detaillierte Illustrationen, um mir einen völlig klaren Eindruck davon zu verschaffen, wie das alles funktionierte und was da zwischen den Beinen einer Frau auf mich wartete.

Das Onanieren klappte aber schon ganz gut. Ich war drauf gekommen, weil wir im Sportunterricht an Seilen klettern sollten und die Reibung plötzlich sehr angenehme Sensationen auslöste. Der Penis versteifte sich etwas, was sich schlichtweg großartig anfühlte. Das durfte doch eigentlich nicht sein, denn der ganze Bereich war ja „bah", unsauber, böse, man befasste sich damit nicht. Kein Mensch befasste sich damit. Ha! Zum Glück fiel es nicht auf und ich drückte mich vor weiteren Übungen.

Sünde hin, Hölle her, die zu erzeugenden Gefühle waren gar zu interessant und zu Hause nach ausgiebigem Herumgespiele mit einem zusammengedrehten Handtuch (in Ermangelung eines Seils) und dann den Händen, kam der erste, eher schmerzhafte, trockene Orgasmus – aber es war natürlich auch aufregend und befriedigend und plötzlich machten Bemerkungen von Mitschülern und bestimmte Witze Sinn. Also am nächsten Tag nochmal das Ganze. Dann merkte ich, dass kristallklare, klebrige Flüssigkeit dabei austrat und wenig später wurde die Flüssigkeit milchig – ich war ein Mann. Aber, statt dass ich mich freute, dass mein Körper so was konnte, hatte ich ein schlechtes Gewissen und ekelte mich vor dem Produkt meiner Bemühungen.

Apropos Witze: Genau zum richtigen Zeitpunkt zog mein jüngster Onkel, 10 Jahre älter als ich, bei uns aus und hinterließ mir ein kleines Heftchen mit Sexwitzen, total blöd, aber super gezeichnet. Dummerweise bekam meine Mutter das mit und Onkel K. versuchte noch zu argumentieren, das seien doch nur gezeichnete Witze, das Heft wanderte in den Müll – aus dem ich es dann wieder hervorholte.

Der Typ dralle Blondine mit Wespentaille und Atombrüsten kam in all den Witzen nicht gut weg, stand in leichtester Bekleidung da und schmollte mit Lippen, die nach Botoxbehandlung aussahen.

Dominierendes Element neben der fundamentalen Naivität der Figuren war ihre Hilflosigkeit.

Ob beim Frauenarzt, in der Autowerkstatt oder nach einem Zusammenstoß auf dem Bürgersteig: Der Leser erhielt tiefe Einblicke und die Comicfrauen wurden ihm praktisch zur Selbstbedienung angeboten, man schien nur zugreifen zu müssen. Herausgestreckte Popos und vorgereckte Brüste überall. Allerdings trugen sie in entscheidenden Situationen noch einen Hauch von Slip oder die Stellung war so geschickt gewählt, dass die Details der Schamspalte verborgen blieben – der kleine Unterschied zur Pornografie.

Nun waren das nur Zeichnungen, aber ich fand reihenweise auf einer wilden Müllkippe in der Nähe, direkt unter dem Schild „Müll Abladen verboten", Neue Revue, Wochenend und Praline Zeitschriften, immer gerade nur eine Woche alt. Dazwischen Prospekte und Tageszeitungen, alles gebündelt mit einer Schnur. Diese Machwerke enthielten neben dümmsten Texten auch Softpornofotos, die ganz schön anregend wirkten.

Im Nachhinein verstehe ich die Leute, die dort auf einer Art Niemandsland ihren Müll entsorgten, denn, wenn ich mich recht erinnere, war die Mülltonne damals ein gerade mal doppelt so großer Blechbehälter wie unser Papierkorb heute. Diese Zeitschriften passten da nicht mit hinein.

Leider musste ich den Kram auf der Wiese, der wilden Müllkippe lesen und dann wieder wegwerfen. Wenn ich damit zuhause aufgefallen wäre ... ich kann mir die üble Reaktion meiner verklemmten Eltern gar nicht vorstellen!

Nach einmal Draufgucken erinnere ich mich heute nicht

mehr an die Inhalte, aber man kann sich ja solche Hefte googeln und dann sieht man, dass die einem in den 70ern mit folgenden Themen kamen:

Praline
- Unschuldiges Mädchen brutal ermordet
- Der Henker verliebte sich in mich
- Politiker-Ehefrau liebt ihren Mann vor Besuchern im Museum
- Beate: So geriet ich im Urlaub zwischen zwei Männer
- 17-Jähriger missbraucht und erwürgt Tante
- Urlaub zu viert: Partnertausch

Neue Revue
- Liebesdrama im Nonnenkloster
- Eine Nation will dieses Mädchen nackt
- Wie sechs Frauen alle Hemmungen verloren
- Der Lustmörder, der 26 Frauen folterte
- Nackt ausziehen fürs Studium

Wochenend
- Corinna fühlt sich nackt am wohlsten
- Liebesorgie der Lesbierinnen
- Ahnungslos zog Karin W. sich am offenen Fenster aus, wurde dabei beobachtet und danach überfallen und vergewaltigt (Ist das ein Titel oder ein Roman?)
- Radeln Sie nicht leicht bekleidet durch die Gegend

Die Sexwitze lieferten schon eine ganz dezidierte Rollen-beschreibung: Frauen waren naive, unterlegene Objekte männlichen Handelns. Und hier lernte ich also dazu, dass Sex meistens mit Gewalt zu tun hat. Wohlgemerkt war in den Softpornos die Schamspalte immer bedeckt. Ich wusste nur, dass ich einen Penis hatte und Frauen angeblich eine Vagina und dass das eine ins andere passen sollte und dann viel Spaß!

Dummerweise kam kein Korrektiv dazu, kam nichts, was mir helfen konnte, meine Sexualität normal zu entwickeln. Der Gewalt-Sex-Mischmasch der Hefte bestärkte eher noch meine Tendenz, Sex für unsauber, unerwünscht und schädlich zu halten. Folgerichtig zog ich es also vor, mir Situationen vorzustellen, in denen ich selber das Opfer war. Ich war gefesselt und an MIR wurde herummanipuliert, bis ich kam. Auf diese Art und Weise brauchte ich die Verantwortung nicht zu übernehmen, war ich doch von jemand anderem zum Orgasmus gebracht worden. So waren es wilde Stämme oder Dschungelvölker, die mich fingen, fesselten und mitnahmen zum in die Suppe Kochen oder Missbrauchen oder beidem. Jedenfalls waren die Motive „Seil" und „Fesselung" wichtig, weil sie bei den ersten Erregungen und Höhepunkten der direkte Auslöser gewesen waren.

In besagtem Mosel-Urlaub blieb ich in der Wohnung, um zu lesen oder fernzusehen, während meine Eltern auf Weinproben waren. Ich las ihre Hefte mehrmals gründlich und diese Phantasien einer angeblichen „sexuellen Revolution" bereiteten mir viel Spaß.

Nebenbei lernte ich mehr und mehr, mir ein völlig verschrobenes Bild von Sexualität zusammenzusetzen, gerade weil mir nie jemand irgendwas darüber verraten hat – außer, dass es Sünde sei, sich anzufassen oder überhaupt nur an „Unkeusches" zu denken.

Nun wusste ich, ein deutscher Teen kurz nach Woodstock, wenigstens, was „unkeusch" hieß, wow! Welch sagenhafter Fortschritt! DAS muss man sich mal überlegen! Wie unglaublich krank war die ganze Gesellschaft? Wie körperfeindlich, unreflektiert und repressiv?

Ich bin völlig sicher, das Ganze wäre anders, netter, und zufriedenstellender verlaufen, hätte ich statt der Schuldgefühle genügend Informationen gehabt. So aber konnte sich schon ganz am Anfang eine masochistische Grundtendenz etablieren.

An drei der Storys erinnere ich mich noch:

1) Ein afrikanischer Medizinmann muss neun scheue Jungfrauen mit prallen Brüsten und Popos vögeln und wird dann völlig erschöpft im Rahmen des Regenzaubers lebendig begraben.

2) Ein brutaler Mafioso vertreibt sich die Zeit zwischen seinen Deals mit seinen kurvigen käuflichen Mädels, die er vorn und hinten mit ausgefallensten Dildos bedient, bis er sich selber ans Werk begibt, wobei er aber mittendrin von seinen Feinden überfallen und erschossen wird. Warum auch die Frauen getötet werden, habe ich damals nicht verstanden.

Außerdem, wer hat aufgepasst(?), ist das ja nun schon die zweite Story, bei welcher derjenige, der den Sex erlebt, am Ende dafür mit dem Leben bezahlen muss.

Heute weiß ich, dass die verkorksten Schreiberlinge selber aus der verklemmteren Ecke eines verpfuschten Jahrhunderts gekommen waren und, schlimmer noch, dass es eine Vorgabe des jeweiligen Magazins war, Sex eben NICHT als normal und alltäglich und durchaus wünschenswert darzustellen, obwohl man ganz genau DAMIT auf den Titelseiten warb.

Die lebensverachtenden Konnotationen im Text sollten gezielt für einen gehobenen Zeigefinger sorgen: Vorsicht, Sex ist schädlich – so, wie es in dem dummen Büchlein aus der Bücherei stand, das mein Freund und ich uns ausgeliehen hatten: Onanieren erzeugt Rückenmarkserweichung. Das dreistdämliche Machwerk war noch bis in die späten 70er Jahre ausleihbar, bis es dahin wanderte, wo es hingehörte, in die Mülltonne.

Ich erinnere mich an eine weitere Geschichte, die in Fortsetzungen kam:

3) Ein durchgeknallter Wissenschaftler kidnappt jede Menge Leute für sein Sexkrankenhaus und zwingt sie alle nackt herumzulaufen. Anstatt eine Toilette benutzen zu dürfen, müssen sie im gemischtgeschlechtlichen Krankensaal aufs „Töpfchen" vor ihrem Bett gehen. Eine Stelle, die ich ganz besonders fies und beschämend fand. Als im Text eine Frau dies seufzend vor allen anderen tat, blieb mir die Luft weg. Alles, was auch nur entfernt mit Ausscheidungen zu tun hatte, unterlag strengsten Tabus. Und gerade diese Mischung aus mitempfundener Entwürdigung und Lustgefühl erwies sich nun als ganz besonders wirksam und explosiv.

So geht es noch weiter: Der Doktor „untersucht" besonders die Frauen nacheinander vor aller Augen auf ihren Betten, und zwar ausführlich und solange, bis sie sexuell reagieren. Dann dient er ihnen eine Fantasiekrankheit an, die er heilen werde. Leider weiß ich sonst nur noch, dass er mit seinen geilen Schwestern – nackt und sexy in kleinen weißen Schürzchen – viel Spaß hat und zwar besonders dann, wenn er operiert: Die nackten Opfer werden betäubt und es wird ihnen das Gehirn durch ein Stück Wassermelone ersetzt.

Kurzkommentar: Muss wohl auch bei dem passiert sein, der den Scheiß geschrieben hat!

Ist doch wahr, statt dass mir etwas Positives mitgegeben wird, etwas über Zärtlichkeit, Streicheln, Kuscheln, sich Wohlfühlen, erogene Zonen, die Natürlichkeit des Akts, gegenseitiges Verstehen, wird mein Kopf völlig und nachhaltig verdreht durch abseitige brutale Dinge, von sexueller Erniedrigung bis hin zum Mord, die da aber auch so gar nicht hingehören.

Extrem wichtig wäre auch gewesen, dass man mir erklärt hätte, was ein Orgasmus eigentlich ist! Was passiert denn da im Detail? Es ist doch traurig, dass ein Junge sein eigenes Sperma für eklig hält, für etwas Böses! Ausgerechnet das, was die Fortpflanzung ermöglicht! Das ist mal eine Umwertung der Werte! Wahnsinn!

Diese Druckwerke, die wegen freizügiger Darstellung immer mal wieder mit der Zensur in Konflikt gerieten, hätten meiner Meinung nach ruhig zeigen können, was sie gerade wollten. Der menschliche Körper ist immer ästhetisch und Sex ist das Natürlichste von der Welt. Die TEXTE hätten zensiert werden müssen! Oder es hätte groß draufstehen müssen: Wir verdrehen euch das Hirn, wir versauen eure Wahrnehmung, wir setzen euch Perversitäten in den Kopf!

Übrigens gönnten sich meine Eltern damals ganz erstaunlicherweise etwas, was der Glaube ihnen verwehrte und das auch sie mir verwehren wollten, nämlich meiner Sexualität, meinen sexuellen Fantasien nachzugehen. Jeder bloße Gedanke daran war doch eine Todsünde! Aber so ist das bei den verlogenen Katholiken, da wird im stillen Kämmerchen hemmungslos gesündigt, denn in der Beichte wirds ja wieder vergeben!

Von anderen aber verlangt man natürlich strikte Regelbefolgung. Ansonsten sind das böse, böse Menschen!

Selber die Pille nehmen, aber dem Papst Recht geben! Ekelhaft! Und Politiker, wie der unvergleichliche Kanzler Brandt, die sich haben scheiden lassen, sind natürlich nicht wählbar, sind unchristliche Kommunisten und Vaterlandsverräter.

Wie christlich die Politik der rechten Parteien denn wirklich war oder ist, steht ja objektiv auf einem ganz anderen traurigen Blatt!

Die Statistiken zeigen immer mehr arme Rentner und besonders Rentnerinnen, Kinderarmut, Frührentner.

Aber auf der anderen Seite sind allein 2016 unglaubliche 81 000 Millionäre hinzugekommen, nun sind es 1 280 300 Millionäre in Deutschland!

Aber das zählte früher nicht und zählt heute nicht.

Damals wurden übrigens der großen Masse der Nicht-Denkenden-Deutschen die guten Menschen, Vorbilder, Idole, immer als „feine Kerle" angedient.

Adenauer, Louis Trenker, feine Kerle. Mireille Mathieu, eine gaaaanz feine Frau, unterstützt ihre arme Familie. DAS ist mal eine Künstlerin. Dass man sich den gejaulten Süßstoff nicht anhören konnte, durfte ich nicht laut sagen. Lou van Burg, ein böser Mensch, hat sich scheiden lassen. Freddy Quinn, Hans Albers und Heino, der verkappte minderbemittelte Nazi, feine Kerle, na klar!

Mein Vater ging sogar irgendwann so weit, zu behaupten, es habe nie Wehrmachts-Verbrechen gegen die Bevölkerung irgendeines Landes gegeben, das sei immer nur die SS gewesen! Der Wehrmachtssoldat war, na was wohl, genau, er war immer ein feiner Kerl gewesen! Aha! Wer hätte das gedacht?

Und was ist mit den Judenerschießungen, was ist mit den Geiselnahmen- und Erschießungen in Polen, Italien und Griechenland? Ganze Dörfer hat die Wehrmacht ausgelöscht.

Ja, Göbbels hatte die Köpfe der meisten Menschen im dritten Reich fest im Griff gehabt und das hat sich nicht geändert, nur weil das Tausendjährige Reich plötzlich BRD hieß.

Diese deutsche Gesellschaft konnte gar keinen Fortschritt machen, weil das Dritte Reich nicht aufgearbeitet worden war und bis heute nicht ist.

Was ist damals warum passiert? Was ist Moral? Was sind eigentlich lebenswerte positive Werte? Was ist Aufklärung? Wie kann man Faschismus verhindern? Wie erzieht man eine Gesellschaft um? Netter und unglaublich hilfloser Versuch der Alliierten, die Deutschen in die KZ (oder ersatzweise die Kinos) zu schicken, um mit eigenen Augen zu sehen, was sie angerichtet hatten.

Interessanterweise war die Feine-Kerle-Masche plötzlich Ende der 80er Jahre obsolet. Willi Brandt hatte noch die Schuld für die Guillaume-Affäre auf sich genommen und war zurückgetreten, spätere Politiker hatten so etwas nicht mehr nötig. 1987 wurde Graf Lambsdorff (FDP) im Zusammenhang mit der Flick-Affäre wegen Steuerhinterziehung zu einer Geldstrafe verurteilt, was ihm nicht geschadet hat. Er weigerte sich rundheraus, Konsequenzen zu ziehen.

Von dem verurteilten Hartz übernahm die Bundesregierung sogar den unglaublich unmoralischen Vorschlag zur Abschaffung des Sozialstaates, den Bismarck genialerweise auf den Weg gebracht hatte: Hartz IV haben wir stattdessen heute.

Und im Fernsehen muss man geradezu als Arschloch auftreten, um was zu werden: Spinner wie Raab und Bohlen hätten doch früher nicht mal Studios fegen dürfen!

Aber zurück zur Selbstgefälligkeit und moralischen Großkotzigkeit meiner Eltern, unter der ich wirklich litt, zum Beispiel, als es um Glaube und Kirchenbesuch ging. Mir war mit 13,14 klargeworden, dass wir in einer materiellen Welt leben, in der es keine Geister und keine Götter gibt und in der dieser „Jesus" keinesfalls Gottes Sohn gewesen ist.

Laut Wikipedia wissen wir weder, wann genau er geboren, noch wann er gestorben ist, wahrscheinlich, Achtung, es wird witzig, „ist Jesus geboren zwischen 7 und 4 v. Chr." in Nazareth, † 30 oder 31 in Jerusalem. Auch die Geburtslegenden sind erfunden und die Worte Jesu von den Evangelisten ihm nach ihren eigenen Zielen und Vorstellungen erst viel später untergeschoben worden. Was er wirklich gesagt hat, kann heute niemand mehr feststellen. Man nimmt aber an, dass er als zentrales Thema die nahe „Königsherrschaft Gottes" vertreten hat, womit er sich massiv geirrt hat. Kann der Sohn Gottes sich irren?

Das alles wusste ich zwar damals nicht, der ganze Kram war aber einfach nicht plausibel! Um mit Lennon zu sprechen: „My instincts are fine, I liked to learn to use them in order to survive ..." Thank you, John!

Was habe ich mich vor Jahren schon beömmelt über die angestrengten, ja, verzweifelten Versuche, die Wunder in der Bibel pseudo-sachlich oder historisierend oder psychologisierend zu erklären, beispielsweise bei der wundersamen Brotvermehrung: Es kam ihnen als mehr vor ... sie waren alle an Jesus interessiert, nicht am Essen ... keiner wollte als erster ... keiner wollte das letzte Stück nehmen ... das Wunder besteht im selbstlosen Teilen!

Teilen? Fünf Brote und zwei Fische für Fünftausend? Ich bin ja schlecht im Rechnen, aber das krieg ich noch hin: Bei soliden Frankenlaiben von 3 Kilo pro Stück bleiben 3 Gramm Brot pro Person!

Und das mit den zwei Fischen lassen wir dann mal lieber.

Verdammt! Es ist, wie fast alles in der Bibel, einfach nur gelogen. Klar, ein Messias muss sowas können, das gehört zur Berufsbeschreibung von Propheten und Heilsverkündern, genau wie übers Wasser gehen und Kranke heilen. Also hat man ihm das angedichtet, weil man unter der römischen Besatzung Hoffnung brauchte.

Und nur um in die Hände zu klatschen und den Urknall auszulösen, benötige ich auch keinen Gott. Außerdem: ER hätte ja eingreifen müssen bei der Deportation der Juden aus dem Warschauer Ghetto, ER hätte die Ermordung von 6 Millionen Juden verhindern können und sicher auch wollen, wenn er denn existierte und allmächtig wäre.

6 000 000 x dieses Leid? Wie gleichgültig darf denn ein Gott sein?

80 000 000 Tote als Folge des 2. Weltkriegs. Die schiere Monstrosität des Ganzen jagt Hitzewellen über meinen Körper.

Warum konnte Hitler nicht als Kind an einem Bonbon in der Luftröhre sterben oder, wie in der genialen Werbeparodie von 2013, vom Auto überfahren werden?

Warum hat ER die Nazis nicht abgestraft, in der Antike hat ER doch angeblich den Pharaonen zehn Plagen geschickt.

Nein, Gott ist wirklich tot! Sagte man so etwas zu meinem Vater, stand dieser Idiot mit vor Wut funkelnden Augen und geballten Fäusten vor einem. Er glaubte auch nicht an die Evolution und die Todesstrafe war in seinen Augen eine feine Sache.

Ja, der in der Familie permanent schwelende – und immer lautstark ausgetragene – brutale Streit widert mich heute noch an und hat ein wesentliches Stück weit mein Leben vergiftet. Und es sollte sogar noch schlimmer kommen.

3
1971

Tatsächlich redeten wir Jungs 71/72 auf unserer reinen Jungenschule in den Pausen über kaum etwas anderes als Ficken, Mösen, Titten, Dr. Sommer, Alkohol. Gut, dann gabs noch Grand Funk Railroad, Don McLean, Simon und Garfunkel und andere wichtige Instanzen wie den Fußball.

Apropos Grand Funk Railroad: Locomotion, die klare, kraftstrotzende Stimme, die sauberen Bässe, auch heute noch jeden Tag im Auto, am besten so laut, dass die Scheiben rausfliegen: Leben spüren!

Politik jedoch interessierte uns damals nicht. Die Schule sorgte dennoch dafür, dass wir alle kostenlos die Ostverträge als fett glänzendes Druckwerk auf den Tisch bekamen. Gleich mehrere Bücher für jeden! Da ist der Regenwald hektarweise gestorben! Wer hat den Kram denn je gelesen?

Aber es ging um Rechtfertigung: Einige der Lehrer waren anscheinend dafür, die konservative Mehrzahl des Lehrpersonals dagegen, übrigens ein Panoptikum, dieses Kollegium, ein Sammelsurium der abstrusesten Typen, meist überaltert und nicht immer nett. Highlights: Der guruartige, krumme, lässige Chemie-Opa, von dem man munkelte, er habe am Treibstoff für die V2 mitgearbeitet.

Die verdorrte Bio-Oma mit Filzhütchen und Borstenquaste, von der man annahm, dass sie sich bald zwischen die Exponate ihrer verstaubten Sammlung einordnen würde.

Der unverständlich vor sich hinbrabbelnde Kunst-Opa mit seiner stinkenden Pfeife, der Sportmensch, ein zorniger spanischer Torero, alt, aber drahtig, des Deutschen kaum mächtig.

Der junge, elegante Däne im grauen Anzug, den man als Deutschlehrer eingestellt hatte, der englische Student in Klasse 8 mit seinem groben löcherigen Pullover als völlig&total unfähiger Englischlehrer, der zwar cool drauf war, aber so wenig Deutsch konnte, dass er Schwierigkeiten hatte, uns den Sinn hinter American Pie zu erklären, ich könnte so weitermachen ... der Englischlehrer in Klasse 9 – zur Abwechslung mal ein Deutscher – hatte einen heftigen seltenen Sprachfehler und hätte nie Lehrer werden dürfen! Sorgte so aber dafür, dass einige Schülergenerationen sich nicht in England verständigen können! Und das ist alles wirklich nicht erfunden! Eine irre Zeit! Und das wird in ein paar Jahren wiederkommen.

Ach, was red ich, es ist schon so weit: Beim Einkaufen erzählte mir eine Mutter von ihrer Tochter in der zehnten Klasse, die auf dem Arbeitsblatt einer russlanddeutschen Lehrerin „die Flusen Europas" zuordnen sollte. „Kann ich nicht" hat sie hingeschrieben. Gut so!

Nur unsere Oberstufenlehrer später waren durch die Bank mittelalt, modern und konnten sogar korrektes Deutsch. Sie hätten auch nichts gegen die Bravo gehabt, die wir wenige Jahre zuvor, in der Mittelstufe, im Altbau auf den Korridoren mit dem dunklen knatschenden Parkett heimlich herumgezeigt hatten. Das Interesse war so groß gewesen, dass ich oft gar keinen Blick auf die retuschierten Weichzeichnerfotos hatte erhaschen können. Ich hatte auch dauernd Angst gehabt, wir könnten erneut Ärger bekommen, weil wir in diesen düsteren heiligen Hallen in der Pause so einen Schweinkram konsumierten.

Unsere älteren Lehrer tickten wirklich nicht ganz sauber. So hatten sie doch Anfang der 70er auf den Elternabenden verkünden lassen, wir sollten keine Comics lesen, das verdürbe uns nur die Sprache.

Der mittlerweile abgerissene Backstein-Altbau erinnert mich an noch so Einiges: Die stinkenden Toiletten. Andy, der in den Pausen oben vor der Aula auf dem Klavier spielte wie ein junger Gott! Aber nur bis die Aufsicht uns fand. Das Hausaufgaben Abschreiben auf den breiten Betonmauern, die im Krieg die Kellereingänge hatten schützen sollen. Die Tuba des Hausmeisters neben seiner Haustür.

Ja, und noch etwas: Der Sportunterricht! Da zeigten sich die Jungs einander in der halbdämmrigen, muffigen Mattenkammer die Schwänze. Nur ich war zu schüchtern dazu. Gern hätte ich da mitgemacht, aber ich hielt meinen Penis, dieses sündenbehaftete Ausscheidungsorgan, für derart hässlich und unanständig, dass ich nur Bewunderung und Neid gegenüber denen empfand, die sich den Hosenbund nach vorn zogen und mit den Worten „da isser", jemanden einen Blick drauf werfen ließen.

4
1972

Im Frühjahr 72, ich wurde 15, gestaltete sich so ganz langsam das Leben für mich einfacher.

Die Schule machte nicht mehr so große Probleme, ich war doch tatsächlich noch in der Quinta wegen Mathe und Englisch sitzengeblieben. Damals hockte ich demotiviert und voller Angst bis in den Abend hinein vor meinen verhassten Hausaufgaben und fantasierte mich nachts in den Schlaf mit Träumen vom Weglaufen.

Nun aber konnte ich mich ganz langsam nach oben arbeiten und was mir zugutekam: Ich war an fast allem wirklich interessiert. Nur an Mathe nicht, weil ichs nach wie vor nicht verstand. Ich las wie ein Wahnsinniger, hörte Klassik, Pop Rock, Liedermacher, konnte „Befragung eines Kriegsdienstverweigerers", „The Boxer", „Ballad Of John And Yoko" auswendig.

Englisch war interessant, weil alle Beatlessongs verdienten übersetzt zu werden. Physik, weil ich neben französischen Krimis SF las und an Technik und ihren Grundlagen interessiert war, Geschichte, weil ich verstehen wollte, wie wir dahin gekommen waren, wo wir waren. Bio, weil ich das Leben verstehen wollte.

Nachmittags flog mein uraltes Stricker Dreigang Damenrad die staubigen Straßen entlang zur Bücherei, damals noch nicht so überlaufen, ein stiller Ort der Literatur, des Verstandes, der Besinnung. Ich hatte gerade die Albernheiten der Jugendabteilung hinter mir gelassen und durchstöberte begeistert die Schautische mit

Lesevorschlägen für Erwachsene, so dass ich z.B. auf Sidney Sheldon stieß, auf Peter F. Brinkmann, Gavin Lyall, Jerzy Kosiński, Norman Mailer und so fort.

Wenn ich genug Zeit hatte, an besonders ruhigen Tagen, ließ ich mir den Schlüssel für den Musikraum geben. Man hatte tatsächlich einen Plattenspieler aufgestellt, aber die Sammlung bestand nur aus einem Regalbrett mit etwa 20 Platten, darunter einmal die Beatles und einmal Karajan mit Beethovens Fünfter. So saß ich dann allein in dem friedlich-hellen quadratischen Zimmer in der quadratischen Beton-Bibliothek mit ihrem wunderbaren Atrium und in meinem eigenen Kosmos aus Klang.

Es fühlte sich an wie Zuhause sein! Mein richtiges Zuhause, mit Kitsch und Krempel überladen, war oft problematisch, mein Vater verdiente wenig bei Thyssen. Als 1967 ein Auto angeschafft werden sollte, musste meine Mutter sich für ein paar Monate einen Teilzeitjob bei Hella suchen, um dazuzuverdienen. Da beide nun Nachtschicht hatten, war ich nachts allein im Haus, was ich als 10-jähriges Mamakind gar nicht gut wegsteckte. Die Großmutter in der Wohnung über uns zählte nicht, mit der alten Bauernfrau kam ich nicht gut klar.

Weil Geld dauernd knapp war, erschien immer alles unheimlich kostbar. Nichts wurde weggeworfen und was man selber machen konnte, wurde nicht gekauft. So reparierte mein Vater selber unsere Schuhe und er schnitt mir die Haare! Ja, genauso furchtbar sah das auch aus!

Ich war derart mit dem Spartick infiziert, dass ich nicht verstehen konnte, dass die Straßenkehrmaschinen, die damals mit großen rotierenden Bürsten aus langen flachen Stahldrähten die Rinnsteine säuberten, immer mal wieder einen der Bürstendrähte verlor. Der lag dann im Rinnstein und keiner kümmerte sich darum, war doch aus Metall, war doch was wert! Armer kleiner Klaus!

Der Ausflug mit dem Rad in die Bücherei jedenfalls war wie eine Jagd nach Input. Aufregend und immer befriedigend.

Ähnlich wie der offene, durchsichtige Büchereibau war mein Geist weit geöffnet und in heightened awareness stromerte ich durch die Gänge, studierte die wissenschaftlichen Zeitschriften und sog die wunderbaren Hochglanz-Fotos von wachsenden Kristallen oder Bakterien unter dem Elektronenmikroskop auf. Die Forschung machte enorme Fortschritte, das Leben würde immer besser werden!

Die Tage waren auf mystische Weise verheißungsvoll und vor allem länger. In der Sonne saß ich auf meinem Bett und schaute durch ein Prisma direkt in die unendlich brillanten Spektralfarben der Sonne. Der Mond leuchtete heller, im Licht des Vollmonds konnte ich lesen! Aus einem Jogabuch lernte ich den Lotossitz, Atemübungen und den Geist freizumachen, was ich nun aber schon jahrelang nicht mehr schaffe.

SF und Astronomie waren wahnsinnig spannend. Ich stellte mir nachts unter einem Sternenhimmel vor, wie die Erde sich weiterdrehte und gleichzeitig um die Sonne raste, die wiederum in ihrem Spiralarm ums Zentrum der Galaxis rotierte, welche ihrerseits mit unglaublicher Geschwindigkeit in die Tiefen des Alls unterwegs war.

Das war, ohne mir bewusst zu sein, eine ziemlich anspruchsvolle Meditationsleistung gewesen. Als ich später die Karikatur von Loriot „Mann, mit der bloßen Einbildung die Erdrotation wahrnehmend" (oder so ähnlich) sah, fühlte ich mich doch ein wenig verarscht.

Aber Monty Pythons und Stephen Hawking halten mitdem Galaxy Song dagegen:

Just remember that you're standing on a planet that's evolving
And revolving at nine hundred miles an hour
That's orbiting at nineteen miles a second, so it's reckoned
A sun that is the source of all our power ...

Im Fernsehen standen freche Serien wie „Schirm, Charme und Melone" und besonders „die Zwei" mit ihren unnachahmlichen Sprüchen für einen neuen Geist, für neue Freiheit und natürlich Monty Phytons Flying Circus oder Loriot, Otto und schließlich das unvergleichliche Klimbim.

Ingrid Steeger, für mich sind Sie eine Heilige! Ihre göttlichen Brüste zu zeigen, war ein hehrer und reiner Akt der Gnade im prüden, verklemmten Deutschland! Ich fürchte auch, Sie haben mehr gegeben, als Sie zurückbekommen haben und das macht mich schon traurig. Also danke an dieser Stelle!

Es waren auch die Liedermacher und Komiker wie Insterburg und Co, Schobert und Black oder the late, great Ulrich Roski mit „Der kleine Mann von der Straße", das ich heute noch auswendig kann, die ein freches, modernes, authentisches und spaßiges Lebensgefühl gegen den Muff von tausend Jahren anboten.

Roski setzte sich mit dem „Kleinen Mann" auch mit der Reaktion Deutschlands auf die Terroristen, die RAF, auseinander, da heißt es: „... ich reiß gleich die Hände hoch, damit man mich nicht, wie man es so oft hört, in sogenannter putativer Notwehr erschießt."

Ja, tatsächlich lagen bei den Polizisten die Nerven blank und es wurden bei Verkehrskontrollen einige Mitbürger erschossen.
Warum greift der auch ins Handschuhfach?
Und der hat so komisch reagiert, ach Tourette Syndrom, Pech gehabt.

Im Ernst, als junger langhaariger Musikfreak hatte ich wirklich panische Angst, in eine Kontrolle zu geraten.

Terrorismus war der negative Teil Deutschlands, den man gern verdrängte. Die Anschläge waren so häufig nicht und sie waren immer woanders, nie da, wo man selber wohnte und lebte.

Genau wie heute.

Sie waren für den Normalbürger und für mich als Schüler unreal und unwichtig, doch die dämlichen Terroristen haben mit ihren (von ihnen selber überbewerteten) Aktionen dafür gesorgt, dass die Politiker aus dem gemütlichen Deutschland mit Kräutern am Straßenrand und VW-Käfern als Polizeiautos einen Polizeistaat züchten konnten, wo Überwachung ein eigener Wert geworden ist und die Innenminister seit Jahrzehnten beharrlich in immer neuen Anläufen und mit den immer gleichen Lügen (Wir werden bedroht ...) für den völlig transparenten Bürger und dessen totale Entrechtung kämpfen.

Mit 15 war ich noch unpolitisch, konnte die Politiker der Parteien nicht auseinanderhalten, ja ich gestehe, ich wusste nichtmal, welche es genau gab. Das Einzige, was ich wusste, meine Eltern konnten nicht recht haben mit ihren überlieferten Ansichten, dem angeblich christlichen Getue, ihrem alles dominierenden Spartick, dem Verbot oder zumindest der Einschränkung von allem, was Spaß machte oder gut schmeckte oder gut tat. Da wars immer ganz schnell zu viel und alles konnte schädlich sein. Wenn man etwas Gutes hatte, musste man gleichzeitig dafür leiden – aß man ein Eis, durfte man danach eine halbe Stunde nichts trinken, das vertrug der Magen nicht (welch Schwachsinn)! Wenn man frisches Brot hatte, musste man es möglichst einen Tag liegen lassen. Bloß nicht frisches Brot essen, das vertrug der Magen nicht, was übrigens noch auf gut gemachte, höchst wirksame Nazipropaganda zurückgeht!

Mit Mädchen spielen war nicht gut, zu schnell Rad zu fahren, war nicht gut, deswegen bekam ich auch erst mit fast 17 ein Rennrad (obwohl ich es weitgehend selbst bezahlte). Coca Cola war nicht gut, gekaufter Saft war nicht gut, nur das saure, selber aus dem Garten hergestellte Zeugs, das ich nicht mochte, das war natürlich gut.

Fleisch war nicht gut, Gemüse super, aber ich mochte Bohnen nicht, Wirsing, Frühlingssuppe und Spinat. Obst war gut, aber ich stand nur auf Erdbeer/Pfirsich/Orange/Ananas, Punkt.
Als es aufkam, dass man sich seinen O-Saft möglichst selbst frisch presste, versuchte meine Mutter mehrfach mich davon abzubringen: „Du musst die ganze Orange essen, du brauchst die Ballaststoffe!" Und dann kam oft noch die eigentliche Begründung: „.... du hast sie ja auch

ganz bezahlt!"

Die Himbeeren aus dem Garten hatten jede gleich mehrere Würmer und die Kirschen auch. Ach, die Pflaumen auch? Alle machten bald Witze darüber: Sobald ich etwas in die Hand nahm, war der Wurm drin. Selbst im Rosenkohl! Schon seltsam, schon komisch, bin ich vielleicht der Wurm-Midas?

Rosenkohl mag ich eigentlich. Aber bis heute kann ich ihn nur essen, wenn ich auf dem Teller jedes Rosenköhlchen längs durchschneide und begutachte.

Ich war dünn und hatte immer Hunger, konnte mir aber anders als etwa Schulfreund Berni oder Nachbarsjunge Freddy die Besuche in der Pommesbude nicht leisten. Mit einer gewissen Scham erinnere ich mich, dass ich mir nicht zu gut war, die beiden anzubetteln, ob sie nicht wenigstens das Geld für eine Pommes übrig hatten. Hatten sie nicht. Hatten sie nie.

Ich musste erst anfangen Nachhilfe zu geben, dann reichte mein Geld so einigermaßen. Jedenfalls erklärt das so manchen Tick, den ich heute habe: Ich bin verrückt nach hochwertigen leichten Fahrrädern, weil ich zu lange ein schweres Vorkriegs-Damenrad gefahren habe. Nach guten Uhren, denn die Citizen war eine Fehlkonstruktion und immer kaputt – vor allem, wenn Dirk und ich Judo „geübt" hatten. Nach ganzen gegrillten Hähnchen, denn die gabs zu selten und bei uns und immer zu wenig davon. Nach Kuchenteilchen wie Apfelkuchen oder Granatsplitter, denn zuhause gab es im Allgemeinen saure Obstkuchen oder trockene Marmorkuchen. Nur an Feier- oder Geburtstagen kam die obligatorische Buttercremetorte auf den Tisch.

Verrückt, aber zwischenzeitlich wog ich soviel wie ein kleiner Elefant, weil Fressen das einzig Befriedigende geblieben war und Radfahren hatte ich schon vor viel zu langer Zeit aufgegeben!

Mein Gott, wie durchtrainiert ich früher gewesen war. Zur Schule mit dem Rad, egal bei welchem Wetter, zur Nachhilfe mit dem Rad. Zur Bücherei. Für Mutter einkaufen. Zu Freunden. Als ich endlich das Rennrad bekam, hatte ich innerhalb eines Jahres die linke Tretlagerschale durchgeorgelt. Mein Vater als gelernter Schlosser dazu immer wieder: „Das kann doch nicht sein!"

Das Radfahren war früher angenehmer, es standen in den Nebenstraßen weniger Autos herum, es gab nur ein Zehntel der Straßenschilder, die heute die Aussicht vermüllen und dafür mehr Grün, so war unsere Nachbarstraße damals noch eine pittoreske Nussbaumallee! Die Bäume sind mittlerweile bis auf einsame fünf Stück Parkplätzen geopfert worden.

Heute fährt man kilometerweit durch klaustrophobisierende, überhitzte Straßenschluchten und kann kaum je zwischen den geschlossenen Fronten hindurch auf eine Wiese dahinter blicken oder gar auf Bäume: „Die Baulücken sind geschlossen", nennt man das. Ach, wie toll! Radioaktivität und Dioxin und Feinstaub liegen in der dicken Luft, Fortschritt nennt man das. Und wer durchatmen will, muss in ein tiefergelegtes Nachbarland fahren, wo die Menschen im Kopf noch frei sind und womöglich Haschisch erlaubt ist.

Ausgebeutet, verbraucht und verarscht fühlt man sich in diesem Deutschland, das den Konzernen und den Superreichen gehört, die damit Monopoly spielen. Deswegen der Feinstaub in den Städten, deswegen Nitrat im Trinkwasser, Antibiotika im Fleisch, Rente mit 67, Mehrwertsteuer und immer noch der Soli und dank Agrarminister Schmidt immer noch Glyphosat auf den Feldern. Ja, gehts denn noch? Sagt mal, habt ihr alle vergessen, wie das früher war, wenn man ein paar Kilometer im Sommer mit dem Auto gefahren war?

Der Scheibenwischer kam in den Achtzigern mit dem Insektenschmier auf der Windschutzscheibe nicht klar! Heute kann man von Hamburg nach München juckeln und die Scheibe bleibt sauber! Sagt euch das nichts?

Ach, ihr müsst keinen Insektenlöser mehr kaufen?

Na, ich jedenfalls fühlte mich schon lange angewidert, müde, unzufrieden. Jetzt bin ich tatsächlich krank, kraftlos, deprimiert.

Vormals aber hatte ich eine Leichtigkeit gespürt und eine Elastizität besessen wie eine kleine Spiralfeder – heute bin eher so leicht und elastisch wie ein Stahl-Träger.

5

Der Spielplatz

Irgendwann im Frühsommer 72 schaute ich mir die neuen Grünanlagen mit dem Spielplatz am Rande unserer Siedlung an, die weitläufig und modern als sinnlose Geldausgabe gebrandmarkt worden waren: Wozu sollte das gut sein? Im Winter bot eine große, tief gelegene überflutete Wiese immerhin die Möglichkeit zum Eislaufen für einen ganzen Stadtteil. Die Radwege scheinen mir aus heutiger Sicht geplant gewesen, um mit weiteren Wegen verbunden zu werden. Was nie passiert ist, weil alle Grundstücke ringsum in den 90ern bebaut worden sind.

Damals hieß es, da würden ja höchstens Vergewaltigungen stattfinden! Zu wenig Bebauung ringsum. Dahinter waren nur noch die wilde Wiese, der Bahndamm und dann schließlich das Münsterland. Junge, hat sich das geändert! Die ländliche Gegend, in der ich durch Wäldchen, Wiesen und Felder geradelt bin, existiert nun schlichtweg nicht mehr.

Dort jedenfalls traf ich auf Karla und Maria, die beiden frechen Schwestern, etwa so alt wie ich und zeitweise bei ihrer Tante in meiner Straße wohnhaft. Sie gaben dauernd merkwürdige Liedchen und Reime von sich. So reimten sie Apfelmus auf Orgasmus und sangen dauernd, (schunkelnd übrigens und im Kanon) wie wohl es ihnen an Abend sei. Sie wussten auch, dass Hühner picken und ich sollte doch mal das P als F sprechen.

Ja, wir verdrehen jetzt die Augen. So was von primitiv und einfallslos! Aber für den Jungen, der ich damals war, eröffnete sich hier die erste Möglichkeit, irgendwie über das verbotene Thema Sexualität zu kommunizieren und sei es nur im Rahmen von Witzen.

„Cecilia" von Simon&Garfunkel war damals für uns der geilste Hit überhaupt, weil Paul Simon darin explizit Sex anspricht: „Making love in the afternoon with Cecilia up in my bedroom ..." So was durfte der sagen?

Das wahnsinnig frivole Auftreten der beiden faszinierte mich also und mit 15 Jahren lief ich doch tatsächlich eine Weile auf dem Spielplatz herum, warf mit Dartpfeilen auf die Bäume oder übte mit dem Fahrrad Bremsspuren auf den Wegen zu erzeugen. Und als ein anderer Junge, an dessen Namen ich mich nicht mehr erinnere, dazukam, wurde es interessant: Ein kleiner Kerl, der sich später als so bescheuert herausstellte, dass er Dartpfeile auf mich warf, wobei er mich an der Hand verletzte. Er fragte mich vor den beiden Mädchen, ob ich Karla schon geküsst hätte. Man könne mit ihr hinter den Weidenbusch gehen und sie küssen.

Mit Herzklopfen folgte ich Karla auf dem ausgetretenen Pfad in das ausgedehnte Grün der Wiese, bog hohe Beifußpflanzen zur Seite und versuchte Kletten zu vermeiden. Hinter dem gerade mal mannshohen Busch stupsten wir kurz unsere Lippen aufeinander, dann grinsten wir uns verschwörerisch an und gingen zurück. Natürlich war mir das zu wenig, ich war enttäuscht. Ein richtiger Kuss war was anderes. Und dauerte wohl länger als eine Femtosekunde – oder zwei ... Aber ich war zu gehemmt, auch nur auf die IDEE zu kommen, ihr zu sagen, warte mal, das war schön, aber das müssen wir noch üben. Also nochmal, etwas länger bitte!
„Hast du denn auch ihre Möse angefasst?"

„Was?" Ich war ziemlich perplex. Sollte hier irgendwas gehen, etwas Großartiges ... war wahrscheinlich nur ein Witz.

„Ja, ICH hab schon. Das Weiche zwischen den Beinen, weißt du?"

Ich zuckte die Schultern, das wusste ich eben nicht so genau.

Karla und ich sahen uns an und marschierten ein zweites Mal los. Augen zu, ein weiteres Küsschen, mein Herz ging auf Warp 3 und mit Rechts ertastete ich an der richtigen Stelle ... nur Härte. Sie hatte eine derart enge Hose an, dass ihr Geschlecht völlig plattgedrückt wurde. Da gabs nichts zu ertasten. Wie enttäuschend. Dafür übrigens hatte die Hose unten einen enormen Schlag!

Hätte ich ihr vielleicht etwas Gutes tun können, wenn ich sie ein wenig gestreichelt hätte? Vielleicht hätte man auch den Reißverschluss aufziehen können oder ihr erst mal anbieten, dass sie bei mir anfassen darf – aber diese verfluchte Ignoranz, diese verdammte Verklemmtheit!

Dieser längst überholte, schädliche, lähmende Katholizismus. Ich war in ihm gefangen wie ein Ritter in einer völlig verrosteten Rüstung, von der er glaubte, sie längst weggeworfen zu haben!

Es war ja für mich nicht mal möglich gewesen, an Doktorspielen teilzunehmen. Es gab in unmittelbarer Nachbarschaft wenige Mädchen in meinem Alter und diese spielten meist nicht mit Jungs. Sie hatten ihre Puppen und ihren Gummitwist. Zu gerne hätte ich mal einen Blick zwischen die Beine eines Mädchens geworfen.

Es war eine Phase, in der es schon extrem sexy wirkte, wenn ein größeres Mädchen auf dem Spielplatz sich so ans Reck hängte oder so auf dem Würfel aus verschraubten Rohren herumturnte, dass man den Schlüpfer sehen konnte. Als Junge bekam man sofort einen Ständer.

Die im Allgemeinen weißen Schlüpfer waren ein echtes Faszinosum! Man hoffte ja schon gar nicht mehr, dass man einen Hintern oder das weibliche Geschlecht mal nackt sehen konnte, es reichte der Anblick des weißen Gewebes, das sich über den Po spannte!

Es war die Epoche des Minirocks und in der Stadtbücherei hatte ich ein unvergessliches Erlebnis. Eine miniberockte schlaksige Frau von etwa 18-22 Jahren beugte sich vor, um aus einem Regal etwas herauszuziehen und dadurch wanderte der Saum des aprikotfarbenen Minirocks hinten hoch und entblößte dreiviertel des Hinterns. Weil ihr Schlüpfer völlig ausgeleiert war, hing der schmale Stoffstreifen, der eigentlich den Schritt verdecken sollte, fünf Zentimeter runter, so dass ich die erste reale weibliche Pospalte meines Lebens sah. Nicht, dass es viel zu sehen gegeben hätte. Dazu beugte sie sich nicht weit genug vor.

Nichts wirklich Spektakuläres also, mir fiel nur auf, dass sie so viele rote Pickel am Po hatte! Dann war der Schlüpfer auch nicht so hundertprozentig weiß ... also im Grunde war es ein peinlicher Anblick und nichts erotisch Verwertbares. Wer hätte das gedacht?

Abends lag ich dann im Bett, machte es mir selber mit der Hand und dachte statt an die Minirockfrau wieder an Karla und Maria und dass ich vielleicht bei ihnen noch weiter kommen könnte, was sich aber als unmöglich herausstellte. Oder ich dachte an die Mädchen auf den Spielgeräten und entwickelte ausschweifende Fantasien, in denen ich sie auf die Geräte fesselte, am besten mit durch das Gerüst gestecktem Po, um gründlich an ihnen herumfummeln zu können.

Und wie verrückt das Leben spielt: Heutzutage ist das Internet zugemüllt mit Pornovideos, in denen Frauen auf irgendwelchen Rohrkonstruktionen aufgespreizt werden, festgebunden und dann mit Dildos durchbohrt und schließlich in den Po gefickt. Ich war meiner Zeit Jahrzehnte voraus gewesen!

So eine Fantasie wirkte nur einmal richtig gut, außer sie hatte etwas Extremes. Also mussten die Situationen immer weiter variiert und ausgebaut werden. Ganz automatisch erinnerte ich mich an die Schilderung der Sexklinik und die Szene, die am heftigsten gewirkt hatte

Schließlich versuchte ich mir vorzustellen, dass meine festgebundenen Opfer sich erst entleeren mussten, bevor sie genommen wurden. Ich konnte nicht gut zeichnen, aber ich weiß noch, dass ich Schwierigkeiten hatte, mir das auch nur annähernd zu vergegenwärtigen, also versuchte ich Kugelschreiberzeichnungen anzufertigen, die der Vorstellung nachhelfen sollten, was aber auch so gar nicht klappte.

Selbst diese Ideen gibt es nun als Porno zu sehen! Die Japaner halten anscheinend viel davon, Frauen zu entblößen, zu fesseln und dann zu klistieren, wobei detailliert gefilmt wird, wie das „Enema" den Körper wieder verlässt. Und dann noch ein paar Mal, bis das

Wasser oder die Milch wirklich sauber herauskommen.

In deutschen „Gynoklink"-Filmchen wird zwar auch schon mal ein Einlauf gemacht, aber dann steht die Dame geziert vom gynäkologischen Stuhl auf und geht aufs Klo – was aber nicht mehr gefilmt wird.

Am meisten erstaunte mich wohl, dass die Japanerinnen zehn Meter weit und weiter spritzen können. Ich hatte zunächst an einen Film-Trick gedacht, denn das Wasser verlässt ihren Po mit einem Druck wie bei einem Gartenschlauch! Fantasie und Wirklichkeit. Ich hatte mir das ja eher so vorgestellt, als würde das Zeugs wie bei einer Kuh aus ihrem Hintern rauspladdern ...

Wenn man mal drüber nachdenkt, ist dieses ganze perverse Kopfkino, das ich gerne loswäre, das direkte Resultat meiner bescheuerten erotischen Lektüre der frühen Jahre, VERSTÄRKT durch die Verdammung und Abwesenheit von Sex über mittlerweile Jahrzehnte und im weiten Umkreis in der Gesellschaft. Da, wo Sex verfügbar wäre, wird auch gleich ein Geschäft draus gemacht. Da aber will ich nun wirklich nicht hin!

Zurück zur Schulzeit: Mädchen waren schon damals für mich unerreichbar gewesen, gingen wir doch auf eine Jungenschule – was sich erst änderte, als wir in die Oberstufe kamen.

Susanne, das Mädchen direkt nebenan, war ein oder zwei Jahre älter, besuchte eine andere Schule und auf der Straße hab ich sie selten gesehen und gefühlte dreimal mit ihr gesprochen! Sie war oft auch gar nicht da, hielt sich, soweit ich weiß, mit Mutter auf dem Bauernhof ihrer Großeltern auf.

Die Mädchen ein paar Häuser weiter waren alle entweder zu alt oder zu jung. Das Äußerste war, dass wir zusammen Rollschuh liefen und Federball spielten. Einmal war ich der Einzige, der auf seinen Stahlrollen gelangweilt die Straßen rauf und runter ratterte und ich fragte mich, ob Martina, eine nette Dreizehnjährige, mit der ich vor ein paar Tagen schon mal hier herumgesaust war, nicht auch Lust hätte.

Sie hatte mich ziemlich verblüfft, weil sie mittendrin Hunger bekam, zuhause anhielt und sich ein enorm dickes Butterbrot holte, das verrückterweise mit etwas belegt war, das ich für knatschgelbes Sauerkraut hielt – und heute noch halte. Sauerkraut mit Kurkuma oder Safran? Seltsam! Ich hätte mal fragen sollen.

Aber als ich nun am Haus links an der Ecke anhielt und klingelte, kam der Vater im Unterhemd an die Tür und bölkte mich an: „Frechheit! Klingel hier bloß nicht nochmal!"

Fluchtartig sauste ich die Straße runter und weiter ums Karree, um Distanz zu gewinnen. Ich verstand die Reaktion nicht. Was hatte ich falsch gemacht? Zum Glück verzichtete ich darauf, die Story zuhause mit meinen Eltern zu besprechen, ich hatte wohl die untrügliche Ahnung, dass das zu nichts Gutem führen konnte – warum auch immer.

Als Formel: Im umgekehrt reziproken Verhältnis zur Erreichbarkeit von Mädchen stand der Grad der Perversion meiner Fantasien: Sie wurden zwangsläufig immer abartiger.

So hing ich armer Geschundener also nachts in Breit-
wand und Technicolor mit wundgescheuerten Gelenken
an nassen rauen Kellerwänden, vorzugsweise natürlich
neben einem hübschen Mädchen. Die Folterknechte
klappten uns zusammen, indem sie einfach die Fußfes-
seln oben an den Handfesseln einhängten und beschäf-
tigten sich eher unsanft mit unseren intimeren Teilen.
Wenn man schrie, lachten sie zufrieden. Und wenn sie
gerade Lust hatten, versuchten sie uns sexuell zu er-
regen oder sie vergewaltigten uns. Bei wem hätte man
sich beschweren können.

Sie hatten ihren Spaß daran, ans uns herumzumachen,
bis wir nach ihrem Belieben kamen. Bitten und Betteln
halfen nicht, die Folterer lachten sich nur kaputt.

In Variationen dieser Fantasien gelang uns die Flucht
und wir lebten glücklich und zufrieden bis an unser Ende
und hatten natürlich vor allem andauernd Sex.

Auch als ich später begriff, dass ich auf diese Art und
Weise ein Schuldempfinden umgehen wollte, kam ich
gegen diese Rundum-Konditionierung nicht oder nur in
Grenzen an. Auch wenn ich mir Mühe gab oder gebe
und mir ausschließlich Kuschelszenen mit den hübschesten, nettesten Frauen in einem Zelt im Wald, wo
uns niemand finden und stören kann, vorstelle oder auf
einer einsamen Insel abends neben dem Lagerfeuer am
Strand – sie muss mich nehmen, ich bin der Einzige weit
und breit – ist der Erfolg nur mäßig, wenn überhaupt.

Dass man daran nur schwer etwas ändern kann, selbst

wenn man schon längst knallharten Atheismus vertritt und einem klar ist, dass man völligen Blödsinn, lebensfeindliche Werte, nachgerade vollidiotische Orientierungen eingepflanzt bekommen hatte, empfinde ich als tragisch. Maximal tragisch.

1972 traf ich Anna, wie schon gesagt, in den Ferien wieder und verliebte mich sofort in sie. Ich liebte die ganze Anna, ihre niederrheinische Art zu sprechen, ihre Augen, ihre Intelligenz – sie war eine klasse Schachpartnerin – ihre Interessen, ihren Körper, ihren Busen, ihren Po. Der enge schwarze Badeanzug zeigte genug, so dass ich Mühe hatte, eine Erektion zu unterdrücken. Besonders als wir einmal am Strand vor dem Schachbrett saßen und ich sah, dass bei ihr im Schritt ein sechs Zentimeter langes, einsames schwarzes Schamhaar nach links unter dem Saum ihres Badeanzuges hervorlugte. Erstaunlicherweise war mir sofort klar, was das war und es sollte Jahre dauern, bis ich mal wieder Mädchenschamhaare „in echt" sehen würde. Ich konnte kaum weggucken, es war plötzlich klar, dass ein sexuelles Wesen in diesem Badeanzug steckte. Ein wunderbares Wesen mit einer Scham und dem ganzen herrlichen Innenleben – und das alles nur gut einen Meter weit weg.

Wieso ich Anna im letzten Urlaub nicht wahrgenommen hatte, verstehe ich im Nachhinein nicht, aber egal. Jetzt bewunderte ich jedenfalls hemmungslos ihre Lockerheit, ihre blonden Haare, ihre Sportlichkeit und ihren Witz. Ich erinnere mich an ihren endlosen Riri-Witz, bei dem ich schließlich keuchend am Boden lag und mir den Bauch hielt. „Gnade, hör auf!" Sie konnte übrigens Französisch und sie konnte sogar mit Ölfarben malen und Gitarre spielen.

Ich war natürlich zunächst zu schüchtern, sie anzusprechen. Dem beklommenen, katholisch verbogenen Jungen half der Zufall in Form der älteren Schwester, Marita, die Minigolf spielen gehen wollte und die beiden Familien beschlossen, dass wir zusammen gehen sollten, zu dritt würde das doch „mehr Spaß" machen. Und Spaß hatten wir, ob mit oder ohne Marita. Es dauerte nur, bis ich begriff, dass Anna ganz normal war, nicht beißen würde und man sich richtig gut mit ihr unterhalten konnte. Besser sogar als mit meinen Freunden. Mit einem Mädchen! Erstaunlich!

Ich erinnere mich zu gut, dass sie einmal, als wir auf einen Jungen, der uns begleiten wollte, warteten, sagte: „Dann können wir ja eine Triole machen." Und ich Idiot wusste nicht, was sie meinte. Den Begriff hatte ich noch nie gehört. Klassische gymnasiale Bildung? Ja, aber ohne jeden Bezug zur Realität!

Der Moment verstrich und damit die Gelegenheit, ein paar eindeutige Witze oder Bemerkungen zu machen, sich über Sex auszutauschen oder über Beziehungen. Später wünschte ich mir, nicht so dämlich gewesen zu sein. Ich hätte ja sagen können, es würde mir schon reichen, ihr einen Kuss zu geben.

Ich verliebte mich jedenfalls unsterblich in sie, war aber natürlich viel zu gehemmt, damit rauszurücken. Ich nahm es mir vor für den letzten Tag, bedachte aber nicht, dass Familie B. früher fahren würde als wir. DER Tag kam also viel zu früh. Wir waren nicht alleine und es gab gerade mal EINE Gelegenheit, sie nach ihrer Adresse zu fragen. Sie schien sich zu freuen, dass ich ihr schreiben wollte, was mich schon überglücklich stimmte.

Kaum waren die Ferien um, ging es nach Wangerooge zu einem dreiwöchigen Landschulheimaufenthalt. Meine Eltern stöhnten wegen der Kosten. Anna fuhr gleichzeitig mit ihrer Klasse nach Les Harvres. Wir schafften es, uns in den drei Wochen mehrere Briefe hin und her zu schicken, nur ihr letzter aus Frankreich brauchte ewig, weil ich schon wieder zu Hause war.

Man muss es sich als Zeit voller Sehnsucht und Glück vorstellen! Ja, was war ich happy, wenn ich einen ihrer Briefe öffnen konnte und immer boten sie kleine Überraschungen, mal war die Tinte besonders, mal das Papier, mal war es ein Spiralbrief, in einer kontinuierlichen Spirale vom Blattzentrum aus geschrieben! Und am Ende immer die neuen Züge für unser Briefschach.

Unauffindbar, weit abseits vom Heim saß ich in den Dünen, in den Händen den Brief, McLeans „Till Tomorrow" im Kopf und einfach nur maßlos verliebt: „You will be mine and our sorrows will take wings in the morning ..."

Auf meine Bitte schickte sie ein kleines Portraitfoto, auf dem sie fröhlich lächelt. Die hübsche Brünette mit den lustigen Sommersprossen konnte ich stundenlang anschauen und in mir war für nichts anderes Platz als die Hoffnung, dass „All roads lead to where we stand", wie der gute alte McLean in „Crossroads" singt. Und das ganze Album, ich konnte drei Lieder und American Pie komplett auswendig, vermischte sich untrennbar mit dem Geruch des Meeres, der Brise, die im Strandgras spielte, und dem Rosenduft der kilometerlangen Hecken, die an verträumten Backsteinwegen bis ins Dorf mäanderten.

In der Mittagsruhe (absolutes Stillegebot am und im Heim, damit die Lehrer ihren Mittagsrausch ausschlafen konnten) pilgerte ich, Einzelgänger, der ich war, allein ins Dorf, steuerte zielsicher, offenbar von uralten Instinkten gleitet, die Bäckerei mitten in der Hauptstraße an und kaufte das beste Stück Apfelkuchen, das ich je bekommen habe. Nie, niemals wieder schmeckte er so nach frischen Äpfeln, so süß und nirgendwo war die Zuckergussschicht so dick und marzipanig und das Ganze so saftig wie dort.

Die Fahrt endete mit einem Spiele- und Gesangsabend, an dem wir den Lehrern, die sich mit steinerner Mine an ihren Kraft-durch-Freude-Mundorgeln festhielten, den „Wehrdienstverweigerer" von Degenhardt vorsangen.

Wieder zuhause bastelte ich an meinem dummen Damenrad herum, um es wenigstens optisch aufzurüsten mit Spiegeln und rotweißen Ummantelungen für die Bowdenzüge. Und um es so schnell zu machen wie die Rennräder der Mitschüler oder sagen wir, wie eben nur möglich, fettete und ölte ich die Kette ein und schmierte die Pedalen und Naben, bis meine Eltern meckerten, weil mein Rad im Keller Öl verlor wie ein alter Lastwagen. Die Tage rochen nach Terpentin zum Reinigen der Naben und nach Maschinenöl und der Sandseife zum Schrubben der Hände.

Von Didi bekam ich das rote Album und „I feel fine" faszinierte mich – dieses Riff zu Beginn, diese klaren Töne. So fett, als würden sie auf den straff gespannten Seilen der Golden Gate Bridge gespielt! Ich musste wie Anna Gitarre spielen lernen. Da ich keine hatte und von meinen Eltern nichts zu erwarten war, fand mich der

Spätsommer im Keller, beim Bretter hobeln, schleifen, sägen, das Tonbandgerät immer in Betrieb. Es war für mich eine Zeit, die schlagartig wieder aufersteht, wenn ich Sägemehl und Holzleim rieche und „Taxman", „Dig A Pony" oder „One After 909" im Ohr habe. „Come on baby, don't be cold as ice." Eine leicht dahingleitende Zeit voller sich öffnender Möglichkeiten. Voller Vanille-Eiscreme-Geschmack, Currywurstduft und liebenswertem Blödsinn. Dig it!

Die Gitarre wollte nicht fertigwerden, zum Glück hatte mein Onkel ein Einsehen und schenkte mir seine. „Ich bin auf Saxofon umgestiegen!" Cool!

Anna und ich blieben in Briefkontakt und ich verfasste immer wieder völlig harmlose Briefe, obwohl ich ihr eigentlich darin meine Liebe gestehen wollte. Doch alles, was ich in dieser Richtung zu Papier brachte, schien mir entsetzlicher Dummkitsch zu sein und ich fragte mich dauernd, ob ich sie damit nicht eher verscheuchen würde, als für mich zu gewinnen. Was war ich blöd gewesen ...

Aber ich wollte es ihr lieber direkt sagen und plante, ihr für die Herbstferien ein Treffen auf halber Strecke, vielleicht in Oberhausen, vorzuschlagen.

Plötzlich jedoch kam keine Antwort mehr. Es muss kurz nach Lennons letztem gemeinsamen Konzert mit Yoko Ono und der Plastik Ono Band in New York gewesen sein. Ich hatte noch einen Brief und eine Postkarte hinterhergeschickt, doch es war wohl vorbei. Ich war sicher nicht interessant genug.

Erst ein Jahr später, bei einem Gespräch über unser Glück mit dem märchenhaften Wetter bei allen Borkum- und übrigen Urlauben, merkte ich an, dass diese Anna nicht mehr geantwortet hatte. Da sagte meine Mutter doch, sie habe Annas Briefe weggeworfen, weil ich zu jung gewesen sei für so eine Beziehung. Zu jung? Mit 15?

Und was ist mit der UN-Kinderrechtskonvention: „Kein Kind darf willkürlichen oder rechtswidrigen Eingriffen in sein Privatleben, seine Familie, seine Wohnung oder seinen Schriftverkehr oder rechtswidrigen Beeinträchtigungen seiner Ehre und seines Rufes ausgesetzt werden."

Als ich meiner Mutter vorwarf, dass sie das Briefgeheimnis verletzt hätte, lachte sie nur.

Hätte ich doch weitere Versuche gestartet, hätte ich doch mehr Selbstbewusstsein gehabt! Hätte, hätte ...

Oder sollte man nun versuchen ... aber ich hatte meine Mutter so verstanden, dass es ein abgekartetes Spiel zwischen den Familien gewesen war und weitere Briefe würden auch nur wieder einkassiert werden. Ich hatte keine Telefonnummer, ich wusste nicht, auf welche Schule sie ging. Konnte ich einfach abhauen, in den Zug steigen und zum Niederrhein fahren (den Ort will ich nicht nennen), dann da in ihrer Straße rumlaufen, bis sie vielleicht vorbeikam? Dem anzunehmenden Misserfolg der Operation standen die unausdenklichen Strafen zur Seite, die ich zu erwarten hatte. Meine Eltern hätten mich für den Anfang mehr oder weniger totgeschlagen. Was hätte ich tun können?

Ja, das sind Dinge, die für mich nicht erledigt sind, das ist was, das mich immer wieder beschäftigt, täglich! Das ich anscheinend nie loswerden kann. Damals trug ich immer das kleine Foto von Anna im Portmonee mit mir rum und das Radio spielte oft den großartigen Song „Photograph" von Ringo Starr, der die Situation genau erfasste: „All I´ve got is a photograph and I realise, you´re not coming back anymore..." Dahinter die mächtige Wall of Sound von Phil Spector. Während ich das schreibe, bekomme ich eine Gänsehaut.

Und bei der Stelle „I want you here to have a hold, as the years go by and we grow old and grey..." fange ich jedesmal an zu weinen. Jedesmal! Und ich verfluche meine Eltern. Auch andere Lieder, wie „Homeward Bound", „America" und „Sound Of Silence" und nicht zuletzt „Why Don´t You Write Me" hatten damals einen akut traurigen persönlichen Klang für mich bekommen und bis heute behalten.

Als ich viel später die Telefon-Auskunft befragte, gab es keinen Eintrag unter Anna B., noch später, als ich aus einer Laune heraus im neuen Millennium das Internet durchstöberte, bekam ich wieder keine Adresse, aber eine Künstlerin angezeigt, die eine CD bei einem kleinen esoterischen Label herausgebracht hatte: Meditationen für Gitarre.

Das musste sie sein!

Einzige Möglichkeit: Kontaktier das Label! Und das gabs tatsächlich noch. Als ich dort anrief und meine Story in Kurzform runterbetete, erfuhr ich von einem Typen mit einem südlichen Akzent, dass ich wohl richtig lag, die

Adresse war immer noch die gleiche!
Aber ob ich wisse, dass sie krank sei.
Ich verneinte.
Naja, normalerweise behandelten sie persönliche Daten vertraulich, aber wenn ich die Adresse schon hätte, gäbe er mir jetzt die Handynummer.

Ich schrieb die Nummer auf, dankte und heftete den Zettel an die Pinwand. Tagelang zögerte ich, dann fragte ich Rita, was ich tun sollte, und sie meinte, natürlich Kontakt aufnehmen, was sonst? Das ist meine Rita!

Mit einer Faust im Magen wählte ich die Nummer und als ich Anna endlich an der Strippe hatte, war ich beglückt, ob der jugendlichen, lässigen, unbeschwerten Stimme mit dem leichten niederrheinischen Akzent. Das war meine Anna!

Doch schon der dritte Satz haute mich komplett aus den Socken: „Wenn wir uns nochmal sehen wollen, muss es bald sein, ich bin nicht mehr lange da. Ich habe Krebs!"

Ich fuhr am Sonntag hin und grübelte die ganze Fahrt über, was ich sagen sollte. Je näher der Navi das Ziel auswies, um so zeitloser und unwirklicher schien die Landschaft zu werden, Wiesen, Kopfweiden, mittelalterliche Dörfer und als ich das altehrwürdige Herrenhaus sah, blieb mir erst mal die Spucke weg. Roter Backstein mit Sandsteinlaibungen, Freitreppe, Doppeltür, Sprossenfenster und jede Menge Efeu, der aber peinlichst gehindert wurde, die Dachrinnen zu überranken.

Als sie die Tür öffnete, mich anschaute und unbestimmt bestätigend nickte, drehte sich mir das Herz um. Es war nichts übrig von der Anna von damals. Vor mir hatte ich eine ausgemergelte, große Frau, der die Krankheit ins Gesicht geschrieben stand.

„Komm rein!", und da warteten dann auch schon ihr Mann und ihre zwei Söhne, die ich für ihre 13 und 15 Jahre unheimlich nett und tapfer fand. Müssten sie nicht dauerflennen, im Bewusstsein, dass ihre Mutter in ein paar Wochen oder Monaten ...

Wir aßen Kuchen, erstklassigen opulenten Kuchen, ich weiß nicht mehr, was für einen, und sie erklärte mir die Tücken des Bauchspeicheldrüsenkrebses: Zu spät erkannt, Metastasen, nach und nach gaben die Organe auf.

Weg mit der Krankheit, her mit dem Leben: Beide waren tatsächlich Lehrer, Musik/Französisch bei ihr, Mathe/ Physik bei ihm. Ihr kleines semiprofessionelles Studio durfte ich bewundern, ihre 12 Gitarren, ach, unten stand sogar der Steinway ihres Vaters. Ihre Eltern waren an den Gardasee gezogen, hatten dort die Wohnung eines Zahnarzt-Onkels geerbt.

Nie war ich mal mit ihr alleine und auch jetzt konnte ich mit ihr nicht über damals reden. Ihr vor den anderen meine Liebe, die ich immer noch fühlte, gestehen, ging nicht. Ich riss mich eisern zusammen, machte Witze, lobte ihre Gitarrensammlung, ja, ich floss über vor Bewunderung, spielte irgendetwas aus meinen Kompositionen, wurde selber gelobt, aber sie spielte nichts, Finger zu steif. Allerdings schenkte sie mir ihre CD, die ich immer noch habe, aber ich kann sie mir nicht anhören. Manchmal stelle ich mir unwillkürlich uns beide mit Gitarren auf einer Bühne vor und denke ganz schnell an etwas anderes, bevor der Schmerz so richtig zuschlägt. Als sie müde wurde und sich hinlegen musste, stieg ich ins Auto und sagte, dass ich hoffte, dass irgendein Wunder geschieht, worauf sie lächelte, mir über den Arm strich und meinte, sie sei ja noch nicht weg, sie sei ja noch da und möglich sei ja nun mal alles. In dem Lächeln sah ich für zwei Sekunden die alte Anna wieder. Ich fuhr los und hielt sofort wieder hinter der nächsten Kurve, um laut loszuheulen wie ein Wolf in tiefster sibirischer Nacht.

In zwei Wochen sollte ich auf jeden Fall nochmal vorbeischauen, es war, wie üblich, eine Art Sommerfest geplant und lauter nette Leute spielten Livemusik. Nach zehn Tagen aber lag schon der Totenbrief auf dem Tisch.

Als alter Mann bin ich heute immer noch in Anna verliebt. Und wenn ich sterbe, stirbt diese Liebe. Sie hat es nicht mal gewusst – oder vielleicht doch – und ich begann heftig über den Wert romantischer Liebe nachzugrübeln.

Überhaupt – der Wert des Lebens?

In ein paar Monaten, wenn ich Pech habe, oder in ein paar Jahren, bin auch ich weg von der Bildfläche. Wer wird sich Mitte des Jahrhunderts noch an mich erinnern?

In Ägypten haben vor Jahrtausenden die Vorarbeiter neben den Pyramiden eine Art in den Fels gehauene Reihenhaussiedlung bewohnt. Teilweise waren die Innenräume luxuriös bemalt, teilweise kann man die Namen der Bewohner noch ablesen. Von den Arbeitern aber, die diese Architekten, Verwalter, Statiker,

Wasseringenieure, Versorgungsspezialisten, Transporteure befehligt und herumkommandiert haben, ist nichts übrig. Gar nichts. Wie haben die gelebt, konnten sie ein erfülltes Leben leben, damals in Ägypten. Hatten sie eine vernünftige Hitparade? Kann man HEUTE ein erfülltes Leben leben?

Und mein Leben? Habe ich einfach nur zu viel erwartet? Ein schönes Haus mit Innenhof und exotischen Pflanzen darin. Ein Boot auf dem Ijsselmeer, ein Ferienhaus auf Römö. Ein Wohnmobil. Und jede Menge erfüllten Sex.

Nichts davon konnte ich verwirklichen. Nichts.

Also: Der Nihilismus ist kein so dummes Konzept!

Wenn ich zulange darüber nachdenke, verschlingt mich tiefste Enttäuschung wie ein schwarzes Loch. Und schon sehe ich nicht mehr über die Ränder hinaus ...

Gut, vielleicht ist das, was ich für Nihilismus halte, auch nur schlichtweg Depression!

Als ich in der Schule meine erste richtige Freundin und spätere Frau abschleppte, konnten wir es bei ihr zuhause gar nicht tun, bei mir nur selten. Wir wurden immer beobachtet. Anfangs wollten meine versponnenen Eltern mir sogar verbieten, mit ihr auf mein Zimmerchen zu gehen!

Was sagte doch mein überaus bescheuerter Vater? „Du kannst doch aus meinem Haus kein Bordell machen!"

Wie bitte?

Unverschämte Sau!

Wenn ich dran denke, dass nur ein Vierteljahrhundert später ein befreundetes Arztehepaar für ihr 14-Jähriges Töchterchen neben Schlaf- und Arbeitszimmer unter dem Dach ein extra „Besuchszimmer" mit riesiger Schlafcouch einrichteten, könnte ich anfangen vor Selbstmitleid zu heulen! „Besuchszimmer"! Ha!

Wir konnten uns nur im Urlaub richtig ausleben. Ritas Onkel hatte ein Ferienhaus im Arnsberger Wald und die Semesterferien dort waren die beste Zeit in unserem Leben. Ich wünschte, das wäre uns damals klargewesen. Wir dachten, dass Gottweißwas noch kommen würde. Aber dem war nicht so.

Doch ich greife vor.

6

Grau ist alle Theorie

Da in der Wirklichkeit krankhafterweise nichts lief, bis ich fast erwachsen war, wurden meine nächtlichen Fantasien episch immer breiter und abnormaler: Beispielsweise war ich Küchenjunge am Hof eines Ritters, der mich bei sich im Turmschlafzimmer einquartierte, um mich wiederholt – gemeinschaftlich mit seiner Frau – zu vergewaltigen. Schau an, da ist sie, die Triole!

Grobe, abgerundete Steinwände, kleine Fenster, Teppiche an den Wänden, ein Bett, an dessen Pfosten ich ganz ideal festgebunden und gespreizt werden konnte.

Manchmal bediente sich seine Frau bei mir und ritt mich, bis sie kam, ich aber durfte nicht kommen. Und jetzt wirds total verrückt: Erst wenn der Herr Ritter seinen großen Schwanz in meinen Po schob oder mir in den Mund spritzte, durfte ich erniedrigenderweise in seinen Händen kommen. Warum ich mir SOWAS vorstellte, obwohl ich Sperma hasste und den bloßen Anblick meines eigenen Penisses manchmal schwer erträglich fand, verstehe ich bis heute nicht, aber es wirkte, damit kam ich schnell.

Ich kann nur vermuten, dass das Extreme daran, das für mich in der Realität Unmögliche, wirksam ist. Bekannterweise fantasieren auch Frauen sich Vergewaltigungsszenen zurecht, aber sie wollen natürlich niemals real vergewaltigt werden.

Damals verfiel ich auf die glorreiche Idee, den Ablauf echter zu gestalten, indem ich mir eine Kerze in den Po

schob. Das war ein erstaunlich angenehmes, prickeln-
des Erlebnis, und vor allem fand ich wenig später heraus, dass ich die Kerze nur weit genug schieben und
hinten etwas hochziehen musste, so dass sie vorne auf
die Prostata drückte, was ich da aber nicht einordnen
konnte, der Orgasmus kam dafür fast sofort und er kam
auch notfalls mehrfach hintereinander. Bis der Effekt
sich etwas abnutzte und wieder mehr Fantasie gefragt
war.

Und dann passierte in meinem Kopf etwas, das ich
bis heute aufrufen kann und das immer noch funktioniert: Ich stellte mir vor, ich sei eine Frau, die genommen, von Schwänzen oder Dildos hinten UND VORNE
durchbohrt wird. Wie das funktioniert, obwohl ich ja an
meiner ganz realen Erektion herummanipuliere, um zu
kommen, verstehe ich selber nicht. Anscheinend kann
ich mir im richtigen Moment realistisch genug vorstellen,
keinen Schwanz, sondern eine Scheide zu haben, die
ausgefüllt wird.

Dass ich nicht ein Fall speziellen Irreseins bin, entnahm
ich einer Fernsehdoku zum Thema Sex, in der eine
englische Lady locker auf einer Parkbank plaudernd erklärte, sie masturbiere im Moment am erfolgreichsten,
wenn sie sich vorstelle, ein Mann zu sein.

In der Wirklichkeit jedoch will ich auf keinen Fall eine
Frau sein und meinen Penis missen müssen – soviel
zum „Ich finde meinen Penis hässlich"!

Um es sicherheitshalber ganz deutlich zu sagen, ich
bin nicht schwul und ich kann mir auch nicht vorstellen, einen Mann zu küssen oder mit ihm in der Realität

Verkehr zu haben.

Letztlich mache ich der prüden deutschen Gesellschaft, der dämlichen Kirche und nicht zuletzt meinen ignoranten Eltern den Vorwurf, mich zu lange in einer emotional-sinnlichen Wüstenei gefangen gehalten zu haben, eine Taklamakan der Desinformation, Verklemmtheit, Enthaltsamkeit, Einsamkeit. Danke auch! Merci vielmals!

Und das zu einer Zeit, als Paris brannte, man Blumen in den Haaren trug, Oswald Kolle verzweifelt versuchte, die Deutschen zu erziehen und der Schulmädchenreport in den Kinos lief, und das war mit immerhin rund sechs Millionen Zuschauern (allein beim ersten Teil) einer der fünf erfolgreichsten deutschen Filme überhaupt! Den ich natürlich nicht sehen durfte.

Damals war das Resultat bei mir eine sexuelle Überreizung, eine Art sexuelles Durchdrehen bis hin zur Sex- und Pornosucht.

Was wäre denn eigentlich normal gewesen?

Eine geistig gesunde Gesellschaft litte nicht unter einer „Sexuellen Apartheid" von Mann und Frau, wie ich es gerne nenne. Ein schönes Beispiel für diese Fremdheit, diese Abgrenzung sind die nach Geschlechtern getrennten Toiletten, die zeigen, dass das jeweils andere Geschlecht nicht als normal, sondern als problematisch, als unsauber, unberührbar empfunden wird etwa wie die unterste Kaste in Indien, und das eigene Geschlecht, sowie die Produkte seiner Organe, als etwas zu Verbergendes und zu Negierendes. So behandeln sich, auch gesetzlich festgeschrieben, die Geschlechter gegenseitig als Parias, solange es nicht gerade explizit um Partnersuche geht!

Apartheid heißt natürlich Unterdrückung und so unterdrücken sich die Geschlechter gegenseitig, indem sie dem jeweils anderen die Rolle und ihre Eigenschaften zuweisen, aufzwingen.

In einer normalen Gesellschaft ohne die rigide Normierung der Geschlechterrollen, ohne Verdammung von Sexualität und Fixierung derselben auf das „Irgendwann", auf spätere Lebensjahre, wäre es normal gewesen, schon frühzeitig Umgang mit gleichaltrigen Mädchen zu haben, wie ich es sehe bei meiner kleinen Großnichte, die seit dem Kindergarten ihren treuen kleinen Carsten hat, der ihr damals die Nase putzte, mit dem sie Lego spielte, während die heute gerade mal 12-Jährigen völlig selbstständig künstlerische Kuchen backen, einen fantastischen Traktor etwa für den Opa, oder Wakeboardfahren oder Trampolinspringen gehen.

Es ist noch etwas früh, aber ich zweifle nicht daran, dass sie irgendwann mal in den nächsten Jahren die Tür hinter sich abschließen werden, um das zu tun, was möglicherweise (ich will mich da nicht festlegen) noch mehr Befriedigung bietet als Kuchenbacken. Dann wird wohl in dieser progressiven, liberalen Familie niemand protestierend an die Tür hämmern. Soweit ich die Mutter kenne, würde sie höchstens fragen, obs schön war. Und die beiden können sich dann verstärkt wieder anderen Dingen zuwenden, Schule, Musik, Literatur, Sport und nicht zuletzt Marzipan und Fondant formen.

Sie werden letztlich einfach LEBEN können und nicht in irrealen Wünschen und blödsinnigen Fantasien ertrinken.

Moderne schwedische Kinderfilme, wie ich grade sehe, während ich nebenbei tippe, versuchen gleichfalls Verständnis zu vermitteln dafür, dass man auch schon mit 10 Jahren richtig verliebt sein kann. „Anna liebt Phillip". Und die beiden dürfen am Ende des Films nebeneinander in den Sonnenuntergang radeln. Ich muss mir jetzt erst mal vor Verbitterung eine Magentablette holen.

7

Knutschen

Eine Auswirkung der unerfüllten Liebe zu Anna war mein verstärktes Interesse am Gitarrespielen und an Gitarrenmusik. Da meine Eltern mir nicht zutrauten, einen Kurs bei einem Musiklehrer durchzuhalten, danke auch hier, holte ich mir Tipps von meinem Onkel, Noten aus der Stadtbücherei und dem Musikalienladen, der in unserer verschlafenen Kleinstadt wirklich der absolute Hammer war. Leider heute pleite und verschwunden.

Mein Schulfreund Didi, der gleichfalls Gitarre spielte und mir die Grundlagen beigebracht hat, erwähnte das Konzert in der Kirche am Abend mit einer Lokalgröße, einem Lehrer und Künstler, den ich nicht kannte und dessen Namen und Repertoire ich leider nicht mehr erinnere. Was ich nur zu gut erinnere, waren die Perfektion und Eleganz, mit der der drahtige, dunkelhaarige Mann das Instrument beherrschte. Und mein Neid. Okay, er mochte kein McLaughlin oder Paco de Lucia gewesen sein, aber ICH bin heute noch nicht so gut wie der Typ damals. Ich saß neben der Cousine meines Schulfreundes, einem lustigen, hübschen Mädchen mit einem weichen Gesicht und ernsten Augen namens Barbara.

Tags drauf trafen Didi, sein älterer Bruder Walter - ein Künstler, der gerade perfekte surreale Ölbilder, wie von Max Ernst gemalt, ausstellte - seine Freundin und Barbara und ich uns in einer gemütlichen Vorortkneipe in meiner Nachbarschaft, wo die englische Hitparade rauf und runter spielte und man ganz gut essen konnte. Das Essen erinnere ich im Detail nicht mehr, weil ich was anderes zu tun hatte.

Ich war nach ein wenig Witze erzählen und Rumblödeln plötzlich ganz tief in die Augen Barbaras gefallen und unsere Köpfe kamen sich immer näher und da war er, der magische Moment, wo beide wissen, jetzt küssen wir uns. Der mystisch-zauberhaft-wunderbare Moment. Der wichtigste und schönste überhaupt, wenn man mich fragt!

Wir kamen kaum wieder voneinander los und die anderen machten dezente Witze über uns. Nette Leute, wo seid ihr nur alle geblieben? Wo sind die 40 Jahre geblieben?

Ihr weicher Mund, ihre samtige Zunge, ihr Lächeln, endlich die Gewissheit, dass ich kein Einzelfall von Pest bin, wann habe ich mich im Leben je wieder so gut, so wunderbar gefühlt? Vielleicht liegt es an meinem Alter und ich bin selber schockiert, dass ich das jetzt hier schreibe, aber wenn ich die Wahl hätte, was ich lieber nochmal erleben würde, einen guten Sexabend oder den Abend in dem Restaurant mit Barbara – meine Wahl wäre eindeutig Barbara. Von der ich ohnehin zu wenig „abbekommen" habe. Denn am Tag drauf fuhr ich zu ihr nachhause, sie wohnte nur etwa 600 Meter weiter die Hauptstraße runter in einem Eckhaus mit einem winzigen Vorgarten.

Da standen wir dann zwischen den kahlen handtuchgroßen Beeten und die Stimmung vom Abend zuvor war dahin. Sie meinte, sie sei viel zu jung, 14, und andere Dinge seien ihr erst mal wichtiger. Leider, leider war ich zu unerfahren und dumm, als dass ich die Größe gehabt hätte, etwas Positives zu sagen, und mir noch Chancen offenzuhalten. Das Betteln um Küsschen war ja wohl das Ungeschickteste, was ich machen konnte.

Ich hätte sagen sollen, dass ich in sie verliebt sei und es schon reichte, wenn ich sie nur anschauen dürfte, aber so was kriegte ich einfallsloser Dämlack nicht hin.

Ich versackte wieder im muffig-grauen Einerlei meines bedeutungslosen Lebens, trank, dem Geldmangel geschuldet, Wermut, stark mit Wasser verdünnt, weil das immer noch nach irgendwas schmeckte und wenigstens an Alkohol erinnerte.

Gelernt hatte ich das Saufen bei meinem Onkel, dessen Geburtstage und Weihnachtsfeiern wir regelmäßig besuchten und wo ich Eierlikörflip bekommen hatte, der einem 12-Jährigen schon ganz schön in den Kopf steigen konnte.

Was sich aus der Vergangenheit aufdrängt, ist der merkwürdige Geschmack von Plastik mit Vermouth Bianco, weil meine Fahrradtrinkflasche aus so fiesem, untauglichem Material gepresst war!

Abends wälzte ich mich im Bett herum und beneidete all die, die schon eine feste Freundin hatten. Ich rieb stundenlang an meinem Schwanz herum und es wurde immer schwieriger, Befriedigung zu erlangen, außer ich fand neue Ideen, ich stellte mir beispielsweise drastische Szenen vor, die durchaus Game-Of-Thrones-würdig waren, in denen ich angekettete Jungfrauen rettete, die sich dann als sehr dankbar erwiesen, Kette hin oder her.

In irgendwelchen Zeitschriften, die ich nun selber

am Kiosk kaufte, hatte ich gelesen, dass bei vielen Naturvölkern Sex das Wichtigste sei und speziell ein Südsee-Stamm tätowiere die Pobacken der Mädchen, die daraufhin so empfindlich würden, dass ein Bursche sie nur dort berühren müsse und sie verschwände mit ihm im Wald und gäbe sich stundenlang willig hin. Wichtig auch, dass die Mütter mit den Töchtern Scheiden- und Hüftgymnastik trainierten und wenn ein junger Bursche, ein Nachbar etwa, greifbar sei, gelte es für ihn als unhöflich, sich nicht zum Üben bereit zu erklären. Also stellte ich mir vor, wie die Frauen eines Stammes mit Männermangel mich einfangen und festhalten, damit die jungen Frauen an mir „üben" können. Mit Tricks, Massagen, Bädern, Drogen und Drohungen bringen sie mich zum Durchhalten, auch wenn ich nicht mehr kann und will.

Wenn gar nichts mehr ging, konnte ich mir immer noch etwas in den Po praktizieren, nur tat ich das nicht ständig, denn ich kam mir selber schwul dabei vor, unnormal, pervers! Wer machte denn so was? Niemand, soweit ich wusste. Der Anus war ein Ausscheidungsorgan. Schluss. Was man da reinsteckte, kam manchmal mit einem gewissen Extra wieder heraus. Einer bestimmten Verfärbung! Und hatte man dämlicherweise Nivea benutzt, da man Gleitmittel halt nicht kannte, war das Resultat ein definierter, ganz eindeutiger Geruch, der schwer in einem kleinen Zimmerchen hing. Nein, richtig konnte das ja nicht sein – ha! Und jetzt denkt mal an heute, an die TV-Werbung, an Amorelie und die Gleitcremewerbung um acht Uhr abends! Oder versucht euch mal vorzustellen, wie viele Variationen von Analdildos es mittlerweile gibt. Gott der Herr hat sie gezählt!

Analverkehr oder jemanden durch Einführen von Sexwerkzeugen hinten zu verwöhnen, ist längst derart gewöhnlich geworden, dass sogar Jean Pütz schon vor über zwanzig Jahren darauf einging (die Hobbythek gibt es schon lange nicht mehr) und er empfahl, wenn man ohnehin schon Kosmetik selber machte, auch genau dafür ein bestimmtes Rezept. Gute Arbeit, Jean! Nur ich sitze da mit meinem eingeprügelten schlechten Gewissen und werde schon rot, wenn ich beim Arzt eine Urin- oder Kotprobe abgeben muss!

Dafür wurden meine Fantasien farbiger und märchenhafter: Zeitweise flüchtete ich mich in die zauberhafte Welt von 1001 Nacht, wo ich der schwerreiche Sohn eines mächtigen Kaufmanns und Teppichhändlers bin, befreundet mit dem Sohn des Kalifen. Den wiederum darf ich begleiten, wenn er sich in den finsteren Verliesen des Palastes Frauen aussucht, die uns zu Willen sein müssen. Die Gänge sind von Fackeln beleuchtet, es ist schwierig, zu beurteilen, welche der Gefangenen gebadet, geölt, parfümiert annehmlich aussehen würde. Mir fällt eine junge Frau mit langen zotteligen Haaren auf, die mich mit ausdruckstarken schwarzen Augen verzweifelt ansieht, wir gehen weiter.

Schließlich hat mein Freund sich entschieden und ich nehme die Zottelige.

Die beiden Sklavinnen werden gebadet, gefüttert, parfümiert und liegen gefesselt für uns auf den riesigen Bettstätten bereit, als wir von einem Ausritt in die Wüste zurückkehren.

Während mein Freund seine Favoritin sofort besteigt,

sehe ich tief in Miras Augen und löse ihre Fesseln. Sie wirft die Arme um mich und liebt mich bis zur völligen Erschöpfung. Gott, was für ein Kitsch! Zwangsläufig muss ich sie befreien und mit ihr fliehen.

Ich konnte also nicht ausschließlich völlig pervers! Mir erschien nach den ersten richtigen Küssen mit Barbara das Streicheln, die innige Nähe, das Aufeinandereingehen, das Miteinander, die Zärtlichkeit viel intimer und lohnender als all die Perversionen, aber hinterher, nach erfolgter Solovorstellung, war ich immer ziemlich traurig, weil ich keine Freundin hatte und niemand zärtlich zu mir war.

Eine ideale Gesellschaft würde Zärtlichkeit viel freigiebiger austeilen. Wir aber leben in einer Distanzgesellschaft. Wir haben eine viel größere Fluchtdistanz als z.B. die Franzosen. In Deutschland stellen sich Bekannte und Freunde auf Handschüttel-Distanz hin. Zu Fremden halten wir gleich mehrere Meter Abstand.

In der Schule muss ich genau überlegen, welchem Kollegen ich auf die Schulter klopfen oder auch nur einen begeisterten spielerischen Boxhieb auf den Bizeps verpassen kann. Frauen kann man gar nicht berühren. In Frankreich dagegen gehört es dazu, dass Freunde sich schon mal anfassen und in Südfrankreich begrüßen sich Freunde und gute Bekannte mit der „bise". In Norddeutschland ist es eher selten, dass ein Mann einen anderen mit Küsschen begrüßt. Vielleicht sollten wir von den Franzosen lernen, vielleicht sollte ich nach Frankreich ziehen!

Version 2: Mit meinem Freund Ali und unseren Sexsklavinnen treffen wir uns in der Kasbah, wo wir romantischerweise verkleidet herumschleichen müssen, um nicht erkannt zu werden. Ein bogenförmiger Durchgang, eine Treppe hinauf. Räume voller roter Teppiche, lederner Sitzkissen, edler Polster, Vorhänge, die im leisen Durchzug wehen. Ein helles, luftiges Ambiente über den Lagerräumen der Händler. Der Innenhof mit Palmen, Blumen, Brunnen und auf der anderen Seite ein Silberschmied. Mittags so warm, dass man sich nur nackt wohl fühlt. Nachts schimmern im Kerzenlicht die nassen Spalten der auf den Polstern aufgereihten Gespielinnen. Mit ihnen veranstalten wir ausführliche Einführ- und Orgasmuswettbewerbe. Und bald ragen aus den emporgereckten Hintern der leise Stöhnenden reihenweise Gurken und Bananen in die Höhe.

Damit war ich meiner Zeit, den 70ern, wieder weit voraus - OK, das kann ja jeder behaupten, aber ich habe z.B. damals für die Schülerzeitschrift über die Umweltverschmutzung geschrieben, dass die Wirkung all der Gifte, Schwermetalle plus Strahlung nicht harmlos sei, weil unter irgendwelchen Grenzwerten liegend, sondern sich potenziere. Und tatsächlich, heute weiß ich, das nennt man kumulativen Effekt!

Nebenbei hatte ich vorgeschlagen, da auf der Erde für Atommüll kein Platz ist, das Zeug in die Sonne zu schießen. Jahre später kamen amerikanische Wissenschaftler mit dem gleichen Vorschlag ... aber zurück zum Thema: Im Internet fanden sich vor etwa zehn Jahren Pornos mit Mösenwettbewerben. Eine Version zeigt einen Kreis mit einigen Mittzwanzigerinnen, die sich unhygienischerweise nacheinander einen Dildo mit Zentimetermarkierung einführen – im Stehen oder im Sitzen. Die zertifizierte Gewinnerin bekommt ein Bündel Geldscheine und springt vor Freude in die Luft, so dass ihre sonst etwas hängerigen Brüste hüpfen. Mit ihren dünnen Beinen und breiten Hüften wirkt sie ausgesprochen sexy.

Die nächste extravagante (oder extrem pubertäre) Fantasie brachte mich, frei nach dem Liedtext von Ingo Insterburg („Hab ich Lust auf Sex in Massen, geh ich in ein Mädchenpensionat..."), in ein Sexpensionat für ungezogene, frigide Mädchen.

Allerdings bin ich mysteriöserweise derjenige, der neben anderen vom Personal oder von Mitschülerinnen gefoltert und vergewaltigt wird, oder ich bin gleich das Mädchen, das hilflos auf dem Bett liegt und dem jemand zwei Finger in die Scheide schiebt, um mich dadurch zu erniedrigen. Mit dem Daumen auf dem Kitzler lässt er mich mit zappelnden Beinen vor aller Augen kommen, so oft er will. Interessant auch, wenn man bedenkt, dass mein Wissen rein theoretisch war, reineweg angelesen. Dieser „Er" ist übrigens gesichtslos, entweder ist es dunkel oder ich habe die Augen verbunden, oder er trägt eine Maske. Was auch nicht zu diesen Vorstellungen gehört, sind Küsse.

Manche Fantasien waren wohl noch umfangreicher, da war noch was mit der Art, wie der Leiter oder die Leiterin drei Kandidatinnen für die Nacht aussuchte, wie sie miteinander spielen müssen oder betteln, um ihre Notdurft auf einem Eimer erledigen zu dürfen. Soweit ich es sehen kann, gehen auch diese Ideen direkt auf die Hefte zurück, die ich in den Ferien 69 oder 70 mit fasziniertem Ekel gelesen hatte.

Gott, wie pervers! War doch nicht normal? Würde aus mir denn noch ein normaler Mensch werden oder wäre ich später ein verrückter Sadist, der weggesperrt gehörte? Hilfe!

Tja, tatsächlich wurde ich schließlich der nette Klaus, der seine kranke Frau gepflegt hat und dem Sadismus völlig fern lag. Dass ich es jahrelang als Lehrer im Schuldienst ausgehalten habe, deutet sowieso eher auf massiven Masochismus hin.

Immerhin glaubte ich später auch selber, dass all das nur einer regen, mysteriös fehlgeleiteten Einbildungskraft entsprang und mit der Realität im Grunde nichts zu tun hatte. Gar nichts? Naja!

Ich hätte ja gedacht, es ginge nicht extravaganter, brutaler, orgiastischer als in meinen verqueren Fantasien, für die ich immerhin massive Schuldgefühle entwickelte, auch Jahre nach der Abkehr von Glauben und Kirche.

Aber in der kleinen pittoresken Buchhandlung mit dem knietschenden Parkettboden, wo es auch Noten gab und wo ich Bücher über Musiker suchte und französische Krimis, die ich so liebte, in dieser renommierten Buchhandlung fand ich in einer Nische hinter einer Reihe Krimis versteckt die „Justine" von de Sade. Später auch „Sodom und Gomorrha" und die „Geschichte der O" von Pauline Reage sowie jede Menge schwedische Liebesgeschichten.

Letztere waren ja nun derart harmlos und künstlerisch überhöht ... aber de Sade übertraf sogar meine verrückten Gedankenspiele! Was ich nicht abkonnte, waren die morbiden Stellen: Da werden, wie in einem Snuff-Video, junge Mädchen von einem „Wüstling" vergewaltigt und schließlich gegen Ende des Akts erwürgt. Das ging mir doch verdammt quer runter. An anderen Stellen wird ein bisschen viel mit Exkrementen rumgemacht.

Die komplizierten Tableaus, in denen eine ganze Reihe von Menschen sich gleichzeitig betätigt, wobei sie sich fast unlösbar ineinander verhaken und verknoten, fand ich witzig und anregend.

Ein anderer, viel wesentlicherer Punkt fiel mir erst auf, als es zum ersten richtigen Versuch kam, Sex zu zweit zu haben.

8

Erster Versuch: Kein Sex für Anfänger

Da wegen chronischen Lehrermangels viel Unterricht ausfiel, gingen wir oft ins nahegelegene Einkaufszentrum und tranken Kaffee oder Cola in der einfach gehaltenen Cafeteria mit der nüchternen Atmosphäre eines Flugzeughangars – die Decke war so hoch und nackt. Im Hintergrund die typische Kaufhausmusik.

Man bekam kleine Fläschchen Schnaps an der Kasse und ich hatte oft Cola mit Rum oder Kaffee mit Schuss, genau genommen Rüdesheimer Kaffee, ohne das Flambieren, dazu aßen wir meist eine Kleinigkeit: Brötchen, Frikadelle, trockene Teilchen vom Vortag. Die Stühle waren einfache Rohrstühle, die Tische mit graugemustertem Resopal beklebt, weit über uns hingen Neonröhren, aber egal. Man konnte da lange sitzen und hatte seine Ruhe. Es war einfach, es war ehrlich, preiswert, demokratisch. Ahh, wie gern würde ich da nochmal eine Frikadelle essen und wie sehr hasse ich das dämliche, von Proleten überlaufene Ikea-Restaurant.

Einer aus der Truppe feierte Geburtstag und wir waren alle abends eingeladen. Birgit, aus dem Leistungskurs Englisch, saß auch dabei und mit ihr schäkerte ich ein wenig herum, besuchte sie dann am Wochenende und spielte ihr etwas auf der Gitarre vor, was sie cool fand. Sie hatte neben Klassik, Dvořák, nicht übel, auch von Simon&Garfunkel die wunderbare „Bridge Over Troubled Water" mit dem „Boxer" und die Platte spielten wir rauf und runter. Kurz drauf war ich auf ihrem Geburtstag eingeladen und mittlerweile hatte es schon richtig gefunkt zwischen uns. Beim Spazierengehen im Park hinter der Schule hatten wir uns geküsst. Also, das Küssen klappte schon hervorragend. War auch sehr beglückend!

Als ihre Geburtstagsfeier endlich zu Ende war, blieb ich noch, wir trugen das Geschirr in die Küche, wobei mir auffiel, wie einfach die Einrichtung war und wie oft die Türen übergestrichen. Dann verschwand sie im Bad und ich saß auf der Couch, nahm noch was vom Brombeerlikör, den sie so sehr mochte und legte wieder Simon&Garfunkel auf. Es dauerte etwas und ich wunderte mich, wie verschieden die Menschen doch lebten. Sie hier z.B. in einem eher dunkel tapezierten Zimmer in Braun und Gold, mit schweren alten Möbeln und einem roten orientalischen Teppich auf dem Boden. Mein Freund Wolfgang residierte in einem modernen Bungalow – alles neu, alles vom Feinsten. Dirk teilte sich eine etwas orientalisch angehauchte Mietwohnung (mit Taj Mahal Teppich an der Wand) mit seinem Vater und durfte wirklich machen, was er wollte, weil der Vater praktisch dauernd arbeitete und Überschichten im Krankenhaus schob. Und ich hatte nur ein winziges, weißgestrichenes Zimmerchen, in das gerade mal Schrank und Bett passten und durfte praktisch nichts.

Genau in diesem Moment gefiel mir Birgits Zimmer im warmen Kerzenschein und mit der Aussicht auf ein Abenteuer am besten.

Sie kam aus dem Bad zu mir auf die Couch und wir begannen sofort, uns zu befummeln, unsere Hosen mussten halb runter, halleluja(!) und meine Finger suchten Neuland zwischen ihren Beinen, während sie sich an meinem Schwanz festhielt.

Da war ein wenig Nässe und ich wusste, ich muss diese hochtransportieren zum Kitzler. Der muss nämlich stimuliert werden und dann kommt sie. So die Theorie. Aber da waren auch Haare, die mich ablenkten. Die Hosen in der Knieregion waren auch nicht förderlich. Sie konnte die Beine nicht sehr weit spreizen. Kurz: Es wurde weder bei ihr noch bei mir was. Ich überlegte die ganze Zeit, ob sie nicht vielleicht die Hose ganz ausziehen würde, war aber zu dämlich zu fragen!

Was sie bei mir veranstaltete, fühlte sich nett an. Und sicher war es aufregend, dass endlich, endlich, endlich ein Mädchen meinen Schwanz in die Hand genommen hatte. Aber da fehlte was. Sie machte das nicht so wie ich. Nicht genau so, wie ich es jetzt jahrelang gewohnt war! Und schnell wurde mir klar, dass ich so nicht kommen würde. Sie fasste viel zu locker zu. Ich konnte mit meiner Rechten viel mehr Kraft ausüben. Auch hatte ich so einen Trick beim Onanieren, ich fasste bei der Bewegung nach oben die Vorhaut, zog sie mit und drückte sie zusammen, womit ich mir anscheinend eine Art Scheidenersatz simulierte. Das hatte ich nun immer so gehalten und jetzt stellte ich fest, nur so konnte ich kommen.

Das also war das traurige Ergebnis sexueller Unterdrückung und völlig einseitiger Betätigung. Das Resultat einer Lebensweise nach bekloppten Werten, gegen die sich NICHT zu wehren bestimmte halbnomadische Hirtenvölker in Vorderasien in der Bronzezeit schon dämlich genug gewesen waren.

In den Geboten, also Lebensvorschriften, geht es, wenn man es nachliest, um Richtlinien, wie man mit Tieren umgeht, die mit dem Kopf stoßen und um Frauen, die jemand anderem „gehören". Klar, die „Sexuelle Apartheid" der Geschlechter beruht auf einer bronzezeitlichen Besitzstandregelung!

Die wussten nichts und hatten GAR NICHTS! So ein Haushalt umfasste die Personen und Tiere und möglicherweise 30 Gegenstände, Kleidung, Bronzeklingen, Nadeln, Feuerstarter, Bögen, Äxte, Mahlsteine, Tontöpfe, Ledersäcke, simple Webstühle, also all das, was zum Überleben dringend notwendig war.

Vor einhundert Jahren hatte jede Familie etwa 180 Dinge in ihrem Haushalt und heute besitzt der Durchschnittseuropäer 10.000 Gegenstände.

Man könnte geneigt sein, zu sagen, na gut, dann war das früher vielleicht verständlich oder sogar sinnvoll. Man darf aber nicht aus dem Auge lassen, dass es damals wie heute einige wenige Kulturen gab und gibt, in denen Frauen das Sagen haben und die Männer das Anhängsel sind.

Und was der Katholizismus sich in 2000 Jahren an Lügen zurechtfabriziert hat, ist total, ist ignorant, repressiv, ausbeuterisch und menschenverachtend!

Zurück zu Birgit. Am liebsten würde ich sie jetzt bitten, dass ich sie wie bei einem Doktorspiel mal anschauen darf. „Also, es ist wirklich so, ich weiß bis heute nicht, wie ein Mädchen da unten genau aussieht. Darf ich mal ..." So was kann man nicht bringen, oder doch? Wär vielleicht besser gewesen!

Geräusche im Flur und plötzlich die Stimme ihres Vaters: „Ist der Besuch denn immer noch da?"

„Scheiße!", stöhnte Birgit: „Los, du musst aus dem Fenster springen!"

„Waaas?"

„Na, mach schon, die sind viel zu früh wiedergekommen. Ich will keinen Ärger kriegen!"

Das Fenster im Erdgeschoss, der Gehweg ein Meter unter dem Sims, natürlich konnte man das machen, aber ich war sauer. Es hatte ja so gar nicht geklappt.

„Loslos!" Im Handumdrehen hatte sie die Hose hoch und die Bluse runter und sah präsentabel aus.

Ich sprang auf und während ich am Reißverschluss fummelte, meinte sie: „Ich glaube, das wird nichts mit uns. Nimms mir nicht übel, wir können ja Freunde bleiben!"

„Was?"

Sie drückte mir meine Jacke in die Hand. „Ich hab gestern einen alten Freund wiedergetroffen. Ich denke, ich bleibe bei ihm."

Raus über das Fensterbrett. Ich will noch was sagen, da höre ich das Quietschen der Tür und ducke mich weg. „Ach, ich dachte, wir hätten hier was gehört", meinte die Mutter.

Ich schnappte mir mein Fahrrad, trug es zwei Häuser weiter und wagte dann erst, es aufzuschließen. Es war eine wunderschöne Aprilnacht, die Sterne funkelten wie eine galaktische Partybeleuchtung und ich fühlte mich deprimiert, aber auch stark und entschlossen: Die Zukunft lag noch vor mir. Die Sterne am Himmel waren Milliarden Jahre alt, ich war erst ein paar Jahre unterwegs und hatte die Ehre, dem Kreisen und Funkeln zusehen und mich Lichtjahre weit ins All träumen zu dürfen. Und immerhin hatte ich nun einmal richtig erlebt, wie sich das erregte weibliche Geschlecht anfühlt.

Gesehen hatte ich es immer noch nicht. Aber die Mädchen wiesen mich ja nicht reihenweise zurück, es gab anscheinend immer mal wieder Gelegenheiten, die musste man nur nutzen. Es würde schon irgendwann klappen.

Zuhause hatte ich noch etwas Kirschlikör und Mariacron, das mixte ich, trank es weg und fühlte mich besser. Ja, ich trank zu viel. Ich gab sogar Nachhilfe, damit ich mir eine Flasche pro Woche leisten konnte.

Ein paar Tage später erzählte mir mein Freund Dieter, dass die Bücherei nun ein neues Aufklärungswerk führte. Da waren die Illustrationen nicht gezeichnet, es waren echte Fotos, die nichts verheimlichten. Wir fuhren sofort hin, zogen das ziemlich große Buch aus dem Regal und setzten uns an einen der Studientische.

„Guck mal hier!" Tatsächlich, da wurden Tabus gebrochen. SO sah das also aus!

Eine Frau im mittleren Alter kam vorbei, schnell griff ich ins Regal neben uns und zog ein Buch heraus, das ich auf unseren Schatz legte.

Ich war so schüchtern, keine Ahnung, wie Didi mich überreden konnte, mit ihm den Tanzkurs zu besuchen. Dass man da an die Mädels rankam – Mädchen ohne Ende – gab wohl den Ausschlag. Außerdem hatten wir beide Rhythmus im Blut und wirklich Spaß an der Bewegung.

Dementsprechend hat der Tanzkurs richtig Laune gemacht und dafür gesorgt, dass ich nicht mehr ganz so furchtbar gehemmt war im Umgang mit dem anderen Geschlecht. Anfangs hatten wir in Didis Partykeller geübt, um uns nicht zu blamieren. Wir tanzten zu „Telegram Sam" und „Dreams Are Ten A Penny" und lauschten hinterher immer wieder fasziniert den brutalen, endlosen Live-Versionen von „July Morning" und „Gypsy". Didis Vater hatte da eine hochinteressante Reihe Flaschen stehen, von Whisky über Cognac zu Tequila und Wodka. Irgendwann räumte der Vater die Flaschen weg, aber bald brauchten wir auch nicht mehr zu üben, wir gingen in den Fortgeschrittenenkurs und waren bei Damenmangel gefragte Ersatztänzer auf Abschlussbällen.

Ich verdanke Didi so Einiges. Von selber wäre ich nie in solch einen Kurs gegangen. Didi, der auch heute genau der richtige Freund wäre, aber er ist schon lange tot, in den 80ern an Hodenkrebs gestorben. Das Resultat des Tanzkurses jedenfalls war ein neuer Klaus, nicht mehr der schnarchnasige, transusige, schüchterne Freak von früher, der vor einem Mädchen anfing zu stottern, bzw. in erster Linie es gar nicht schaffte, eins überhaupt anzusprechen.

Dummerweise, und kein Widerspruch zum eben Gesagten, hatte ich mich in meine Grundkurs-Abschlusspartnerin verliebt, obwohl das aus heutiger Sicht eher reine Torschlusspanik gewesen war. Ich hätte jede genommen, mit der ich drei Sätze hintereinander hätte wechseln können. Schlank, relativ zart gebaut, intelligent, nicht übermäßig hübsch, aber sommersprossig-nett. Ich passte sie in der Stadt an einer Bushaltestelle ab, schenkte ihr einen Silberring und versuchte ihr zu erklären, was ich fühlte, sie unterbrach mich, bevor ich auch nur einen ganzen Satz rausgekriegt hatte und meinte, sie fühle sich zu jung für „sowas"!

Später erst erfuhr ich, wie sehr sie in Kirche aufgeht, sie hat jetzt sechs Kinder, stellt euch mal vor!

Gut, dass das so gelaufen ist. Ein paar Wochen war ich deprimiert, dann begann ich mich für die Mädchen in unserer Schule zu interessieren. In der Oberstufe waren wir keine reine Jungenschule mehr und ich achtete darauf, immer ein paar Witze auf Lager zu haben, um Mädchen zum Lachen zu bringen. Es würde schon weitergehen.

Ich fühlte mich gut und die Jahre von Klasse 9 bis 13 waren die besten überhaupt. Sie hatten ihr ganz eigenes Lebensgefühl und ihr könnt mir erzählen, was ihr wollt, die Erde drehte sich damals langsamer, sie wälzte sich schwerfällig gemütlich von einer Seite auf die andere und dann wieder weiter und die Tage waren länger, die Sommer vollständig. Das Speiseeis fruchtiger, das Leben mit Unterricht und nachmittäglichen Vergnügungen, wie das Schachspielen im Jugendzentrum, wertvoll und reich an Möglichkeiten.

Ja, die Zukunft mit ihren Aussichten und Versprechungen rollte ganz langsam heran und hielt lauter Gutes bereit. Das erste Mal die Beatlesfilme sehen! Oder Casablanca! Mit einem Mädchen ins Kino gehen! Selber ein vollständiges Gericht kochen. Cognac trinken. Motorrad fahren!

Das Jugendzentrum war eigentlich nur eine alte aufgegebene Kneipe, genügend Platz bietend, um Billard und Brettspiele zu spielen und abends ausgesuchte Filme zu schauen. Die Beatlesfilme waren ein Erlebnis, eine Offenbarung. Ich kannte mit 15-16 längst nicht alle Beatlessongs und die Filme waren für uns in ihrer Musikalität, wilden Lebenslust und fröhlichen Anarchie überragende Gesamtkunstwerke, die uns wirklich etwas gaben. Die Fab Four verhielten sich mit dem Recht der Genies anders als der Durchschnitt: unangepasst, witzig, erratisch, surreal, wahrlich individuell.

Ein normales Leben im miefigen Deutschland, wo lange Haare als etwas galten, was es unter Hitler nicht gegeben hätte (ein Satz, der mein Blut zum Kochen bringt) brauchte dringend eine gewaltige Genieinfusion an Spaß und Lebensart durch Beatles, Monty Pythons, Marty Feldman, Dave Allen, Benny Hill, Insterburg und Co, Schobert und Black, Ulrich Roski und Otto.

So ein Nachmittag plus Abend im Jugendzentrum hatte was: Das Parkett knatschte, die Stühle waren einfache dunkelbraune Holzstühle. In die Hand gehörte eine kalte Cola aus dem Automaten und dazu das Bewusstsein, dass da nachher noch etwas Gutes kam. Der einzige Fehler des Ganzen, es kamen viel mehr Jungen als Mädchen dort hin. Ich kann mich nicht erinnern, mal eine gesehen zu haben, die ich hätte ansprechen wollen – ich musste meine Schüchternheit da nie überwinden.

Hinterher, spätabends an der Pommesbude, eine Currywurst mit der besonderen Zigeunersauce, die sie nur da hatten. Die Straßenzüge speicherten warme Sommerluft und die nächtlichen Lichter der Läden und Ampeln schimmerten vielversprechend. Man hatte ein, zwei oder drei Freunde, die einen verstanden, was es etwas einfacher machte, am Ende immer wieder in ein Zuhause zurückzukehren, das sich nicht wirklich als solches anfühlte – mit einem Vater, der Sätze von sich gab, wie man sie sonst nur von Gavino Leddas Vater kannte: „Du gehörst mir!"

In der Beziehung zu anderen suchte ich das Familiäre, die Aufgehobenheit, die Anerkennung, die mir zuhause meistens verwehrt blieb. Deswegen war mir auch immer sehr wichtig, dass die Eltern meiner Freude mich akzeptierten. Ich konnte überaus höflich und wohlerzogen daherkommen und originär „freundlich" sein. Ich konnte die Freundlichkeit, die ich ehrlich empfand, meist auch mit Mimik und Stimme ausdrücken. Man muss schließlich zu anderen nett sein, damit sie zu einem selber nett sind. Kant für Arme.

Ein paar der schönsten Abende habe ich bei dem einen oder anderen Schulkameraden verbracht, deren Eltern mich sofort zum Abendessen einplanten, so dass ich, unheimlich dankbar, völlig selbstverständlich mit am Tisch saß, wie in einer Familie aufgehoben, eine Familie, in der am Tisch eine ganz andere Stimmung herrschte. Wo ich in Ordnung war, so wie ich war, wo ich nicht kritisiert wurde. Danke an dieser Stelle.

In meiner Familie wurde man daran gemessen, ob man das Mittagessen widerspruchslos aß, ob man für kleinere oder größere Aufträge zur Verfügung stand oder nicht oder ob man nicht zu viel Geld kostete und keine unnötigen Ausgaben getätigt hatte.

Ein gutes Beispiel waren auch die Pflichtstunden, die meine Eltern für ihren Kleingarten ableisten mussten. Sie erwarteten, da ich ihnen ja „gehörte", dass ich mithalf, so dass wir zu dritt an einem Nachmittag neun Stunden ableisten konnten. So fällte ich also auf dem Vereinsgelände Bäume oder verlegte Steinplatten oder schleppte Baumaterial. Anfangs versuchte ich dem zu entgehen mit Hinweis auf Verabredungen mit Freunden, gemeinsames Gitarre- oder Matheüben. Aber mir war schnell klar, dass ich kaum je aus der Nummer rauskam, weil meine Eltern durch unseren Einsatz 90 DM sparten, die sie sonst hätten einzahlen müssen.

Die nächste Sache, die einfach zu stimmen hatte, waren die schulischen Leistungen. Aber als ich erst mal studierte, konnte ich es meinen Eltern gar nicht mehr recht machen, da sie, was ich erst später verstand, es falsch fanden, dass ich so spät erst beginnen würde zu verdienen. Das Lehrerstudium war auch nicht das Richtige. Ich würde ja sowieso nicht eingestellt werden, hatten Bekannte ihnen verraten. Mir jedenfalls hatte die Studienberatung noch zugeraten, Musik und Sport zu studieren, diese Lehrer würden noch gebraucht.

Sex – zweiter Versuch

In der Schule hatte der greisenhafte verschrobene Künstler, der erfolglos den Kunstlehrer mimte, mit einer Klasse einen Abstellraum an der Rückwand der Aula gestaltet. Und zwar waren nun geometrische Formen in den drei Grundfarben auf die Wände gemalt worden und als Sitzmöbel fungierten aus Spanplatten zusammengezimmerte Würfel, gleichfalls in Gelb, Rot, Blau. Es sollte modern wirken, war aber wirklich nur Bauhaus für Arme. Immerhin gab es, bis einige Schüler über die Stränge schlugen, für uns einen Aufenthaltsraum, in dem jetzt sogar für den Abend eine Musikanlage stand.

Ein paar Leute sind mit mir in der Mittagspause rein zum Anschließen der Anlage. Ich testete das Mikro mit dem Anfang von American Pie und dann wurden Platten aufgelegt, Crocodile Rock, Children Of The Revolution, Nights In White Satin und so weiter. Ich weiß nicht mehr, wer dabei war, nur an Christin erinner ich mich natürlich, denn die tanzte mit mir. Lange Haare, lässig, manchmal vorlaut, immer ein stilles Lächeln im großzügig geschnittenen Gesicht.

Sie gehörte zu den Mädchen, deren Schultern so merkwürdig nach vorn hängen, als seien sie von Natur aus dazu gebaut, andere zu umarmen – die Schultern kommen einem schon entgegen, gleich heben sich die Arme und du wirst lässig liebevoll umschlossen. Ich beneidete ihren älteren Freund Norbert, der aber zum Glück nicht da war. Der im Übrigen manchmal ziemlich rau mit ihr umsprang. Ich wunderte mich, dass sie sich das gefallen ließ. Oder machte ICH was falsch bei den Mädchen?

Als JE T´AIME aufgelegt wurde, kam sie ganz natürlich für den Klammerblues in meine Arme und war mir plötzlich viel näher als die Partnerinnen in den Tanzstunden. Ich fühlte ihre Brüste – es war Sommer, man lief recht leicht bekleidet rum. Ihren schlanken Körper umfasst haltend, spürte ihre heiße Wange, roch ihr Shampoo und die sanften Schaukelbewegungen vermittelten mir nach kürzester Zeit ein Bild ihrer kompletten Figur. Ihr Bein rieb ein wenig über meinen Penis und schon bekam ich eine Erektion. Das war in den Tanzstunden nie passiert! Und es war mir höllisch peinlich. Ich hatte eine ganz leichte Stoffhose an und die Erektion machte natürlich eine dicke Beule in die Hose.

Wie lang ist der Song, du hast noch knapp zwei Minuten an Mathematik zu denken, an Physik, an Englische Grammatik, um dich abzuregen. Es funktionierte aber nicht. Es wurde mir peinlicher und immer peinlicher. Gleich würden wir uns trennen müssen und sie – und eventuell auch andere – würden sehen, was für ein Schwein ich war: Beim Tanzen eine Erektion kriegen. Ich wäre out, für immer und ewig.

Trotz aller Peinlichkeit wünsche ich mir manchmal diese paar Minuten zurück, denn es ging letztlich gut aus. Und das Gefühl lebendig zu sein, das Gefühl von erotischem Abenteuer, die Hoffnung: Da kommt vielleicht noch was, da geht doch noch was! Ich war auch körperlich so gut drauf wie nie zuvor. Ich ging oft schwimmen, das war in meiner Familie ein anerkanntes Mittel, um fit zu bleiben.

Als sie älter wurden, ließ zuerst mein Vater, dann 20 Jahre später meine Mutter das Schwimmen sein, um sofort körperlich enorm abzuschlaffen. Ich selber fuhr außerdem mit dem Rad zu diversen Nachhilfeschülern und bei Didi trainierte ich mit seinen Hanteln und seinem Expander. Doch, doch, ich war gut drauf. Und ich entschloss mich, am Ende die Flucht nach vorne anzutreten und flüsterte in ihr Ohr: „Entschuldige, ich, äh, ich hab ein Problem."

„Was ist?"

„Ich habe einen Steifen bekommen!" Und ich drückte, während ich vorher auf Abstand bedacht gewesen war, kurz mein hartes Glied an ihr Bein. Sie kicherte und als der Song endete, fasste sie nach meiner Hand, drehte sich um und zog mich zur Tür hinaus, direkt nach links zu den Toiletten neben dem geschlossenen Kiosk.

Rein und durch zur letzten Kabine, Tür zu. Sie grinste, ihre Augen leuchteten, sie ließ die großzügig geschnittene Bundfaltenhose fallen und zog den Schlüpfer aus. Für einen Moment konnte ich zum ersten Mal das dunkelblonde Haardreieck sehen. Dann hängte sie die Sachen an den Türhaken und präsentierte mir kurz ihren eleganten Hintern. Die Realität war ja tausendmal besser als jede Abbildung!

„Los, mach schon!"

Der Moment der Wahrheit. Hose und Slip runter! Mein Glied sprang ihr entgegen. Sie fasste danach, drückte einmal, ließ aber sofort wieder los. „Setz dich!"

Ich auf dem Klodeckel, die Spülung im Rücken, sie mit gespreizten Beinen auf meinen Knien – und dann?

„Willst du ihn nicht reinstecken?"

Sie prustete laut los und hielt sich schnell die Hand vor den Mund. „Hast du ein Kondom?"

„Neee!"

„Ich auch nicht, also ..." Sie griff beherzt zu und wichste mich, ich saß etwas verkrümmt, mit verdrehtem rechten

Handgelenk, um an ihre Scheide zu gelangen. Sie war richtig nass, ich rutschte automatisch mit der Fingerspitze in den Scheideneingang und sie warf den Kopf zurück.

Dazu kam noch die Hitze, die volle Körpertemperatur in ihrer Scheide – all das und selber in ihren Händen aufgehoben zu sein, erregte mich wahnsinnig. Dieser kleine Knubbel hier oben musste der Kitzler sein, er war viel besser zu ertasten als bei Birgit!

Ich wienerte darauf herum, wenn ich die Feuchtigkeit nicht wieder verlor, weil ich in ihre Haare geriet, und sie wippte und zuckte auf meinen Knien und stöhnte und statt mal nachzudenken, fragte ich Idiot, ob ich ihr wehtue.
Sie lachte und schüttelte den Kopf, dass die Haare flogen. „Aber bleib nicht so lange auf dem Kitzler, das wird schnell zu viel." Ach ja?
„Machst du das zum ersten Mal?"
Ich nickte nur.
„Is ja süß. Dafür machste das ganz gut!"
War das Herablassung oder ein Kompliment? Was kann man denn noch machen, wenn man nicht gerade den Kitzler reibt? Den Scheideneingang stimulieren, hatten wir eben auch schon. Die Schamlippen reiben, fassen, ein wenig dran ziehen, neben den Schamlippen reiben. Und dann wieder zurück zum Kitzler, das war mein Repertoire.

Gern hätte ich ja mit der anderen Hand an ihren Po gefasst, aber das ging nicht, dann blockierte ich ihre Wichsbewegungen. Mit der Rechten rutschte ich noch etwas weiter nach hinten, das musste es sein: Was ich da mit der Fingerspitze streichelte, war die Rosette, der After! Wow!

„Hmmm!", machte sie sanft. Ich wanderte wieder zum Kitzler und sie zuckte stärker, ich fand mein Ziel kaum wieder, so sehr wackelte sie vor und zurück, hin und her. Mir brach der Schweiß aus. Das war ja anstrengend! Mann, das musste man anscheinend üben!

Meine Finger verirrten sich wieder nach hinten. So ein Schließmuskel ist für mich, wohl wegen der Ausscheidungsfunktion, noch intimer als die Scheide und Christin jetzt DA anfassen zu können und zu dürfen, während man normalerweise die Weiber nicht mal zu lange anschauen darf, geschweige denn mal in den Arm nehmen oder küssen, war geil hoch 10.

Andächtig streichelte ich den kleinen Ringmuskel, weil ich mir ein Bild, einen Eindruck davon verschaffen wollte und irgendwie bewegte er sich unter meinen Fingern. Mein Herz schlug Salti. Das kleine Wunder der Natur war so geformt, dass meine Fingerspitze so gerade in der Mitte in einer kleinen Vertiefung lag.

Ich streichelte und klopfte, mit den Fingern war ich ziemlich geschickt! Meine Bemühungen kamen ganz gut an. Besonders als ich mit etwas Nässe von vorne gut einen Zentimeter tief eindrang. Nein, was war das eng! Vor Erregung kriegte ich kaum noch Luft. Sie machte leise Knurrgeräusche und statt zu wackeln wie zuvor, zitterten ihre Schenkel nun.

„Vorne, vorne, jetzt!", schrie sie mir ins Ohr.

Also nahm ich wieder den Kitzler in Arbeit und sie kam, indem sie die Schenkel unrhythmisch an mich presste, als ob sie ein Pferd einreiten wollte. Gott, war das schön!

Was waren Frauen für wunderbare Geschöpfe, ihre Gestalt, ihre Weichheit, ihr Geruch. Und so ein Orgasmus hatte eine göttliche Ästhetik, da kam kein Kunstwerk der Menschheit mit!

Ja, jetzt hätte ich auch kommen können, wenn sie denn die richtigen Bewegungen mit dem richtigen Kraftaufwand draufgehabt hätte.
„Und du?", fragte sie schließlich.
„Lass mal! Ich brauche ziemlich lange, tut mir leid, hinterher werden wir hier noch erwischt!" Wäre am späten Mittag eher unwahrscheinlich gewesen.

Sie zuckte die Schultern, stieg in ihren Schlüpfer, dann in die Hose, zog die weite lila Bluse zurecht, warf mir ein Küsschen zu und entließ sich aus der Kabine. Dann hörte ich die Toilettentür. Sie hatte sich die Hände nicht gewaschen.

Enttäuscht saß ich da nun allein auf dem Klo. Aber mit der frischen, saftigen Erinnerung an das gerade Erlebte und ihrem Duft an den Fingern nahm ich mein Schicksal selber in die Hand und bekleckerte wenig später meine Hose, die ich dann aufwendig mit Klopapier zu trocken versuchte. So ganz bekam ich die Flecken nicht weg. Auch nicht mit dem Föhn auf dem Herrenklo, auf welches ich mich vertagte.

Schließlich rannte ich im Galopp durch die Pausenhalle, raus, zu meinem Fahrrad und ab nachhause. Den Nachmittagskurs Literatur blockte ich. Aber abends war ich wieder da und spielte „Kokain" von Wader und „Befragung eines Kriegsdienstverweigerers" von Biermann. Das kam saugut an, es war ein klasse Gefühl, derjenige zu sein, auf den sich alle fokussierten, derjenige, der die Party rockte, wenn auch nur für zwei Liedchen lang. Der Applaus und das Gejohle hinterher ließen das Blut in meinen Adern rauschen. Zu blöd, dass ich Tage, ja Wochen gebraucht hatte, mir die Songs draufzuschaffen. Ich müsste noch viel mehr üben, statt mit Didi rumzuhängen, hinter Mädchen herzulaufen, zu lesen, Nachhilfe zu geben und zu saufen.

Auch hier hatten wir Cola und viele taten ordentlich Rum in den Pappbecher. Immerhin war ich das Zeug durch das regelmäßige Trinken so gewöhnt, dass ich kaum Nebenwirkungen hatte. Wenn ich mit dem Rad zuhause ankam und ein Pfefferminz einwarf, hatte ich keine Probleme etwa alkoholisiert zu wirken oder zu riechen. Der Nachteil: Wenn ich vom Schnaps high werden wollte, musste ich schon schnell eine Tasse Wodka trinken und die Wirkung hielt auch nur eine Stunde an.

An diesem Abend hatte ich eigentlich gedacht, dass mit Musik und Alkohol noch irgendwas gehen müsste. Aber es waren nur Mädels da, die schon liiert waren mit den natürlich gleichfalls vorhandenen Klassenkameraden oder es liefen Exoten rum wie die kleine fette Melissa, die so seltsam verbaut aussah, oder Heidi, die Lange (der Leuchtturm), die mit ihrer Körpergröße und als trockenes Mathegenie uninteressant war. Und Christin schaute mich nicht mehr an, sie hing nun an ihrem Norbert wie angeklettet.

Im Französischunterricht landete ich neben Rita, einer Freundin, bzw. langjährigen Klassenkameradin von Birgit noch von der Mädchenschule. Wie es genau dazu kam, weiß ich nicht mehr. Das erste, was ich erinnere, ist, dass ich mit gleich zwei ihrer Bekannten, also Melissa und Rita Freistunden im Park absitze, wo ich haarklein meine Liebesprobleme mit Birgit mit ihnen durchgehe, möglicherweise im naiven Glauben, das könne etwas bringen.

Statt wirklich sofort mit Birgit zu brechen, so wie sie mit mir, lief ich ihr hinterher, machte kleine Geschenke und den kapitalen Fehler, ihr und ihrer Entourage auf ein Konzert mit Melina Mercouri nach Münster zu folgen.

Das Ticket umfasste die Busfahrt nach Münster und ein Kleinbus transportierte uns acht oder zehn Leutchen hin und zurück. Das Konzert hat kaum Eindrücke hinterlassen, klar ist die Mercouri großartig gewesen und ich fände es toll, ihr eine volle Zigarettenschachtel aufs Grab zu legen, wenn ich da mal hinkäme, aber ich hatte halt nur Augen für Birgit, die mich gar nicht beachtete.

Zu allem Überfluss ging ich davon aus, dass wir noch was unternehmen würden oder dass der Bus mich zumindest mitten in der Nacht nachhause bringen würde. Es lief aber nichts und ich war dann der Letzte, der abgeliefert werden musste. Die anderen waren ja auch bis auf wenige hundert Meter passgenau abgesetzt worden. Der Bus steuerte aber seine Heimatadresse im benachbarten Stadtteil im Westen an! Auf meinen Protest meinte der Fahrer nur, er dachte, ich wollte das so! Aber ich könnte ja jetzt aussteigen.

Da stand ich dann um 12 Uhr nachts in der finstersten Pampa, fünf Kilometer von zuhause entfernt, und durfte latschen. Wenigstens hatte mich das dann endgültig von Birgit geheilt und plötzlich war sie kein Thema mehr zwischen Rita und mir. Eine wichtige Voraussetzung, aber wie es dann letztlich dazu kam, dass wir im Park, wieder einmal der Park an der Schule, im Regen auf einer Bank saßen, uns meinen Ostfriesennerz teilten und uns küssten, weiß ich trotzdem nicht.

Für mich kam es, als passierte es etwas plötzlich. Rita aber war von vornherein in mich verliebt gewesen. „Mit dem könnte ich was anfangen", hatte sie gedacht. Und mir aktiv zugehört, mich beraten, wenn ich Birgit etwas schenken wollte, verständnisvoll genickt, wenn ich mich beklagte, dass nichts lief.

Das Besondere an ihr waren einmal ihre Normalität, sie war eben nicht so überkandidelt wie Birgit, die so weit politisch verpeilt war, dass sie in die Jugendorganisation einer eher konservativen Partei eingetreten war. Oder wie andere, die nur ihre Sportvereine oder Underground-Rockkonzerte im Kopf hatten. Oder noch andere, die jetzt schon ihre Arzt-Karriere bei der Bundeswehr planten!

Dann betete sie auch noch mein Gitarrenspiel an, obwohl es da nichts anzubeten gab, ja nicht mal heute Jahrzehnte später gibt.

Sie war 16, ich 17 und dennoch machten meine Eltern

Probleme, als ich mit ihr auf mein Zimmer verschwinden wollte. Meine Mutter bot das bekannte peinliche Bild: Sie polterte die Treppen zu uns rauf, klopfte, kam rein und servierte uns Tee in meiner winzigen Kammer. Bis wir eines Tages die Tür verschlossen hielten, was mächtigen Ärger mit meinen konservativen, tiefgläubigen Eltern heraufbeschwor. Sie selber hatten sich wohl erst mit etwa 20 kennengelernt, und wenn ich so nachdenke: Ein Zimmer, auf dem sie sich hätten einschließen können, gabs damals nicht. Vermutlich haben sie's auf der Hochzeitsreise zum ersten Mal gemacht. Bescheuert!

Die Vorwürfe, die ich mir anhören musste, waren jedenfalls abstrus, abwegig und verachtungsvoll. Dazu gehörte auch der schon erwähnte Satz mit dem „Bordell". Mein Magen krampft sich zusammen, wenn ich überlege, wie meine Eltern mir gleich in mehrfacher Hinsicht das Leben verpfuscht haben: Der katholisch körperfeindliche Erziehungsmuff, die Zerstörung meiner Beziehung zu Anna, die mangelnde Unterstützung für das Studium als Musiklehrer und die mangelnde Unterstützung, als ich später ein Tonstudio aufbauen und eine Band gründen wollte. Aber dennoch erwarteten sie Respekt und Liebe!

Genug vorausgegriffen. Zunächst tat sich ja zwischen Rita und mir nichts in sexueller Hinsicht, dann aber nahm ich meinen Mut zusammen und ging ihr an den Busen. Dabei blieb es dann auch. Als ich nämlich Minuten später nach ihrem Hosenreißverschluss langte, meinte sie, sie sei noch nicht so weit, ob das schlimm sei? Nein, überhaupt nicht, natürlich nicht. Knutsch, knutsch. Ich kann an nichts anderes mehr denken, aber bitte! Die heißen Küsse und der weiche und doch stramme Busen machen mich schier verrückt, aber was solls! Ich hatte immerhin schon gelernt, dass man auch Geduld haben musste, dann kam das Glück zu dem, der darauf wartete. Solange man Zeit genug hatte, zu warten.

Und kurz drauf, es war Sommer und meine Eltern fuhren das zweite Mal ohne mich in den Urlaub (irgendwas im Süden) nutzte ich die sturmfreie Bude ganz folgerichtig, um Rita zu verführen – mit einem guten Essen, ich konnte schon ganz gut kochen, und der richtigen Musik und schließlich der dämmrigen Beleuchtung.

Ich hatte mir „Rita, Metermaid" von den Beatles draufgeschafft und sie war hin und weg. Am Ende konnten auch die Hosen runter. Reinstecken blieb außen vor, aber innerhalb kurzer Zeit hatte ich Rita zum Orgasmus gebracht. Himmel, ist das süß, wie so ein Mädchen, eine Frau, unter deinen Fingern zuckt, stöhnt, diese intime Nässe, die Zartheit der Schamlippen, die Niedlichkeit des versteckten Kitzlers ... dazu die Eleganz der schlanken Schenkel, die exquisit zwischen den Beckenknochen gespannte Bauchdecke, die immer wieder neu und anders wirkenden Brüste ... Erregung bekam einen ganz anderen Klang, einen anderen Sinn! Erregung bekam Duft, bekam Hitze, Farbe, Glätte, Elastizität, Rhythmus! So war das also!

Nur musste man erst noch lernen, sich so richtig auf den Rhythmus der Partnerin einzustellen: Von wegen "Oye Como Va!"

Schneller, nicht so fest, nicht da soviel, du reibst mich trocken! Aha, Abwechslung ist so wichtig? Junge, Junge, was für ein weites Feld!

Und ich selber? Es war das gleiche Spiel wie gehabt: Ich konnte nicht, als sie sich revanchieren wollte. Auch sie machte nicht die richtigen Bewegungen, übte nicht genug Druck aus. Dazu kam, dass ich damit das erste Mal jemandem zeigen würde, wie das schleimige Sperma aus mir herausspritzte und diese Fehlfunktion des Körpers war mir extrem unangenehm, obwohl ich hier mit meiner neuen Liebe zusammen war und nicht mit jemand X-Beliebigem.

Schon am nächsten Tag wiederholte sich das Spiel und sie versuchte verbissen, mir einen Orgasmus zu machen. Es ging nicht. Das muss man sich mal reintun, da sitzt eine reizende nackte 16-Jährige neben dir und umklammert deinen Schwanz, wichst 45 Minuten und du kommst nicht? Du brauchst selber nichts zu tun, du hast nach jahrelangem Herumwichsen den unschätzbaren Vorteil, den Vorgang einmal NICHT selber steuern zu müssen, ja eigentlich nicht steuern zu können und du darfst dich stattdessen auf deine Erektion, auf dein Erleben konzentrieren. Und da passiert nichts?

Schließlich kamen wir drauf, dass ich einen Finger in ihre Scheide einführen konnte. Da sie aber auf meiner Hand saß, steckte nur das vordere Fingerglied drin, doch das, zusammen mit brutalen Vergewaltigungsfantasien reichte dann endlich aus, ich kam, etwas Sperma quoll heraus und dann war es auch schon wieder vorbei. Sie übte bei Weitem nicht genug Druck auf die Eichel aus. Es blieb ein verpfuschter Orgasmus.

Als sie um 7 Uhr fuhr, um rechtzeitig zuhause zu sein,

machte ich es mir gleich noch zweimal richtig.

Kurz drauf war es soweit, sie stimmte zu, es zu tun. Sex mit Reinstecken. Beischlaf. Yeah Baby!

Im Nachhinein nehme ich an, dass sie glaubte, es tun zu müssen, weil es für mich, den sexbesessenen Kerl, offensichtlich eine sine qua non war. Und wenn sie mich damit behalten konnte, war es wohl in Ordnung. Frauen haben zwar, neueren Forschungen zufolge, keinen weniger ausgeprägten Sexualtrieb als der Mann. Aber anders als Männer nehmen sie ihre sexuelle Erregung oft nicht wahr oder leugnen sie bewusst, um normenkonform zu bleiben. Allerdings setzen sie Sex gezielt zur Partnerbindung ein – Spaß können sie anders als ein Schwanzträger auch sehr befriedigend mit sich selber haben. Als Kerl muss ich mir schon was einfallen lassen und zumindest eine High-Tech-Silikon-Vagina nutzen, um ähnliche Ergebnisse und eine auch nur annähernd vergleichbare Befriedigung zu erzielen.

Rita erklärte mir zwar, dass sie meinte, sich das Hymen schon mit einem Tampon zerrissen zu haben, so dass es eigentlich keine Probleme geben sollte. Mir war jedoch nicht klar, ob ich so einfach in ein enges Loch eindringen konnte, das meinen Finger SO fest umschlossen halten konnte. Witzig!

Bewehrt mit gleich zwei Kondomen übereinander (haha) und einem spermiziden Schaumzäpfchen in ihrer Scheide (Oh Gott! Das sollte man nicht tun, das Zeug greift Kondome an) gings zur Sache. Unbequem kniete/lag ich zwischen ihren Schenkeln und halb über ihr und als ich fühlte, wie nass sie war, setzte ich die Eichel an der

richtigen Stelle an und stieß zu. Ein Schrei. Aua.
„Falsch, das war der hintere Eingang." Heute würde ich
lachen. Damals wars mir peinlich.

Als ich richtig reinrutschte, wieder ein Schrei. Au. Da
war was zerrissen. Von wegen, ich hab mit nem Tampon
schon selber. Sie blutete und sie blutete meine uralte
Überdecke voll, die ich als Polster und unter Vorherse-
hung kleinerer Katastrophen auf dem weichen dicken
Knüpfteppich ausgebreitet hatte. Von Hand wusch ich
später daran herum, ohne den Fleck ganz wegzukrie-
gen. Es fiel aber nie auf.

„Sollen wirs lassen?"
„Nein, wenn du dich vorsichtig bewegst, wirds schon
gehen!"

Es ging aber nicht. Obwohl das Gefühl in ihr drinzuste-
cken für mich unbeschreiblich großartig war: Diese un-
erwartete Hitze, diese Intimität, die besagte: Ich bin in
ihren KÖRPER eingedrungen, ich bin wirklich in ihrer
Scheide! Sich in ihr zu bewegen, sie ganz aufzuspie-
ßen, was für ein Genuss. Es war mir sofort klar, warum
Konservative das verbieten wollten, beschränken auf
die Ehe – und da am besten auch nur auf die Fortpflanzung. Völlig klar. Denn wer das einmal gemacht hatte,
wollte es immer wieder. Brauchte auch keinen Sinn im
Leben durch Geld, Krieg, Macht, Gott, das Jenseits!
Einfach nur bumsen, einfach nur sich überirdisch gut
fühlen. Das reichte hin, das reichte aus. Das war der
Sinn des Lebens.

Aber ich kam nicht, sie kam nicht. Wie kams?

Ich brauchte viel zu lange, sie war nicht nass genug, die wunde Stelle zwickte, wir brachen das Experiment ab und versicherten uns gegenseitig, was für eine tolle Erfahrung das gewesen sei, wie schön sich das eigentlich angefühlt habe, so beisammen zu sein, so ineinander gesteckt zu haben, und dass es nächstes Mal bestimmt besser werden würde. Auf jeden Fall!

Gut, das wurde es auch graduell in den drei Ferienwochen mit sturmfreier Bude. Aber ich bekam sie nur zum Orgasmus, wenn ich gleichzeitig ihre Klitoris streichelte, und ich selber brauchte 45 Minuten Rumzappelei, um in ihr zu kommen, weil für mein abgehärtetes Glied ihre Scheide nicht fest genug zupackte. Die unglaubliche Sensation von Hitze nutzte sich übrigens auch ein wenig ab.

Meine Schlussfolgerung daraus:

1) Sex gehört zum Leben wie Atmen, Essen und so weiter. Wachstum, Fortpflanzung, Stoffwechsel sind schließlich die Grundmerkmale des Lebens! Nichts davon kann böse sein.

2) Aufklärung muss frühzeitig stattfinden.

3) Körperlichkeit und sexuelle Vorgänge müssen positiv besetzt sein.

4) Es darf Kirchen oder Glaubensrichtungen nicht erlaubt sein, Sex negativ zu bewerten. Auch solche Sätze wie „Die Liebe zu Jesus ist viel wertvoller als sexuelle Liebe" müssen verboten sein, bei Strafe verboten.

5) Jungs sollten frühzeitig kostenlos Ansichtsmaterial und Silikonvaginas mit Gleitmittel zur Verfügung gestellt bekommen, um Fehlentwicklungen und spätere Impotenz zu vermeiden.

Möglicherweise sollten zwei Gutscheine fürs nächste Bordell zum Schulausweis dazugehören, um zu erleben, wie die Realität sich anfühlt und was es bedeutet, mit einem Partner Sex zu haben – und nicht nur mit sich selbst.

6) Teenager sollten überhaupt so viel Sex miteinander haben wie nur möglich.

Verhütungsmittel sollten kostenlos und frei verfügbar sein, so wie Toilettenpapier, Seife und Handtücher auf den WCs. Genau genommen halte ich Sex für wichtiger als Sportunterricht und Religionsunterricht sowieso. Kinsey, Kolle, Amendt und Uhse sollten einen ganz anderen Stellenwert erhalten, eine Heiligsprechung wäre nicht schlecht.

Ich muss immer wieder an den Vorstoß einiger Fortschrittlicher vor etwa 30 Jahren in Schweden denken, die nämlich kleine Kabinen an den Schulen aufstellen wollten, damit Jugendliche zusammen Sex üben konnten, wenn sie wollten. Toll, hatte ich damals gedacht, Schweden ist heute schon so weit, es wird besser auf der Welt. Und dann führte Holland auch noch die Coffeeshops ein.

Aber es wurde nicht besser, im Gegenteil. Die Coffeeshops sind mancherorts nur noch für Holländer gedacht. Deutsche sollen sich doch bitte weiter die Leber kaputtsaufen!

Wir sind verkrampft wie noch nie seit den Hexenverbrennungen und niemand weiß heutzutage mehr, was political correctness eigentlich ist. Polizisten haben uns Lehrer auf einer Schulkonferenz aufgefordert, Schüler, die wir im Verdacht haben, Gras zu besitzen, zu melden, also zu denunzieren. Ich habe nicht an mich halten können und erklärt, dass man seit 1838 weiß, dass Cannabis bei Rheuma sehr hilfreich ist und es wäre so schön, wenn meine schwerkranke Frau es bekommen könnte, kann sie aber nicht. Ich könne das Zeug jedenfalls nicht als Bedrohung sehen. Oh, da habe ich Ärger gekriegt!

Zurück zur Körperfeindlichkeit: Stillen im Restaurant wird von vielen als pervers oder zumindest geschmacklos angesehen! In Amerika ist ein kleiner Junge in den Knast gesteckt worden, weil er seiner kleinen Schwester beim Pinkeln zugesehen hat!

In NRW hat jemand einen Obdachlosen, der an die Bahnhofswand pinkelte, geschubst, so dass er zu Boden ging und mit dem Kopf aufschlug – tot.

Instant-Todesstrafe für öffentliches Pinkeln. Unglaublich.

Das Beschneiden, also Abschneiden von Vorhäuten bei Jungen, ist aber in Deutschland erlaubt worden. Dagegen gilt laut Kölner Stadt-Anzeiger mittlerweile: „Das Beschneiden von Vogelflügeln in zoologischen Einrichtungen verstößt gegen das Tierschutzgesetz." Ach nee! Die Flügelspitzen der Vögel sind hier besser geschützt als die Vorhäute der Kinder? Irre!

Es gibt nun soviel jederzeit zugänglichen Sex in den Medien und Sexspielzeug und Sextipps wie nie zuvor und Dr. Sommer führt im Internet in Nahaufnahmen vor, wie unterschiedlich die Vulvas der Frauen aussehen können (zu spät), aber das täuscht nur darüber hinweg, dass die verklemmten Führungsschichten weltweit und über die Religionen hinweg an einer Victorianisierung der Gesellschaft basteln! Egal, ob es da in Schweden, Deutschland oder Holland um Prostitution und Verbot oder Verbannung derselben aus den Städten geht oder wieder mal um sexistische Werbung oder die zumindest umstrittene „Zustimmungsdebatte" bei Vergewaltigung in Deutschland: Wilhelm Reich zufolge macht es für die Herrschenden Sinn, im Bereich Sexualität zu verbieten, einzuschränken, zu begrenzen, denn es hilft, den Normalbürger, den Arbeiter und Angestellten zu unterdrücken.

Dazu gehört: Um die Menschen zu desorientieren, zu verwirren und nachgerade völlig verrückt zu machen, bringen Internetportale wie Freenet schon lange andauernd aufreizende, anstachelnde Sexangebote: „Nacktkünstlerin lässt wieder alle Hüllen fallen" oder „Zum besseren Orgasmus". GLEICHZEITIG aber wird Sex, wird das Zeigen des Körpers als schmutzig dargestellt: „Lena Meyer-Landrut: Unten ohne?! HIER hat sie ihr Höschen vergessen." Hat sie in Wirklichkeit nicht, Frechheit!

Oder immer wieder der „Peinliche Blitzerunfall auf dem Laufsteg." Das Internet heute ist nicht besser als Praline oder Wochenend damals!

Zurück in die 80er Jahre. Die Ferien waren ruckzuck zuende und wir hatten danach viel weniger Gelegenheit, intim zusammenzusein. Das führte dazu, dass wir zu einem Wäldchen rausradelten, uns eine geschützte Stelle mitten im Wald, fernab von Wegen suchten und die Hosen runterließen, um zu fummeln. Das Wahre wars nicht, aber besser als gar nichts. Im Winter versuchten wir es auch, stellten die Versuche aber bald ein.

Das letzte Schuljahr zog viel zu schnell vorbei. Ich wurde 19, Rita 18 und es war sicher eins der schönsten unseres Lebens. Das Lebensgefühl zu beschreiben ist schwierig, vielleicht könnte ich das, wenn ich eine Mischung aus Henry Miller, Kurt Tucholsky und Donovan wäre.

Die Instantfeten waren vielleicht das Genialste überhaupt: Mit etwas gemischten Gefühlen fuhr ich an einem warmen Herbstabend mit dem Rad in die Stadt, es war diese verzauberte Zeit, in der bunte Kastanien und goldene Teppiche von Ahornblättern einem die Schönheit der Natur mit aller Gewalt beibringen wollten. An der alten Stadtmauer unter riesigen Buchen stand das weißgestrichene Haus, in dem Didis Freund wohnte. Seine Eltern waren geschieden, er lebte hier bei seinem Vater, der dankenswerterweise als Richter eine Konferenz in Süddeutschland besuchte. Er ließ ein mit Alkohol gut bestücktes Haus zurück, das mir geheimnisvoll wie Magrittes „Reich der Lichter" vorkam, als ich die Straße hinauffuhr. Ich kannte den Vater nicht, hatte aber mal Didi mit besagtem Freund (ich merke jetzt, ich kann mich an den Namen nicht erinnern!) in der Stadtbücherei getroffen. Er hatte mir gefallen, ein ruhiger schlanker Typ mit Brille, der eine stille Verzweiflung mit sich herumtrug, weil er nach Vorstellung seines Vaters Jura studieren sollte, was er, warum auch immer, akzeptierte, obwohl er es nicht wollte. Ich konnte mich mit ihm genauso gut unterhalten wie mit Didi.

Die gemischten Gefühle rührten daher, dass ich da nur zwei Leute kannte und zweitens, dass die Anderen alle doch tatsächlich auf unser elitäres altsprachliches Konkurrenzgymnasium gingen und als ziemlich gut und abgehoben galten. Das konnte heiter werden, dachte ich. Die Aussicht auf freien Alkohol aber motivierte mich ungemein.

Meine Befürchtungen waren völlig unbegründet, die breite Haustür aus Glas, mit aufwendigen Edelholzleisten davor, schwang auf und die Schwester des „Freundes" begrüßte mich. Hannah, rundlich, etwas kleiner als ich, hatte ein sehr normales Gesicht, auch rundlich halt, war easy going und redete mit mir sofort ganz vertraulich. Schwesterlich freundlich beschaffte sie mir ein Glas Wodka, sie trank Rotwein und wir ließen uns irgendwie automatisch in der Küche nieder, wo wir mit einem Ohr auf das weiße Album hörten, das aus dem Wohnzimmer rüberschallte, systematisch unsere Gläser leertranken und über Gott und die Welt quasselten. Wir verstanden uns prima. Dann kamen immer mehr fröhliche Leute in die Küche, leerten den Kühlschrank und suchten weiteren Wodka und Whisky. Hannah meinte, sie müsse sich mal kümmern, und verwies mich in den ersten Stock, wo noch ein paar Musikverrückte saßen.

Der Alkohol hatte mich genügend gelockert und ich stiefelte fröhlich die Treppe rauf, wo ich nur Didi&Freund plus einen Unbekannten fand, die „Steel And Glass" ganz laut gedreht hatten, die saubere, angespannte Stimme Lennons füllte und adelte den Raum. An diesem Abend wurde ich zum absoluten Lennonfan. Mit Andacht konsumierten wir noch die komplette Walls and Bridges und waren uns einig: „Whatever Gets You Through The Night" war toll und „Nobody Loves You When You´re Down And Out" mit dem Tempowechsel einfach irre. Das war Poprock auf allerhöchstem Niveau, zeitlos, genial, unirdisch.

Ich hielt mich an Wodka-Cola bis um 10 Uhr der gesamte Alkoholvorrat des Hauses aufgebraucht war. Es gab nur noch Stilles Wasser. Trotzdem waren wir in einer ganz besonderen Stimmung, die ich kaum beschreiben kann, high vom intensiven Musikerlebenis, friedlich durch den Alkohol und den Kontakt mit Gleichgesinnten. Und im Stillen waren wir der Meinung, dass das Leben so durchaus Sinn machte, und so würden wir, wenn wir älter wären, jeden zweiten Abend verbringen, unsere Instantfeten feiern, so wie heute erst am Nachmittag verabredet, und unseren Spaß haben, mit dem kleinen Unterschied, dass uns der Wodka nie ausgehen würde.

Dass das nicht, aber auch gar nicht so kommen würde, war mir damals zum Glück verschlossen. Aber so war es ja andauernd. Und immer war ich der Meinung, wenn ich älter wäre, könnte ich mir das Leben noch eher so einteilen, dass ich mehr Musik hören würde, mehr erstklassiges Schaschlik essen und mehr guten Wein oder edlen Cognac trinken. Vom Sex wollen wir mal gar nicht reden.

Als wir unsere zwei Lennonplatten durchhatten, war es längst ganz dunkel geworden, jemand hatte ein Teelicht in einem Einmachglas angezündet. Dieser Minimalismus passte haargenau und in der wabernden Dunkelheit glänzten unsere Zähne und Augen. Wir redeten über unsere Pläne und Träume und fühlten uns zusammengeschweißt durch den gleichen exzellenten Musikgeschmack, wir waren besser als unsere Eltern mit ihrer Humtatamusik, mit ihrem Geschunkel und der unreflektierten Sehnsucht nach Tirolerhüten, wir glaubten auch nicht mehr den Blödsinn, den sie glaubten.

„Clapton is God" stand 1965 auf den Mauern in London. Das war mal ein Bekenntnis! Das konnte ich unterschreiben, mehr aber auch nicht. Wir glaubten auch, dass es nur besser werden konnte, wenn wir erst einmal auf eigenen Füßen ständen. Dass wir aber nur eine ausgesuchte Minderheit waren, dass die Masse der Deutschen sich mit Demagogen wie Schröder und Merkel von den Ideen der sozialen Marktwirtschaft als einer solidarischen Einrichtung und von solidarischen Renten und Krankenversicherungen komplett verabschieden würde, um länger für weniger Geld zu schuften und sich mit Riesterrenten komplett verarschen zu lassen, wer hätte das gedacht.

Das Volk der Dichter und Denker – das schlichte Volk der Florian Silbereisen und Dieter Bohlen Anbeter.

Döner und Nasi Goreng fressen und „Ausländer raus" brüllen. Ha!

Heute hat die Bevölkerungs-Beknacktheit neue Gipfel erstürmt: Ein Feuerwehrmann berichtete im Fernsehen von Löscharbeiten an einem großen Haus, für die sie mit mehreren Fahrzeugen vorgefahren waren. Ein automatisch informierter Caterer hatte für die Schwerstarbeit leistenden Feuerwehrleute einen Tisch mit Schnittchen, Wasser, Kaffeekannen zwischen den Wagen aufgestellt. Nach einiger Zeit kam unser Feuerwehrmann an dem Tisch vorbei und wurde von einem dort herumlungernden Schaulustigen, der eine Tasse Kaffee in der Hand hielt, angesprochen, ob sie nicht auch Tee hätten. Wenn der Wahnsinn erst mal galoppiert ...

12
Musterung

Gerade mal 18, musste ich mich mit vier anderen aus unserer Klasse zur Musterung zum Kreiswehrersatzamt begeben. Die Kameraden wussten natürlich wieder mal mehr als ich und machten Witze über den Vorgang: „Bücken Sie sich, husten Sie mal!" Es war tatsächlich so, vor mehreren Männern mussten die Schulkollegen die Vorhaut zurückstreifen, sich die Hoden betasten und „Spreizen Sie Ihre Pobacken!" ihren After begutachten lassen.

Ich hatte eine Heidenangst vor dieser erniedrigenden Prozedur, es war schon keine Angst mehr, es war Terror!

Ich hatte mich noch nie vor Fremden so weit entblößen und so intim anfassen lassen müssen. So was gabs ja höchstens in meinen schweinischen Fantasien – und das zeigte mir, wie abgehoben diese von der Realität waren.

Dazu kam: In den Fantasievorstellungen ging es letztlich um Sex und Befriedigung, in der Realität der Musterung wurde es sehr peinlich, wenn durch das Betasten eine Erektion auftrat – was, soweit Betroffene berichten, durchaus vorkam, besonders in späteren Zeiten, als es auch Ärztinnen und Assistentinnen waren, die untersuchten und zuschauten. Es gibt Dokumentationen, wonach man gezielt so hingestellt wurde, dass auch die Assistentin ihre „Einblicke" bekam, wenn man sich bücken und den Po spreizen musste.

Hier in der Realität ging es definitiv um Erniedrigung, denn dass da mit Hantieren an der Vorhaut, an den Hoden, am After und u.U. auch Eindringen mit Finger oder Instrumenten, sexuell reizende Handlungen vorlagen, lässt sich nicht bestreiten. Das Herzeigen-Müssen ist schon erniedrigend genug, sollte man durch die Berührungen auch noch steif werden, hat man ganz verloren, weil man in dieser Situation asexuell zu sein hat. Nur weil vorgegeben wird, es sei nötig im Rahmen von Vorsorge und der Ausführende sei ja Mediziner, ändert sich nichts daran, dass genau diese Handlungen, diese Berührungen an der erogenen Zone sexueller Art SIND. Ein Mensch kann, wenn er schon befummelt wird, seine Sexualität und seine Reflexe nur schwerlich ein- oder ausschalten.

Mittlerweile gibt es Untersuchungen und Bücher zum Thema. Lars G. Petersson fand Assistentinnen, die bereit waren, zuzugeben, dass der Vorgang sie anfangs sexuell erregte, am Ende es aber (sinngemäß) nur noch lustig war, wie da der Hodensack unter dem Poloch hing und dass es interessant sei, wie viele verschiedene Formen von Polöchern es gebe. Am Ende käme der Kick, aufgepasst, nur noch durch die Erniedrigung und Scham der Männer.

Immerhin geben Beteiligte es zu: Es IST und bleibt ein sexueller Vorgang und es liegt Erniedrigung, ja, es liegt Missbrauch vor!

In den Nächten zuvor konnte ich schon nicht mehr schlafen und ich versuchte mir einzureden, dass ich das schon überstehen würde, vor allem: Es ging alles vorüber, auch diese unmögliche Untersuchung.

Genauso schlimm war für mich, dass ich wahrscheinlich tauglich war. Und ich konnte mich nicht beim Militär sehen. Ich, ein absoluter Individualist, der sein Einzelzimmer braucht, seine Musik, seine Gitarre, seine diversen Alkoholika, seine Bücher, seine Freiheit, ich in einer Kaserne?

Ich dachte schon ans Verweigern, konnte mich aber dazu nicht entschließen, weil der Ersatzdienst länger dauerte als der Wehrdienst, ein Wahnsinn an Ungerechtigkeit, ohne Zweifel ersonnen von faschistischen Gehirnen!

Außerdem sah ich mich auch nicht auf einer Altenstation oder im Krankenhaus als den, der da die Bettpfannen leerte. OK, vielleicht sollte ich es endlich mal ansprechen, im Grunde war ich ein Arschloch. Es ging mir eigentlich immer nur um mich. Wie ich schon erwähnt habe, konnte ich wahnsinnig nett sein, aber diese Nettigkeit ging oft nicht sehr weit oder tief.

So erinnere ich mich an entfernte Verwandte von Rita, mit einer jungen Tochter namens Carola, die im Rollstuhl saß, sehr nett, ganz hübsch, aber auch recht rundlich. Irgendwann fand ich mich auf einer Tanzfete wieder, es mochte der 13. oder 14. Geburtstag des Mädchens gewesen sein und man steckte mir, dass Rita und ich eingeladen waren, weil sie in mich verknallt war. Tatsächlich, ich musste mit ihr Rollstuhltanz exerzieren, während alle anderen normal rumhüpften, und das Schlimme war, als sie meine Hände in ihren hatte, wollte sie nicht mehr loslassen. Minuten später hatte sie immer noch meine Rechte in ihrer kleinen, weichen, warmen Hand. Sie wollte mich überreden, mitzukommen auf irgendeine Tour, die sie geplant hatte. Ich weiß nicht mehr, worum es ging, mir wurde aber von ihrer Verwandtschaft bestätigt, dass sie gern Leute zusammentrommelte und Dinge unternahm, einfach so! Das Leben genießen, spontan sein!

Bewundernswert!

Ich war natürlich nett zu ihr, klar, ich behandelte sie ganz normal, aber genau das kostete mich enorme Energie. Ich fühlte mich hinterher wie ausgesaugt und leerte zuhause eine halbe Flasche Whisky, um da wieder runterzukommen.

Ein paar Jahre später, als die Rede auf diese entfernteren Verwandten kam, fragte ich nach, was denn die Carola so machte. Antwort, sie war schon lange tot, ihr Körper hatte die diversen Probleme nicht mehr mitgemacht. Da begriff ich mit einem Schlag, was für ein eigensüchtiges, wertloses Sackgesicht ich gewesen war und immer noch war.

Wahrscheinlich oder möglicherweise war ich die einzige Liebe in ihrem Leben gewesen und ich hatte mich entzogen, ich hatte ihr nichts gegeben, nicht mal ein paar Stunden meiner Zeit. Ich bin ein großer Fan des Lennonsongs „Working Class Hero" und da singt er

„you think you´re so clever and classless and free, but you´re still fucking peasents as far as I can see."

Und plötzlich musste ICH sehen, dass ICH in Wirklichkeit der beschissene Bauer war, dumm, borniert, beschränkt, gefühllos und sonst nichts weiter.

Wie komme ich da überhaupt drauf. Die Musterung! Tja, ich hatte denen meine Kontaktlinsen mitgebracht, die ich zu der Zeit trug, damals eine revolutionäre Sache. Hauptsächlich sollte der gewaltige Astigmatismus auf dem rechten Auge gemildert werden, was aber auch nicht so gut funktionierte, außer für Bewegungen bin ich rechts blind und die Linsen war ich ein Jahr später wieder los.

Ich musste mich gar nicht erst ausziehen. Damit könnten sie nichts anfangen, die Kontaktlinsen könnten sie ja nichtmal vermessen, sagte der zuständige Arzt zu mir, und so was könnte man in der Kaserne nicht gebrauchen, damit sei ich draußen. Ich verstand zunächst nicht, aber in einem offiziellen Abschiedsgespräch machte man mir klar, dass ich mich nicht so sehr freuen sollte, und dass ich dem Land irgendwie zu dienen hatte und ich sollte mir Mühe geben und die Zeit nutzen. Danke und Tschüss!

Es gibt noch andere Dinge, an denen man festmachen kann, dass ich, damals zumindest, kein wirklich netter Typ war. Als meine Eltern im Abiturjahr, ich war 19, nach Rom fahren wollten, musste ich zwei Wochen auf Großmutter aufpassen, ihr Essen kochen und ihr helfen, mit dem Toilettenstuhl klarzukommen. Dazu gehörte auch, dass ich sie abputzen musste wie ein kleines Kind. Was mich daran störte, war ihr dummdreiste Attitüde, mir zu sagen, ich könne ja dabeibleiben, sie sei gleich fertig. Sie hatte überhaupt kein Schamgefühl mehr. Und wo waren all die Fantasien über das Zwangsweise-sich-entleeren-müssen und Schaupinkeln und Zuschauen? Futsch. Die mächtige Realität hatte mit der Kraft des Faktischen meine Fantasien ganz beiläufig als reinen

Unfug entlarvt.

Außerdem konnte ich durch die paar Lagen billigen To-
ilettenpapiers durchaus die Topografie und die Details
ihres Geschlechts, ihres Hinterns spüren. Ich mochte
sie sowieso nicht und auf DIESE Erfahrung hätte ich
gern verzichtet. Also fragte ich Rita, ob sie als Frau das
nicht übernehmen wollte und nett und zuvorkommend,
wie sie nun mal war, ging sie also, wenn es von oben
klopfte, rauf. Bis sie mir sagte, sie kenne meine Oma ja
im Grunde gar nicht und habe so das Gefühl, es sei ihr
lieber, wenn ich das wieder machte. Zähneknirschend
übernahm ich meine Aufgabe wieder selber.

Es gibt noch andere kleine Geschichtchen darüber, wie
ich mich nicht so verhalten habe, wie es vielleicht richtig
gewesen wäre. Ich möchte gerne glauben, ich hätte nun
daraus gelernt, aber Einbildung ist ja auch eine Bildung.

In den Ferien verbrachten wir vor dem Studium noch drei unbeschwerte Wochen im Wochenendhaus, das Ritas Schwager im Arnsberger Wald gekauft hatte. Wir liefen nackt herum, liebten uns jeden Tag und oft sogar zweimal und kochten ein paar ganz leckere Gerichte. Ich hielt viel davon, Gewürze wild zu kombinieren und Braten wie große Rouladen aufzuschneiden um sie mit Würsten, Zwiebeln, Käse, Kräutern zu füllen. Damals gab es das Spießbratengewürz von Fuchs. Das, kombiniert mit Knoblauch, Oliven und gerösteten Zwiebeln, ergab schon einen sehr kräftigen Geschmack, der uns erst über wurde, als ich lernte, mit weniger auszukommen und etwa einen Rinderbraten nur mit Salz, Pfeffer, Basilikum und Zwiebeln anzusetzen. Heute kann man das Spießbratengewürz gar nicht mehr kaufen. Aber ich behaupte mal, von 10 Kochexperimenten gelangen mir damals schon 9 und das nicht so Gelungene konnte man, naja, trotzdem essen.

Lesen, Radfahren und Schwimmen rundeten das Ganze ab. Manchmal saßen wir, wenn es dunkelte, unter den gewaltigen Eichen, grillten Würstchen und tranken Bier und ich holte die Klampfe raus und spielte American Pie, Yesterday, Ankomme Freitag den 13., Stairway To Heaven und Vincent.

Dass wir hier ein Doppelbett nutzen konnten, machte vieles entspannter und einfacher, während wir uns zuvor doch oft hatten arg verknoten und verrenken müssen. Ein Bild taucht immer mal wieder schlagartig vor meinem inneren Auge auf: Ihr blassvioletter Schlüpfer zerknüllt auf dem Boden in einem Streifen Sonnenlicht, das schräg durchs Fenster fällt und langsam weiterwandert. Das Violett zu tieferen Tönen changierend, wo sie im Schritt nass gewesen war, bevor ich ihr das Ding auszog.

So ein zartes Stück Stoff, so ein Bild voller intimer Schönheit – ich hatte eine meiner wenigen guten musikalischen Ideen, als ich nach anderthalb Stunden Sex auf der Bettkante saß und zu Boden schaute. Ich sprang auf, griff mir die Gitarre und Rita war hin und weg. Song Nr.2 ist aber auch eine der besten Sachen, die ich je verbrochen habe.

Zuhause an meinem Tonband arbeitete ich das Ganze weiter aus: Ich stellte mir die Farbabstufungen des so vielfältigen Violetts als Akkorde vor, baute die tiefsten Töne der Gitarre als langsamen Grundrhythmus ein und spielte eine zweite Stimme, eine langsame als Melodiespur dazu, darüber dann noch eine viel schnellere Stimme, die geradezu ungebremst vor sich hintobte.

Diesen Trick, schnelle über langsame, eher rhythmisch strukturierte Passagen zu legen, habe ich nicht erfunden, natürlich habe ich Unmengen Musik im Radio gehört und das hat mich halt geprägt. So klingt mein Machwerk auch etwa wie ein Mittelding aus Eroc, Rother und David Gilmore, aber was solls.
„Das ist wirklich schön!"
„Klar ist das schön, es ist über deinen Schlüpfer!"
„Du spinnst!"

Der einzige Schatten, der über diesen Wochen lag, bestand darin, dass wir uns um unsere Zukunft kümmern mussten. Das Dumme war, ich sollte nach den Vorstellungen meiner Eltern eine Laufbahn als Finanzbeamter einschlagen oder eine Lehre machen, Bank, Versicherung, Verwaltung.

Ich wollte Musik und Sport fürs Lehramt studieren und musste mich verhöhnen lassen, das schaffte ich doch sowieso nicht und außerdem sagte Herr Sossna, Sekretär im Schulamt, er wohnte zwei Häuser weiter, es würden ohnehin keine Lehrer eingestellt. Wenn überhaupt, dann vielleicht Mathelehrer. Ja, und Chemie sei so selten.

Ich wartete bis zum letzten Tag und musste mir noch vom Pfarrer der winzigen Sauerland-Gemeinde die beglaubigten Zeugniskopien holen. So kam es, dass auf meinen Kopien der Stempel des katholischen Kindergartens prangte! Ein Witz oder ein schlechtes Omen?

Gleichzeitig hatten sie an dem Tag Gemeindefest und zwischen Kindergarten und Kirche wurde gegrillt und ich bekam noch eine Bratwurst. Also doch ein gutes Omen! Dachte ich.

Rita entschied sich für Geschichte und Deutsch und studieren konnten wir diese Kombinationen zusammen in Dortmund, das nur 30 Kilometer weit weg lag.

Es wurden 80 DM Bafög bewilligt, was nicht reichte, aber statt was draufzulegen, wollten meine Eltern die 80 DM als Kostgeld behalten! Das konnte ich ihnen, nachdem wir wochenlang böse gestritten hatten, ausreden. Rita hatte übrigens mehr und wurde von ihrer treuen Tante Zilli noch zusätzlich unterstützt.

Zunächst fuhren Rita und ich mit dem Zug zur Uni nach Dortmund, dann arbeitete ich in den Weihnachtsferien bei der Post und kaufte gegen den Willen meiner Eltern ein Motorrad, was uns eine gesegnete Unabhängigkeit bescherte und etwa die Hälfte der vergeudeten Fahrtzeit einsparte. Das Wichtigste: Damit konnte man am Wochenende in anderthalb Stunden im Sauerland sein. Muss ich noch mehr sagen?

Da wir aber unter der Woche weder in Ritas Zimmer noch in meinem wirklich sicher sein konnten, völlig ungestört zu bleiben, versuchten wir aufs Land hinauszufahren, da gab es nur 15 Minuten weit weg sandige Feldwege im Nirgendwo, kleine Wäldchen mit Pfaden, die blind endeten und dazwischen eingestreute Felder mit saftig grünem Mais und goldenem Weizen. Ich fuhr die Honda in den Wald, so dass sie von der Straße aus nicht mehr zu sehen war, und wir trampelten im Maisfeld am Waldrand eine Fläche nieder, so groß, dass wir eine Decke hinlegen konnten. Die Sonne schien, es müssen 30 Grad gewesen sein und kaum hatten wir uns ausgezogen, stürzten sich Fliegen, Mücken und Kriebelfliegen auf uns, so dass wir permanent Insekten abwehren mussten und trotzdem gestochen wurden. Für Sex blieb keine Zeit! Von wegen: Ein Bett im Kornfeld! So ein Schwachsinn! Wir gaben nach zwei Minuten auf, zogen uns an und fuhren in die Stadt zurück, wo ich erst mal ein Eis spendierte.

Der Mann ohne Ledertasche

Auch in den folgenden Semesterferien konnte ich bei der Post jobben (genau genommen bestanden meine Eltern darauf, dass ich dort arbeitete) und das Resultat war ein VW Käfer für damals 2400 DM.

Wir haben das Ding heiß und innig geliebt, er bot uns noch mehr Freiheit, man konnte damit losfahren, auch wenn das Wetter extrem schlecht war. Und man konnte versuchen, auf dem Rücksitz zu bumsen. Einmal. Nie wieder! SO dringend brauchten wir es dann doch nicht.

Eine Bemerkung zum Paketdienst bei der Post, die damals ein wirklich guter, sozialer Arbeitgeber war. Ritas Vater hatte bis zu seinem zu frühen Tode bei der Post im Fernmeldedienst gearbeitet und Rita war nun also eine sogenannte Postwaise. Ein netter Mitarbeiter der Personalabteilung, Herr Althaus, rief sie jahrelang noch an, gratulierte zu Geburtstagen und überwies regelmäßig ein hochwillkommenes Geldgeschenk! Ich hatte auch mit ihm zu tun und sage einfach mal danke an dieser Stelle! Lang lebe Herr Althaus!

Die Arbeit selber war nicht gerade Neurochirurgie, Pakete von Laufbändern nehmen und nach Postleitzahlen sortieren – bitte!

Klapprige Wagen mit Paketgut aus stinkenden Eisenbahn-Waggons holen – OK!

Zeitweise arbeiteten gleich drei weitere Ehemalige meines Gymnasiums dort und wir betrachteten den Job als eine Art Sport. Etwas, das man betrieb wie Krafttraining mit Hanteln. Hier waren es halt Pakete. Dumm nur, dass die Halle so überheizt war! Die Klimaanlage hatte man so hochgeregelt, dass wir im Winter im T-Shirt am Band stehen mussten. Hätte man einen Karton Eier unter ein Transportband gestellt, wären bald Küken geschlüpft!

Dann musste man auch immer wieder raus auf die frostigen Bahnsteige – man kriegte da schnell was weg.

Einziger echter Nachteil des Ganzen: Die Spät- und Nachtschichten waren zu lang. Sie beliefen sich mit Pausen auf bis zu 10 Stunden, die für mich einfach nicht umgehen wollten. Regelmäßig nach den Spätschichten belohnte ich mich mit einem halben Hähnchen vom Grill, ihr wisst schon, es ist derjenige, der das Fett und den Saft mit einem archimedischen Schneckentrieb über die Hähnchen pumpt! Das waren die besten Hähnchen überhaupt und ich konnte es mir nun leisten! Dazu noch eine Flasche billigen Rotwein, irgendwo im Bereich bis 2,40 DM. Da saß ich also gemütlich im Bett, in meiner winzigen Bude, guckte einen späten Fernsehkrimi, ein Handtuch auf dem Bauch, schlemmte vor mich hin und dachte an spätere Zeiten, an das Irgendwann, das sicher noch besser werden würde. Wofür arbeitete ich denn sonst?

Ich armseliger Trottel!

Besonders schlimm war die Schicht, wenn keine ehemaligen Schulkameraden oder Studenten mitliefen, mit denen man mal quatschen konnte. Die übrige Belegschaft setzte sich zum größten Teil aus Bauern aus der Umgebung zusammen, die hier halbtags arbeiteten.

Sie waren konservativ angekränkelt, nicht an Musik interessiert und fanden allesamt Mitte der 80er Jahre biologisches Landwirtschaften blöde, Atomkraft dagegen gut! Kriminelle Idioten allesamt! Seid verdammt in alle Ewigkeit!

Bitte, ja! Ganz direkte, brutale Auswirkung des landwirtschaftlichen Schweinewahnsinns, der unsere Region regiert: Das Wasser aus dem Brunnen neben Tante Zillis (später unserem) Haus darf man seit den 80ern nicht mehr trinken! Hat das die RAF eigentlich je gekümmert?

Die absolute Hölle war es, around midnight im Winter in den kafkaesken Katakomben unter dem Bahnhof zu sitzen, wo ein schmuddeliger, 1936 mal weiß gestrichener Raum mit Spinnenweben, schmierigen Tischen und unzureichender Lüftung als Aufenthaltsraum deklariert war. Ja, da war sogar Rauchen erlaubt! Und man saß dicht an dicht mit der knorrigen Bauernschaft der Umgebung und langweilte sich massiv. Ab und zu unterhielten sie sich auf Platt, als hätten sie damit eine Geheimsprache, und sie benutzten sie ja nur, wenn sie über jemanden herziehen wollten, eingebildete Stinker mit ihren amputierten Zigarillos! Großmutter sprach Platt. Soll ich noch mehr sagen?

Hatte man gerade H.P. Lovecraft gelesen und war übermüdet, konnte der kürzeste Rückweg zum Fahrradständer am Posthaupteingang nachts zu einem fantasmagorischen Erlebnis werden: Statt den ganzen Block zu umrunden, ging es durch die bestialisch nach Dieselabgasen stinkende LKW Halle und weiter durch stille, dämmerige verlassene Verteilsäle, wo monströse Paketförderanlagen wie müde Dinosaurier schliefen.

Spiralige Auffahrtrampen querend, weiter durch einsame schmale Korridore mit einer Vielzahl von roten Türen, besser nicht öffnen, here there be tygers!

Im Aufzug ein Stockwerk tiefer und immer weiter in die Eingeweide des unübersichtlichen und weitgehend verlassenen Baus, bis man schließlich in die finstere, zugige Tiefgarage hinaustrat, BOMM knallte die Tür hinter einem zu, der Knall hallte nach und hier kam es mir vor, als stünde ich in den „CARCERI D'INVENZIONE" von Piranesi.

Es soll ja laut Lovecraft in den einsamen Cotswolds eine abgelegene Straße geben mit einer eisernen Klappe mitten in der lehmigen Fahrbahn: Der Zugang zur Unterwelt. Ich war sicher, ich musste hier im Parkhaus nur zur untersten Ebene vordringen und würde auch so eine verrostete, per Vorhängeschloss gesicherte Klappe im Boden finden!

Ich beeilte mich immer ein wenig, auf dieser Ebene die richtige Tür in der düstersten Ecke zu finden und erlöst zur Ausfahrt, zum Laternenlicht draußen hinaufzujoggen. Beim ersten Mal hab ich mich verlaufen und ich verlaufe mich NIE! Dass das mal klar ist!

Es gab auch Highlights, das kostenlose Telefonieren in den Pausen etwa. Die Telefone waren locker über die Pfeiler der Halle verteilt und tagsüber hing ich in jeder halbstündigen Pause mindestens 15 Minuten an der Strippe, um mit Rita zu plaudern.

Die nette Polin mit der Bombenfigur war auch nicht zu verachten und es machte Spaß, mit ihr am Band zu

stehen. Sie besorgte mir sogar erstklassige Lederhand-
schuhe von der Verwaltung und wir quatschten übers
Kochen. Oder die frisch gebackene Abiturientin, die sich
vom unerträglichen Zuhause abgenabelt hatte und deswegen arbeiten musste: Schwarze Haare und Augen,
schwarze Jeans, enger schwarzer Pulli. Mit der redete
ich auch über Sex und sie sagte, sie hätte in letzter Zeit
mit so vielen geschlafen, sie habe erst mal genug, ich
sollte aber ruhig mal auf einen Tee vorbeikommen. Auch
wenn der Satz heute noch in meinem Kopf wiederhallt,
den Tee hab ich mir nie abgeholt.

Lustig wars mit Ralf Adler, mit dem ich zeitweise nach
Dortmund zur Uni gefahren war. Wie klein die Welt ist,
sieht man daran, dass Ralfs Frau eine Freundin meiner „Tanzschulliebe" war. Mittlerweile ist sie Lehrerin, er
Rektor.

Damals mussten wir ab und zu Überstunden anhän-
gen, weil Züge sich verspäteten und deren Eintreffen
erst mal abgewartet werden musste. Wir holten zwei
Flaschen Bier aus der Kantine, nahmen ein paar Post-
säcke, die nach der strengen Postbeutelverordnung
Postbeutel heißen, und polsterten einen Klappcontainer
in der hinteren Ecke der Halle damit.

So saßen wir eine Stunde lang gemütlich rum, bis der
Vorarbeiter kam und rief: „Was machen Sie denn da?"
Und ich: „Überstunden!"

Im Grunde bilden die Schul- und Studienjahre einen ganz schönen Klumpatsch in meinem Kopf. Die zwei Prüfungssemester heben sich etwas ab. Und Ritas erste Probleme mit dem verfluchten Rheuma. Genau als sie eine Klausur schreiben sollte, hatte sie den ersten Rheumaschub und sämtliche großen Gelenke und die Hände taten ihr entsetzlich weh. Cortison half, aber dadurch nahm sie zu. Etwas von dem Gewicht verlor sie wieder, aber leider nicht alles. Zudem hatte sie im Folgenden entsetzliche irrationale Prüfungsängste – letztlich hat sie keinen Abschluss geschafft.

Ich selber hatte Glück ohne Ende: Mit Sport, weil ich mit 13-14 angefangen hatte, systematisch Gewichte zu heben, Rad zu fahren und zu schwimmen. Didi wollte mich nicht nur zum Tanzkurs überreden, er fand auch Fechten toll und ich war nicht abgeneigt, aber meine Eltern waren mal wieder dagegen, so eine Schickimickisportart, was sollte das denn? Und ohne ihre Unterstützung konnte ich mir die Ausrüstung nicht leisten.

Fechten konnte ich dann noch wenigstens ansatzweise im Studium. Meine wahnsinnig guten Reflexe kamen mir zugute. Auch der Alkohol konnte dem nichts anhaben. Ich schlage auch heute noch jeden in dem Spielchen, einen Geldschein zu schnappen, der wenige Zentimeter oberhalb meiner Finger losgelassen wird. In der Schule konnte ich mit Etuis, Büchern und sogar dem Klassenbuch diesen Wirtshaustrick, bei dem man einen Bierdeckel auf die Tischkante legt, so dass er bis zur Hälfte übersteht. Dann schlägt man mit den Fingerspitzen den

Bierdeckel hoch und greift zu. Das Ding dreht sich einmal und dann hat man es auch schon zwischen Daumen und Fingern gefasst. So, jetzt nehmt mal ein Taschenbuch!

Beim Volleyball und Rudern war ich gut, beim Geräteturnen nicht so sehr. Insgesamt kam ich ganz passabel durch. Schwieriger war es, meine Stümperei im musikalischen Bereich zu vertuschen. Ich musste vorführen, dass ich zwei Instrumente beherrschte. Nun hatte ich einen Prof, der sehr angetan war von meinem Ehrgeiz, möglichst viele Instrumente selber zu bauen. Ich bohrte, sägte, klebte bei Rita im Keller stundenlang herum und kam dann mit großen Bambusquerflöten, die niemand außer mir greifen konnte, ins Seminar. Oder mit Trommeln oder einer im Grunde halbakustischen E-Gitarre, die komplett selber gefertigt war, sogar die Tonabnehmer hatte ich selber gewickelt. Das Besondere waren der eingebaute 1 Watt Verstärker und der 10 cm Lautsprecher hinten, die das Ganze zu einem sehr praktischen, ungewöhnlich lauten Instrument machten, mit dem man auch ohne Anlage einen größeren Raum rocken konnte. Damals eine geniale Erfindung, heute gibts das ab und zu bei eBay zu kaufen.

Ich hatte am Ende Probleme, weil mein Musikprof, der von meinen Erzeugnissen so begeistert war, ein Studiensemester nahm und plötzlich für die Prüfung nicht zur Verfügung stand. Rita hatte durch das Rheuma ähnliche Probleme und so wurden aus den zwei Prüfungssemestern vier, was meine Eltern furchtbar erboste. Im Lichte der Tatsache, dass das wirklich die beste Zeit unseres Lebens war, mit viel Freizeit – nun, das war ja alles anders als heute: Als intelligenter guter Student konnte man locker durch so ein Studium spazieren und Freiheiten genießen, also unter dem Gesichtspunkt haben wir alles richtig gemacht.

Bei der praktischen Prüfung zeigte ich neben dem Entertainer am Klavier (das hat Schweiß gekostet) meine Gitarre mit einem zusammengeklauten Stück, das zwischen leicht verstärkter Akustik und verzerrter Elektronik hin und her sprang. Orientiert hatte ich mich bei Pink Floyd, Simon&Garfunkel, Thin Lizzy und Cockney Rebel, die mit einer elektrisch verstärkten Violine arbeiteten. Ich wurde zwar durchgewinkt, aber dann passierte das Ärgerliche: Vor der theoretischen Prüfung sagten mir die zwei Profs, ich sollte die Gitarre mal da stehen lassen, sie wollten sie noch begutachten. Ich schloss mit einer Zwei ab, aber durfte die Gitarre nicht mitnehmen. Ich dachte, ich könnte drauf warten und fragte, wie lange das denn noch dauere. „So lange es dauert!", sagte mein Prof mit freundlich breitem Grinsen.

Als ich eine Woche später die Gitarre abholen wollte, war sie angeblich aus einem Abstellraum gestohlen worden. Dieser Raum stand voll mit Glockenspielen und Schlagzeugen und war mehr geöffnet als abgeschlossen, da konnte jeder rein! Als ich mich beschwerte, meinte das Arschloch von Dekan doch tatsächlich: „Bauen Sie sich doch eine neue!" Selbst ein Brief eines Anwalts blieb erfolglos und angesichts des „geringen Wertes dieses Eigenbaus" (Unverschämtheit) riet der mir dazu, nicht zu klagen!

Kleine Rückschläge, aber insgesamt war das Studium eine tolle Sache gewesen.

Es war auch sexuell die beste Zeit. Wenn ich so überlege, wann wir was im Bett im Einzelnen gemacht haben, kann ich nur eine grobe Abfolge definieren: Ein paar Wochen nach dem ersten Mal begann ich Rita zu zeigen, dass es einfach „süß" ist, es ihr französisch zu machen. Ich küsste ihre Scham, die übrigens ganz schön behaart war, dann musste ich die Haare möglichst gründlich zu den Seiten wegsortieren, die Schamlippen evtl. ganz in den Mund saugen oder gleich mit den Fingern spreizen, um oben den kleinen Knubbel mit der Zunge liebkosen zu können.

Ehrlich gesagt hatte ich Angst vor dem Schleim, der aus ihrer Scheide austrat, Angst vor dem Gleitmittel, das die Scheide selber produziert. Ich hatte nun genug mit den Fingern in ihr herumgestochert und gerieben und wusste, dass das schon etwas eigentümlich roch und wohl auch schmeckte. Aber durch all das, was ich gelesen und mir im Kopf zurechtgedrechselt hatte, war ich regelrecht darauf konditioniert, dass es dazugehörte. Dass Sex ohne Oralverkehr nicht wirklich intim, nicht grenzenlos, nicht supererregend und superbefriedigend sein kann. Wichsen und Reinstecken war für Spießer. Raffinierter, niveauvoller Sex beinhaltete nun mal Anstrengungen mit Mund und Zunge. DAS war Erwachsensein, ja, das war Sophistication!

Dann passierte es, dass sie auf meinem Mund saß und ich hatte plötzlich einen regelrechten Schleimklumpen im Mund, ich würgte, hustete, würgte, warf sie zur Seite und suchte die Whiskyflasche zum Nachspülen. Also, Entschuldigung, ich weiß, wie lächerlich das klingt, wenn man bedenkt, was ich mir zusammenfantasiert habe und was Männer tatsächlich ständig in Frauenmünder spritzen, aber mir war wirklich übel.

Ansonsten war ich da angekommen, wo ich jahrelang hingewollt hatte, ich lag zwischen ihren Schenkeln oder hatte sie die Beine anziehen lassen und der runde Po, die weiche nasse rosa Spalte gehörten mir. Endlich. Es war auch normalerweise wirklich kein unangenehmes Erlebnis, ihr die Zunge in den Scheideneingang zu stecken – weiter kam ich nicht – oder gar mit der Zunge faire le trou zu machen, also sich den niedlichen kleinen Ringmuskel, den After vorzunehmen. Intimer gings nu wirklich nich! Und mit zwei Fingern in ihr drin und der Zunge auf dem Kitzler kam sie nach etwa 20-30 Minuten. So lange dauerte es halt und dann war meine Zunge steif und hatte Muskelkater. Mein Mund hatte sich an ihren Haaren wundgerieben. Ich konnte nicht mehr auf dem Bauch liegen und mein Schwanz hatte auch schon die ganze Zeit prall und drall gestanden. Oft brauchte ich dann noch meine 30 bis 45 Minuten, um zu kommen, mit dem Endeffekt, dass bestimmte Muskeln im Unterleib (oder ist es der Schwellkörper?) anfingen höllisch zu schmerzen. Kein Mann redet darüber!

Jetzt, traurige Jahrzehnte später, hätte ich den Schmerz gern wieder. Ach, was würde ich darum geben ...

Was ich besonders toll fand: Ich konnte ihr den Reiz von Fesselungen nahebringen. Zunächst bat ich sie, mir mit einem alten Baumwollschal die Hände auf dem Rücken zu binden und es mir dann zu machen oder mich zu besteigen, ganz wie sie wollte. Das kam gut an! Sie genoss es sichtlich, dass ich ausgeschaltet war und nahm sich viel mehr Zeit für meinen Schwanz, zog die Vorhaut zurück und studierte wie bei den ersten Malen genau die Eichel, den „Kussmund", also den Harnröhrenausgang, versuchte ein Streichholz hineinzustecken, was nicht funktionierte. Dann bekam die Eichel ein paar kleine Küsschen und sie legte los.

Ein andermal rieb sie den Schwanz an ihrer Wange, küsste ausgiebig die Eichel und sagte, wenn ich es ihr da unten mit dem Mund machte, dann müsste sie das ja auch können, sie wollte es mal probieren und schwupps hatte sie mich in den Mund genommen. Ich stöhnte überrascht und wurde minutenlang am ganzen Körper steif wie ein Brett: So was Schönes! Die Hitze ihres Mundes, die Berührung der Zunge an meinem Penis, das Realisieren, dass sie nun tatsächlich an diesem hässlichen Ausscheidungsorgan nuckelte! Es machte mich geradezu wahnsinnig. Dann zog sie auch noch die Vorhaut zurück, so dass die empfindliche Eichel direkt auf ihrer Zunge lag und ich wurde vollends verrückt. Genau genommen war ihre raue Zunge und der gelegentliche Kontakt mit ihren Zähnen zu viel für meine empfindliche Eichel, die zwar ein paar Tonnen Druck ertragen konnte, aber kein bisschen Reibung, die wurde ja immer von der Vorhaut abgefangen, das ist ja auch der Sinn der Konstruktion – von wegen Beschneidung!

Ich musste sie bitten, langsam zu machen und vorsichtig zu sein. Als sie den Bogen raus hatte, begann mein Unterleib unregelmäßig zu zucken und rauf und runter zu hämmern. Eine kurze Zeit dachte ich mit dem Begreifen, dass ich nun, nach all den Fantasien und nach all der Zeit doch einen Mund fickte, müsste ich auch kommen können. Pustekuchen. Immer, wenn mir klarwurde, dass ich mein klebriges, weißgraues Sperma mit seinem eigentümlichen Geruch in ihrem MUND spritzen würde, schrumpfte meine Erektion.

Da muss ich Rita wirklich loben: Sie bekam es hin, dass es fast klappte! Sie fesselte mir die Hände auf den Rücken, was gut funktionierte, da ich auf der Seite lag, cremte sich zwei Finger ein und während sie meinen Schwanz im Mund hatte, suchte sie sich mit den Fingern meinen Hintereingang. Nun gut, sie kam nicht sehr weit, aufgrund der Handstellung, aber ich hatte noch nie solch ein Gefühl der Ausgeliefertheit und des Vergewaltigtseins erlebt. Vorne hielt sie mich im Mund gefangen und hinten hatte sie den After mit zwei Fingern durchbohrt, in Besitz genommen – sie hatte mich voll im Griff. Jede ihrer kleinsten Finger- oder Zungenbewegungen ließen mich zittern und zappeln.

Aber: Spuck, würg! „Was ist das denn, bist du schon gekommen?"
„Nee, das wüsste ich!"
„Aber du hast was abgespritzt!"
„Das müssen die Freudentropfen sein", keuchte ich, „du weißt doch, das Schmiermittel, die klare Trägerflüssigkeit ohne Spermatozoen."
„Hm, ja, na gut, so schlimm ist das nicht."
„Spucks halt aus, hier sind Tempos."
„Ach, es schmeckt gar nicht so schlecht."
„Da bin ich ja beruhigt!", sagte ich zweifelnd, denn dass das gut schmecke, konnte ich mir nicht vorstellen.
„Und, weißt du, daran könnt ich mich gewöhnen, das ist zu schön, zu spüren, wie du in meinem Mund an und abschwillst und wie dein Schwanz zuckt! Das ist so intim!" Sie bog an meinem Schwanz herum, so dass auch ich mich krümmte. „Du bist mir so richtig ausgeliefert! Und jetzt komm!" Sprachs und schwupp verschluckte

sie wieder mein empfindlichstes Teil.

Da wurde mir klar, dass ich aus der Nummer nicht rauskam, sie würde so lange weitermachen, bis ich kam, und mit der Erkenntnis, baute sich eine unglaubliche Erregung auf. Ich zappelte da hilflos herum, als hätte ich die Stromleitung angefasst und als ich tatsächlich kam, ruckte ich so weit zurück, wie ich nur konnte und flutschte aus ihrem Mund heraus. Das meiste ging daneben.
„Was machst du denn!"
Und dann musste ich ihr erklären, dass ich mein eigenes Sperma eklig fand und woher das kam. Ich war halt so erzogen. Die Geschlechtsteile waren schon unaussprechlich, Sperma erst recht und all die kleinen eifrigen Spermien, die da lebendig rumzappelten, und jetzt in ihrem Mund rumwuselten, kamen mir mehr als seltsam vor. Dann roch das Zeugs auch so merkwürdig ... ich würds jedenfalls nicht schlucken wollen.

Meine Rita hatte ja nun in ihren guten Tagen ein zupackendes, entschlossenes, selbstbewusstes Wesen an den Tag gelegt. Ganz anders als der verzagte Mensch, der später im Rollstuhl saß. Also startete sie bald darauf einen weiteren Versuch. Sie brachte mich dazu in ihren Mund zu spritzen und hustete, würgte und spuckte und man merkte, wie sehr sie bemüht war, das zu unterdrücken. Das sei zu viel, meinte sie, und der Geschmack sei auch gewöhnungsbedürftig. Sie küsste mich dann und ich kam in den zweifelhaften Genuss, mich selber schmecken zu können. Na, danke sehr! Für mich schien klar, das Ganze war wohl nur was für erotische Fantasien, nicht für die Realität.

Um nicht falsch verstanden zu werden: Wir hatten eine

Menge Spaß am Oralverkehr, am Küssen, Schlecken, nur mein Höhepunkt sollte nicht unbedingt DORT stattfinden! Da waren wir uns dann doch einig. Mediziner meinen übrigens neuerdings, genau so sei es richtig. Sie führen Statistiken an, denen zufolge Frauen, die schlucken, ein höheres Kehlkopfkrebsrisiko haben. Googelt es euch!

Rita machte so gut wie alles mit, nur eben in gewissen Grenzen: Ich war wahnsinnig gespannt darauf, wie denn Analverkehr sich anfühlen würde. Diese kleine niedliche Rosette wartete doch nur darauf, durchbohrt zu werden! Ich bereitete sie geschickt darauf vor, indem ich ihr weiße Tafelkerzen hinten einführte und vorne den Kitzler leckte. Das kam gut, sie kam gut.

Dann bastelte ich kleine torpedoförmige Holzdildos, die man ganz einführen und trotzdem wieder rausholen konnte, da sie am Ende eine dicke Nylonkordel besaßen. Das mochte sie gar nicht, sie behauptete, die Nylonkordel reibe ihren After wund.
„Echt?", sagte ich, „dann probieren wir es doch mal bei mir!" Und ich hatte ne Menge Spaß damit. Rita hatte so eine Art mich auf die Seite zu dirigieren, ich musste ihr den Po hinstrecken und sie zog mir mit zwei Fingern die Pobacken auseinander. Das machte mich schon verrückt. Ich wollte da unten nicht unbedingt „geöffnet" und beguckt werden. Dann kam unerbittlich so ein Dildolein, wanderte in mich hinein und durch das zugespitzte Ende beförderte sich das Ding von allein tiefer, weil der Schließmuskel es selber weiter reindrückte. Die Nylonkordel aber, und das bereitete mir Gänsehaut, rieb ganz sacht an der Haut des Afters und zeigte zusätzlich an, dass sich da was unaufhaltsam bewegte! Irre!

Weil das so einen Spaß machte, stellte ich noch einen 20 Zentimeter langen her, den Rita mir ganz, ganz langsam komplett einführte – unter viel Gestöhne und Protest meinerseits, denn mehr ging wirklich nicht. Und dennoch versuchte der Ringmuskel sich immer wieder zusammenkrampfend, das Ding tiefer zu schieben – der After vergewaltigte sich sozusagen selber, ein pervers schönes oder schön perverses Gefühl.

(Achtung! Nicht nachmachen! Ein Wunder, dass ich mich nicht selber mit dem Ding verletzt habe! Eine Penetration der Darmwand ist kein Spaß!)

Rita griff sich den Schwanz, der zu ihrer Freude kurz darauf spuckte.

Die bei Rita benutzten Kerzen ließen wir oft so lange in Scheide oder Po, dass sie weich wurden und die Form ihrer Umgebung annahmen, sie kamen als seltsam verbaute, verkrümmte und geriefelte Objekte, eher verschrumpelten Möhren oder Kartöffelchen gleich, wieder heraus. Wir hatten Vaginal- und Rektal-Abgüsse erfunden – wir waren auch da unserer Zeit weit voraus gewesen! Aber ich sagte es, glaube ich, schon.

Eines Tages war es also ganz normal, den Schwanz hinten anzusetzen und zu sagen, „Komm, wir probieren das mal!"

„Aber ganz vorsichtig!"

Vorsichtig, klar. Aber sie war so eng, es ging nicht! Beziehungsweise: Ich kam mit der Eichel rein und freute mich tierisch, weil es ein viel intensiveres Gefühl war als in der Scheide, doch da schrie sie los, dass es weh täte! Tatsächlich hatte ich ihr auf ein paar Millimetern die Haut zerrissen. Jetzt war sie also dort wund und nichts ging mehr. Äm, hinten zumindest.

Mit der Zeit und unter ausgiebiger Übung mit dünneren Kerzen ging es dann doch. Nächstes Problem, sie mochte es nicht, wenn ich versuchte, mich ganz in ihr zu versenken, die letzten Zentimeter mussten leider draußen bleiben. Zu heftig bewegen durfte ich mich auch nicht, das rieb zu stark!

Im Nachhinein wundere ich mich, dass ich überhaupt zwei, dreimal, mehr wars ja nicht, in ihrem Po gekommen bin. Ach so ja, sie klagte tagelang hinterher, sie könne nicht zur Toilette gehen!

Man könnte sagen, wir hatten schon ab und zu schönen Sex fast mit allem Drum und Dran, doch genau genommen war es nicht häufig genug und meine Vorstellungen wurden nie ganz erfüllt. Das wiederum stachelte meine Fantasie weiter an und ich begann mir vorzustellen, dass ich mal fremdgehen könnte. Und je schlechter es Rita ging, um so mehr wurde das zur fixen Idee, die so gar keine Erfüllung fand.

Schon mit Mitte 30 waren ihre Knöchel so geschwollen und die Finger hatten Fehlstellungen, dass sie mit den Händen kaum was machen konnte. Ihre Lieblingsbetätigung, Gärtnern, war kaum mehr möglich, dennoch versuchte sie immer wieder hier Unkraut zu jäten, dort Samenstände abzuschneiden und sie kaufte Blumen, die ich natürlich einpflanzen musste. Aber aufgrund der Probleme haben wir seit sie 42 wurde, gar keinen Sex mehr praktiziert.

Die Zeitschriften, die meine Eltern sich im Urlaub Anfang der 70er gekauft hatten, blieben einzigartig für mich, bis mir klar wurde, dass ich alt genug aussah, um am Kiosk selber solche Druckwerke zu erwerben. Und tatsächlich, anstandslos bekam ich die Wochenend ausgehändigt. Natürlich gab es Grenzen, die Darstellungen waren in dem Sinne zensiert, dass die Schamspalte nie dargestellt wurde. Aber Busen und Popos und laszive Texte halfen schon, wenn ich, wie damals, auf mich selbst gestellt war.

Mit 17 wagte ich den Schritt in den Sexshop, der in einer Parallelstraße zur Fußgängerzone lag. Mit rotem Kopf enterte ich den Laden und suchte mir ein Magazin heraus, das dann auch keine Wünsche offen ließ. Die besten Fotos darin zeigten eine etwa 22-Jährige Frau mit vorstehenden Zähnen, die ansonsten ganz hübsch war. Sie wurde in verschiedenen Graden der Fesselung präsentiert und das Schärfste war das Bild, auf dem ihre Hände und Füße an die Enden einer Stange gebunden waren, ihr Po zeigte zum Betrachter, der sozusagen eingeladen wurde, sich ihrer klaffenden Scheide und ihres Polochs zu bedienen. Ich hatte übrigens keine Probleme, auch dort wurde ich, genau wie in den Supermärkten wenn ich Rum, Wodka oder Weinbrand kaufte, nie nach meinem Alter gefragt!

Ein zweiter Versuch im Sexshop ging total schief, die Bilder des neuen Magazins zeigten dicke 50-Jährige Trullen, die massive BHs und Höschen aus den 50ern trugen! Nepp!

Mehr Glück hatte ich später bei unserem zweiten Urlaub im Sauerland, bei dem Besuch eines Trödelmarktes. Ein Händler, der auch Bücher feilbot, hatte halbversteckt unter dem Tisch eine Kiste stehen, in der ich zahllose dänische „Weekend Sex" fand, kleine postkartengroße Hefte, die sich dadurch auszeichneten, dass ganz normale Frauen in normaler Kleidung in Alltags-Situationen gezeigt wurden, also in Küche, Bus, bei der Arbeit, beim Essen zusammen mit den Schwiegereltern, auf Feten. Die Gesichter waren nicht die von Supermodels, es waren die Gesichter der Frauen und Mädchen von nebenan, was das Ganze viel realistischer und erotischer machte.

Leider erinnere ich mich nur noch grob und beispielhaft an zwei der Hefte. Eins zeigte ein paar Sekretärinnen, die den Chef vernaschen. Gott, eine hatte sogar Pickel am Po, eine andere eine Blinddarmnarbe. Ein anderes stellte uns ein älteres dickes Bauern-Ehepaar beim Abendessen vor. Das junge Paar, der verheiratete Sohn und seine Frau, verabschieden sich auf ihre Kammer, wo sie Sex haben, bis die hässliche, fette Bäuerin hereinkommt, herumzetert und die junge dralle Frau nackt die Treppe runterzerrt, auf den Tisch wirft und beginnt, ihr mit einem nassen Tuch die Spalte zwischen den Beinen zu säubern. Der Anblick der Emailschale mit Wasser und dieses einfachen Tuches, mit dem die Alte das Geschlecht der Jüngeren abreibt, diesen höchst intimen Reinigungsvorgang fand ich über die Maßen geil, genau wie andere Details aus diesen Heften, an die ich mich leider nicht erinnere und die mittlerweile durch einen Wasserschaden verloren sind.

Die Alte steckt dann der jungen Frau, während Sohn

und Ehemann sie festhalten, eine Gurke in die Möse und sie selber legt sich umgekehrt dazu und führt sich die andere Seite der Gurke ein: Auftakt für ein wildes Durcheinanderbumsen und Lutschen, das ich dann nicht mehr so interessant fand.

Der Stapel Hefte in seiner Geballtheit und mit dem ungewohnten erotischen Realismus hatte mir am zweiten Tag – ich weiß es nicht mehr genau – sieben, acht oder neun Orgasmen beschert. Rita ging es sowieso nicht so gut, sie schlief, las oder hörte Musik. Ich zog mich auf mein Kämmerlein zurück, blätterte die Hefte auf und kam problemlos. Erst nach vier oder fünf Mal am Morgen ließ ich es gut sein, legte mich dann nach dem Mittagessen aber wieder hin und hatte gleich noch zwei weitere durch reinen Handbetrieb. Das war der Punkt, als ich merkte, dass ich es ein wenig übertrieben hatte, mein Herz schlug unregelmäßig und ich bekam kaum Luft. Ich beruhigte mich und abends hatte ich sofort wieder diese Probleme, zog es aber noch einmal durch und gelobte mir, bei dem folgenden Herzstolpern, dass ich einen Tag Abstinenz üben würde. Auch der Schwanz flehte um Gnade, er war regelrecht wundgewichst und lieferte kein Sperma mehr.

Dann kamen Videotheken auf und ich war so schlau, ins nächste Dorf zu fahren, wo mich keiner kannte. Mit Fleetwood Mac „Then Play on" oder „Live" im Pioneer Cassettenradio düste ich die Straße rauf und parkte unter blühenden japanischen Kirschbäumen. Die Videothek beherbergte ein erstaunlich umfangreiches Angebot an Pornos und nach zwei, drei Fehlausleihen hatte ich mich eingeschossen auf diese kompletten Spielfilme, die erst nach zehn Minuten in Gang kamen und wo es um Reiche und ihre Sklavenschlösser, Gynokliniken, Anhaltervergewaltigung, Sex beim Friseur, Sex in Gefängnissen, Sex in der Schule oder in Pensionaten, Sex auf dem Bauernhof ging.

Anfänglich war die Qualität miserabel, denn es wurde einfach jeder Mist von Super 8 oder Kleinbildformat auf die Videokassette kopiert, so dass man oft kaum etwas erkennen konnte – da konnte man sich ja auch ne Kugelschreiberzeichnung machen ...

Später wurde es besser, die Franzosen hatten es drauf, sie drehten mit Profikameras in aufwendigen Sets Sex für Kleopatra, Sex in der Wüste, Sex in Hotels, Sex bei Dschungel-Stämmen, Sex bei Casanova, de Sade, Katharina der Großen, August dem Starken.

Eine neue Qualität bekam das Ganze, als die 17-Teen Filme und ihre Nachahmer auftauchten, die dem Betrachter weismachen wollten, dass es irgendwo, vorzugsweise in Holland, Stadtteile oder Orte gäbe, die von jungen Leuten nur so wimmelten, mit nichts anderem als Freier Liebe im Kopf und jederzeit bereit, das auch vor laufender Kamera zu zeigen.

„Mann" wollte das gerne glauben und „Mann" sah das gerne, weil die Darstellerinnen zwar nicht 17 waren, sondern durchaus 18-22-jährig, und damit wesentlich jünger als die eher mittelalten Damen, die so häufig als Hauptamtliche in den üblichen Streifen zu sehen gewesen waren. Auch strahlten sie eine gewisse Natürlichkeit aus, wogegen früher nur Affektiertheit dominiert hatte: Mutwilliges Kopf in den Nacken werfen, Augen rollen, Mund aufreißen, wie ein Fisch an Land es machen würde. Mit Lust, mit Zärtlichkeit hatte das nichts zu tun.

Besonders irritierend fand ich das Mundaufreißen, das nach Luft schnappen, und ich überlegte, dass die das wohl machten, damit man hinterher die ganzen OHS und AHS und UUHS drüberlegen konnte. Die neuen Filme punkteten mit O-Ton. Ehrlicher, wirksamer.

An einen Film erinnere ich mich im Detail: An die Sexschule, wo ein hünenhafter, freundlich grinsender junger Mann eine Klasse voller junger Frauen unterrichtet – worin wohl – und dann die Hose öffnet, seinen beachtlichen Schwanz herausholt und die Nächstbeste von der ersten Bank zu sich beordert, um das Blasen praktisch zu üben. Die steht auch freudig lachend auf, geht vor ihm unprätentiös auf die Knie und legt los, bis er eine andere auswählt. Junge, Junge, was hab ich im Leben falsch gemacht?

Im gleichen Streifen (oder im folgenden?) gab es eine Szene, die sich womöglich noch gründlicher in mein Gehirn gebrannt hat: Eine Sexschülerin, sehr hübsch, weiches nettes Gesicht, blaue Augen, scheues freundliches Lächeln, die Sorte Traum-Mädchen, die unsereins sowieso nie kennenlernt, wird von einem breiten Kerl auf einen Tisch gelegt. Er streichelt ihre weichen Schamlippen, dringt mit zwei Fingern in sie ein, nimmt aber dann eine Kette mit haselnussgroßen Perlen und führt ihr eine nach der anderen in den überaus niedlichen After ein, indem er sie mit dem Zeigefinger einzeln tief hineindrückt. Als alle Perlen verschwunden sind, greift er perfiderweise mit zwei Fingern in ihre Scheide und massiert durch die Scheidenwand eine Perle nach der anderen wieder aus ihrem Po heraus. Dann beginnt das Spiel von neuem, nur dass nun am Ende die letzte Perle erscheint und, peinlich, peinlich, es kommt ein erbsengroßer Klecks braunen Kots mit heraus und bleibt an ihrer kleinen Rosette hängen, was sie natürlich nicht sehen kann.

Dieses mehr als intime Bild habe ich noch vor Augen – alle anderen Filme der Reihe habe ich wieder vergessen. Worin lag der Reiz, worin das Besondere? Nun, es ist genau das passiert, was solch eine junge Frau sich in der Realität am wenigsten wünschen würde und was sie sich selbst im Kontext dieser Quasivergewaltigung im Porno nicht wünschen kann, insbesondere in einer Pornoreihe, wo die Mädels alle wie stundenlang gebadet, abgeseift und womöglich gekärchert erscheinen. Frischer und sauberer gehts ja schon nicht mehr.

Man erlebt also: Auch die hübschesten Mädchen haben tatsächlich Scheiße im Darm – gut, als ob ich das nicht eigentlich gewusst hätte, als ob ich die Fantasien um all die Peinlichkeiten, die man in diesem Zusammenhang veranstalten kann, nicht als Halbwüchsiger schon oft genug durchgespielt hätte. Aber Fantasie ist eine Sache, bewegte Bilder, ein Stück Realität, eine ganz andere ... und im Übrigen in diesem Fall außerordentlich befriedigende.

Eigentlich war ich vor den Cassetten-Stellagen und später den DVD-Wänden der Videotheken immer auf der Suche nach genau den Filmchen, die möglichst exakt meine alten Fantasien abbildeten. Aber das haute nie hin. Es passte nicht. Irgendwas störte immer. Freute ich mich beispielsweise auf ein Video aus einem SM-Studio mit einer hilflosen gefesselten Sklavin, die von einem Sexsklaven gebumst werden sollte, stellte sich bald heraus, dass nicht nur die Qualität schlecht war – es hätte auch im Winter im Schnee aufgenommen werden können – die Sklavin wurde erst mal entfesselt und zeigte nicht nur keinen Widerstand oder Unwillen, sie ging sofort enthusiastisch-hektisch zur Sache.

Da stand man also gähnend vor Langeweile vor hunderten und Tausenden Videos, weil die Pappnasen, die damit schnell&billig Geld machen wollten, keine Vorstellung davon hatten, was erotisch war und was sexuell anregend.

Das bloße Zeigen des Akts wars jedenfalls nicht, das karpfenartig-luftschnappende Maulaufreißen der professionellen Akteurinnen wars nicht, das Rumlüllen, um einen Schwanz oder eine Möse feuchter zu machen, schon gar nicht, das war eher eine unglaubliche Zumutung, denn bei all der gemimten Geilheit müssten Sie und Er schon in den Lustsäften davonschwimmen. Bah!

Das simple minutenlange Einblenden eines gefickten Hinterns ödete an, aber das ständige Hin- und Herblenden zu ihrem Kopf, der sich maschinell von links nach rechts bewegte, um Lust vorzutäuschen, brachte es noch weniger, da wurde einem ja schwindelig!

Es gab wohl von Anfang an eine Tendenz, ganze Spielfilme zu drehen, bei denen es nicht sofort zur Sache ging, sondern wo sich erst eine Handlung entfalten musste, Personen mussten sich vor dem Schloss des geilen Grafen kennenlernen, erlitten Reitunfälle, wurden als Anhalterinnen aufgenommen und bewirtet, oder betäubt und als Sexsklaven benutzt. Dann gibts das Ganze als Märchenfilm oder als Historienfilm, Schauplatz Burg ist immer gut wegen der Vielfalt der einzelnen Lokations an einem Ort.

Eine Zeit lang reichte es wohl, die Fantasien der Konsumenten ohne Umschweife und wie immer geradeheraus zu bedienen, dann kam der Niedergang der Videotheken mit dem Aufstieg des Internets. Die Produzenten versuchten mit gewaltigem Aufwand, großer Besetzung, reicher Ausstattung den Zuschauer zu halten, das ging bis zu sehr künstlichen Filmen, bei denen das Fantastische bemüht wurde: Knatschblaue Menschen agierten in einem Machwerk, das von phallischen Blumen und surrealistischen Spezialeffekten nur so strotzte, aber dummerweise vor lauter Künstlichkeit gar nicht mehr sexy wirkte.

Hamlet musste als Filmvorlage herhalten, um Niveau vorzutäuschen. Alice in Wonderland wurde durch Gott weiß wie viele Filmsets gehetzt, mal mit Erzähler, mal ohne – aber mal ehrlich, wer von den 15 Millionen Ausleihern im Jahr 2000 hat nicht wie ich immer den Ton ausgeschaltet und die Vorlauftaste genutzt, um schnell zu eindeutigen Szenen zu gelangen?

Bald lieferte die Computer- und Internetära frei Haus Unmengen pornografischen Materials, auch solches, das empfindlichere Ausleiher nie gezeigt hätten oder deren Produktion geradeheraus verboten war, von Google jedoch als Mix versuchsweise mit anderem Krempel munter auf den Monitor gekotzt wird. Zoophilie etwa. Da sieht man Bilder, bei denen ich für mich einfach mal entschieden habe, dass die in Photoshop generiert worden sind. Punkt.

Amerikanische Produzenten der Internetära begannen Pornos industriell herzustellen. Was benötigt man dazu: Richtig, eine Fabrik. Und sie kauften anscheinend tatsächlich einfach ein altes heruntergekommenes, kafkaeskes Backstein-Gebäude mit verrammelten Fenstern, bastelten aus Rohren und Holzbalken Vorrichtungen, um Frauen und Männer in jeglicher Position bewegungsunfähig zu machen und filmten im Wechsel mit der Totale in Nahaufnahme das geöffnete Geschlecht der Opfer, das je nach Subgenre von Fickmaschinen, Lesben, Sadisten, Wasserspiel- oder Elektrostimulations-Experten in „Besitz" genommen wurde. Da war das Stichwort! Die „Sexuelle Apartheid" kommt aus der Besitzstandsregelung und erzeugt Unterdrückung, Ausbeutung, Inbesitznahme, also die Verwendung des Partners als Objekt! Im Kommerz fällt das auf, im Privatleben muss man genau hinschauen!

Hatte man sich erst mal an die grausige Atmosphäre gewöhnt, hatte man sich auch bald an die Direktheit, an die schon übertriebene Zurschaustellung der Vagina in immer gleichen Positionen gewöhnt, mehr als den (gelenkigeren) Frauen die Beine in extremen Winkeln zu spreizen oder sie ihnen hinter die Ohren zu klemmen, kann man halt nicht machen. Aber wenn das Ungewohnte gewöhnlich geworden ist, taucht wieder die elementare Fragestellung auf: Was ist denn sexy, was ist erotisch. Ein nicht völlig gespreizter Po, dessen Backen ein wenig hängen, kann viel erotischer sein als der aufgeklappteste, durchgedrückteste Hintern einer noch so stramm gefesselten Frau.

Das Praktische an den neuen Clips: Besonders zu Anfang reichten ein paar Sekunden dieser kostenlosen

Ausschnitte an scheinbar düsterstem rohestem Sadismus, also etwa ein oder zwei Blicke auf die im zwangsweise herbeigeführten Orgasmus zuckende, brutal in dem Rohrgestell festgeschraubte Frau, um befriedigende Fantasien hervorzurufen, welche die Situation umdeuteten oder weiterführten. Im Kopf konnte man die Frau befreien, nach dem unendlich naiven Motto, wenn die das mit dem alten Knacker macht, was müsste sie dann erst mit mir machen, wenn ich nett zu ihr bin.

Vielleicht hielt man sich auch an die vorletzte Einstellung, die die meisten der Filmchen aufwiesen: Der Peiniger zieht sich zurück und das Opfer liegt, hängt oder steht frei zugänglich vor dem Betrachter, dem sozusagen die Rolle des Vergewaltigers angeboten wird.

Die letzte Einstellung aber war immer die irritierende Schlusskundgebung, in welcher „Opfer" und „Täter" nebeneinander gezeigt werden, auf einer Bank, in Handtücher gewickelt, noch außer Atem von der Übung, aber lachend und anerkennend nickend und die Frage, ob sie das nochmal machen würden, heftig bejahend. Es darf halt nicht der leiseste Verdacht aufkommen, dass die Szenen ernst, real oder tatsächlich schmerzhaft seien.

Etwa um 2005 hatte ich ein Gespräch mit einem guten ehemaligen Schüler, F., der nun das Abitur gemacht hatte. Er fragte mich irritiert, ob ich im Internet schon gesehen hätte, dass es da Pornos gab, wo sie Scheiße in den Mund nähmen. Nee, hatte ich geantwortet, das könnte ich auch nicht glauben, und nach etwas Überlegen in meiner Naivität vorgeschlagen, dass es gefakt sei, mit Schokolade oder so.

Gesehen hatte ich bisher ein paar japanische Frauen, die auf der Straße pinkelten und eine Aufnahme eines Strandklos von unten, so dass man tatsächlich aus viel zu großer Nähe verfolgen konnte, wie sie den Darm entleerten, was nicht so wahnsinnig ästhetisch ist und komischerweise nichts mit Fantasien zu tun hat, wie ich sie oft durchgespielt habe.

Aber Fantasien sind verzuckert von begleitenden Gedanken und verzerrt durch Wunschdenken. Der krasse Realismus einer kackenden Frau war mir dann doch zu viel.

Kurz nach dem Gespräch folgte ich ähnlichen Links und fand die besagten japanischen Damen, die zu Wasserwerfern umfunktioniert wurden, und dann auch Videoclips, wie F. sie erwähnt hatte. Nach kurzem Reinschauen wurde mir klar, das schien ja dann doch nicht mit Schokolade gefakt zu sein. Igitt!

17

Schlechte Zeiten, schlechtere Zeiten

Man sollte meinen, dass Eltern stolz wären, wenn man ein Studium besser als 2 abschließt, mit 1,7 immerhin! Nein, statt eines Glückwunschs forderten sie mich auf, wieder bei der Post arbeiten zu gehen.

Ich hatte gerade einige Auftritte in diversen Kneipen, Bars, selbstverwalteten Studentencafés gehabt. Eine traumhafte Sache, die Leute waren immer zufrieden und wahnsinnig freundlich und ich wurde weitergereicht, jeder wusste noch jemandem, wo ich übermorgen oder nächste Woche hingehen und ein paar Euro verdienen konnte. Das Eine war halt die Anerkennung, das hob, nachdem ich relaxt durch die Prüfungen geschlafwandelt war, mein Selbstwertgefühl noch mehr an. Ich gab mich cool – ich war cool. Ich war witzig, ich war melancholisch, im Hinterkopf hatte ich immer Ritas Rheuma, etwas, das aus unserem Leben nicht mehr weichen wollte. Ich hatte dieses Drama mit Anna erlebt und konnte die Texte von Paul Simon wie „Homeward Bound" oder „Kathys Song" oder McLeans „Till Tomorrow" mit einer leisen, sehnsüchtigen Inbrunst singen, die ganz echt war. „Photograph" von Ringo konnte ich nicht bringen, da fing ich an zu weinen.

Die kleineren Etablissements konnten mir keine Supergagen zahlen. Es blieb oft bei 20 DM, manchmal spielte ich nur fürs Trinkgeld – ich stellte zu dem Zweck einen Teller auf, der schon mit ein paar Markstücken und einem Fünferschein gespickt war. Manchmal lohnte es sich, manchmal war klar, da brauchte man nicht nochmal aufzuschlagen, die Kundschaft war nicht an meinem

Repertoire und an akustischer Gitarre sowieso nicht interessiert. Manchmal gab es 50 bis 100 DM. Manchmal versackte ich irgendwo und wachte am nächsten Morgen auf Liegen in Kellern oder zu kurzen Sofas in fremden Wohnzimmern wieder auf.

Der Kunstverein eines kleinen Dorfes im Sauerland stellte Aquarelle von McCartney aus und ich hatte für ein Fest der örtlichen VHS schon mal gespielt. Der Leiter der VHS sorgte dafür, dass ich auf der Eröffnung Beatlessongs spielen konnte. 250 DM! Ich kaufte wegen der Texte der Einfachheit halber erstmal weitere Notenbücher. Das Internet steckte ja noch in den Kinderschuhen. Da saß ich dann Tag und Nacht und spielte mir regelrecht wie McCartney als 14-Jähriger die Finger wund, um möglichst viele Stücke vollständig draufzukriegen.

Aber das war ja auch der Reiz. Ich musste fast ein Jahr auf den Referendardienst warten – der Staat hatte es nicht eilig uns auszubilden, wir würden sowieso arbeitslos sein, hieß es plötzlich aus obersten Kreisen. Mir wars egal, ich wollte nicht mehr in die Schule, ich wollte Musik machen. Wenn nicht in Kneipen, dann auf der Straße. Und ich übte in dem Jahr soviel, dass ich wirklich gut wurde. Ich schaffte es endlich vernünftig mit der Linken eine Stimme zu spielen und eine andere Stimme mit Rechts, ich begann mit einem Bottleneck zu experimentieren und hatte Pläne für eine neue elektrische Gitarre mit Verstärker und Lautsprecher.

Größerem Erfolg stand zunächst mein beschränktes Repertoire im Wege. Ich konnte halt nur meine Songs. An anderen hatte ich kein Interesse. Wenn ich gefragt

wurde: „Super Trooper" konnte ich nicht, „An der Nord-
seeküste" nicht und „Santa Maria" auch nicht, ich kannte ja nicht mal den Namen Roland Kaiser!

Eine andere Klientel wollte eher Jazz, aber ich hatte „Fly
Me To The Moon" nicht drauf, „Girl von Ipanema" auch
nicht und mit Al DiMeola oder McLaughlin konnte ich
mich nicht vergleichen. Ich war also kaum als Festivitä-
ten- und Club-Musiker geeignet, der auf Zuruf funktionierte. Aber ich arbeitete dran und übte „New York, New
York", „Strangers In The Night", „Für Elise", „As Time
Goes By", „Misty", „Minny The Moocher" und die „Spa-
nische Romanze". Mein Fernziel: „Recuerdos de la Al-
hambra" spielen zu können. Ich hatte es mir von einem
Kommilitonen zeigen lassen, bekam aber das Tremolo
nicht sauber hin, geschweige denn die gleichzeitigen
Bassläufe.

Als der Referendardienst in Erwitte anfing (warum nicht
gleich in Hannover, Berlin oder Moskau? Ich meine, es
gibt doch Schulen genug mitten im Ruhrgebiet!), hatte
ich 7000 DM verdient. Der schüchterne Versager der
frühen Schulzeit war zu einem selbstbewussten Kerl
geworden, der sich selber für ziemlich genial hielt. Jemand, der keine Probleme hatte, durch Türen zu gehen,
hinter denen fremde Menschen saßen, jemand, der
schnell Kontakt bekam zu Leuten im Wartezimmer, jemand, der Fremde etwas fragen konnte, dem egal war,
wie er aussah oder was andere über ihn sagten.

Ich will es kurz machen, den Zahn haben sie mir im Referendardienst wieder gezogen. Sie wollten mir beweisen, dass ich ein Waldschrat war, ein Nichtskönner und
nicht in die Schule gehörte. Hinterher war ich geknickt,

depressiv, mutlos, schüchtern. Es sollte Jahre dauern, bis ich da auch nur ein wenig wieder rauskam.

Erwähnen muss ich die medizinische Untersuchung. Während es vorher „nur" notwendig gewesen war, sich röntgen zu lassen, um Lungenkrankheiten wie TB auszuschließen, wurde ich nun von Kopf bis Fuß begutachtet, etwa wie bei der Musterung. Als der etwa 60-Jährige weißhaarige Doktor im weißen Kittel mich (in Unterhose) sah, sagte er zu mir: „Stellen Sie sich mal hier hin!", womit er die Mitte des Raums meinte, und zu seiner Sprechstundenhilfe meinte er: „Frau Dingenskirchen, schauen Sie sich das mal an!" Und er wiederholte: „Schauen Sie sich das mal an!"

Ich meine, OK, ich hatte noch die Unterhose an, einen blauen Sportslip. Ich fragte mich, was er meinte, und dachte, er macht sich darüber lustig, dass ich in den letzten drei Jahren immer weniger Sport gemacht, dafür aber viel zu gut gekocht, gegessen und getrunken hatte. Ich hatte eine dünne Speckschicht über meine Muskeln gelegt und einen ganz leichten Bauchansatz bekommen. Aber das wars wohl nicht, wie ich später begriff, ich sah mit meinen durchtrainierten Radlerbeinen und den Gewichtheberarmen einfach gut aus und die Speckschicht machte den Eindruck einheitlicher, weicher, perfekter. Dazu die langen Haare! Ich sah viel besser aus als ein typischer Bodybuilder.

Noch immer irritiert durch diese Zurschaustellung sollte ich mich auf eine Liege setzen. Er klopfte an mir herum und sagte etwas, das ich nicht richtig verstand oder verstehen wollte. Hatte er wirklich gesagt: „Ziehen Sie den Schlüpfer aus und legen Sie sich hin!"

Ich legte mich nur hin, der Schlüpfer blieb, wo er war.

Er trat wieder an die Liege, betastete meinen Bauch und fasste mir plötzlich in den Schlüpfer und tastete die Hoden ab. Nach ein paar Sekunden verkündete er: „Alles vorhanden, alles normal!"
Das schockierte mich derart, dass ich sprachlos war. Ich, der über sich gedacht hatte, er sei schlagfertig und habe schon genug erlebt, um sich nicht mehr überrumpeln zu lassen. Noch nie hatte ein Fremder sich meiner Hoden bemächtigt. Hinterher fiel mir ein, was ich hätte sagen sollen: „Was soll das? Soll ich die Kinder unterrichten oder ficken?" Da ich den Satz nicht losgeworden war, habe ich eine Zeit lang mit dieser Story jeden genervt, ders nicht hören wollte.

„Sie müssen noch unten zum Röntgen, Sie bekommen dann von uns Bescheid!"
Die verblödete Röntgen-Tussi stellte mich vor den Schirm und ich fragte: „Bekomme ich keinen Bleischurz?"
„Ja, wenn Sie wollen, aber die Risiken werden viel zu sehr überschätzt, ich arbeite hier schon so lange!"
Was sollte das denn heißen? Sie hatte es durch ihre hartnäckigen Bemühungen auch in Jahren noch nicht geschafft, sichtbare Schäden zu verursachen? „Wieso ist mein Kind verkrüppelt, Frau Dämlich?" Immerhin war ich schon minutenlang geröntgt worden, um eine Spritze in mein steifes Schultergelenk zu setzen – hat auch gewirkt. Einmal für die etwas verkrümmte Wirbelsäule, einmal auf der Suche nach Lungenschäden, als ich so doll hustete. Zwei weitere Male Lunge röntgen sollten nach dem Referendardienst durch meine Tätigkeiten an Schulen dazukommen. Mir reichts jedenfalls!

In den nächsten zwei Jahren hatte ich mit den Fachleitern in Sport und Musik riesige Probleme, während es mit dem Hauptseminarleiter einigermaßen klappte. Der musste gemerkt haben, dass ich (wegen Philosophie als viertem Abifach) auf weiten Strecken der Einzige war, der ihm bei seinen erkenntnistheoretischen und soziologischen Ausflügen folgen konnte. Dennoch ließ er mich am Ende hängen und gab mir für eine Stunde eine Zwei, für die mich der Musiktyp eigentlich hatte durchfallen lassen wollen, aber – das war das eigentlich Dumme – er ging einfach, statt diesen missgünstigen Querulanten von Fachleiter einzuordnen. Nach ein paar Minuten erfuhr ich, dass der Musiktyp mir dann tatsächlich nur eine Vier verpasst hatte.

Der Sporttyp rechnete es mir sogar negativ an, dass meine Lieblingsklasse sich in der vorletzten Vorführstunde versteckt hatte, so dass ich sie erst suchen musste. Der dumme Affenarsch salbaderte was von: „Ich bin extra aus Bönen angefahren, ich muss gleich noch nach Geseke, so geht das nicht, Sie haben die Situation nicht im Griff ...", statt zu bewundern, wie gut ich mit den Kids konnte.

Dann bemängelte er, dass der Aufbau meiner Kistenburg, die es über diverse Zugänge, Geräte, Seile zu erobern galt, zu aufwendig sei für normalen Schulbetrieb. So ein Schwachsinn. Bei der kleinen kurvenreichen Nadja, die eine Stunde zeigte mit Barren, Reck, Kästen und Mattenboden, galt das nicht?

Am Ende hatte ich eine schwache Drei und war arbeitslos, worüber ich mich fast freute, ich wollte wieder spielen, ich wollte wieder rumfahren, Leute kennenlernen,

Geld mit meiner Lieblingsbeschäftigung verdienen, Musik machen. Reaktion meiner Eltern? Mit dem Lehrerwerden hats nicht geklappt, vielleicht kannst du bei der Post eine Dauerstellung bekommen! Danke schön! Andere bekamen von ihren glücklichen Eltern erst mal ein Surfbrett geschenkt – ja, das Surfbrett war nicht nur ein Surfbrett, es war der Gutschein für einen Urlaub in der Karibik! Andere bekamen Autos, Uhren ... ich nur schiefe Blicke und Ärger, als ich sagte, ich wollte von der Musik leben. Musik machen kannst du in deiner Freizeit, das Geld muss regelmäßig kommen, du brauchst eine Anstellung.

Ich wollte es ihnen beweisen und rief und schrieb die Kontakte an, über die ich vor dem Dienst gut verdient hatte. Zu meiner Verblüffung wurde es nichts! Ich konnte keine einzige Zusage bekommen, ich konnte oft nicht mal die Leute erreichen, die ich mir vor gut zwei Jahren aufgeschrieben hatte. Schließlich blieb noch die VHS-Dorsten übrig, die mir tatsächlich ein Atelierhaus in Hochlarmark vorschlug. Der Betreiber hatte eine Foto-Ausstellung zum Thema Brauereien in Sicht und kam mit der Idee, wir sollten eine Art Kneipenbetrieb improvisieren. Tische, Gläser, Stühle hatte er, ich besorgte ein paar Kästen Bier.

Als ich am Samstagmorgen mit den mühsam mit Eis gekühlten Bierkästen dort aufkreuzte, war kein Schwein zu sehen und der Betreiber gab bekannt, dass er bei den „Grünen" sei und er habe Ärger mit der Zeitung, die habe seine Nachricht nicht gedruckt. So ein Schwachsinn, er hatte es vergessen. Ich fuhr das Bier wieder nachhause und musste feststellen, dass ich nicht alle Kästen wieder zurückgeben konnte, bei einigen hatte das schmelzende Eis die Etiketten abgelöst. Ich hätte das Eis in Plastiktüten geben müssen. Damals mochte ich Bier gar nicht so gerne. Ein kräftiger Rotwein war mir lieber.

Das war auch der Punkt, an dem wirklich alles schieflief, denn nun kamen meine liebenden Eltern und verlangten Geld: „Du hast deine Ausbildung abgeschlossen, du wohnst hier frei, du lässt Mutter Wäsche waschen, du musst uns 200 DM pro Monat zahlen!"

Ausgerechnet, als ich klamm war, als ich an einem Tiefpunkt angekommen war, wollten sie Geld sehen? Ausgerechnet, als ich Großmembran-Mikrofone, einen Röhrenverstärker und ein Tandberg-Tonbandgerät gekauft hatte und mein Zimmer zum Musikstudio ausbauen wollte, stellten sie sich quer? Was wollten sie denn noch tun, um mein Leben möglichst gründlich zu ruinieren?

Da ich die meiste Zeit sowieso bei Rita war, der ein Anteil des Hauses gehörte, zog ich bei ihr ein und wir fragten der Form halber ihre Mutter, die ein ziemlicher Drachen war, ob das in Ordnung ginge. Erstaunlicherweise stimmte sie sofort zu. Ich legte am Fenster eine Matratze auf den Boden unseres Mansarden-Wohn-Schlafzimmers und das wars. Möglicherweise hatte ihre Mutter begriffen, dass Rita ein ernstes Gesundheitsproblem hatte und sich es nicht leisten konnte, ihren Lebensgefährten zu verlieren.

Es war aber keine Idylle, wir hatten keine Privatsphäre, so hatte sie uns doch tatsächlich die Schlüssel für alle Türen der Etage, auch fürs Bad geklaut! Und sie kannte keine Hemmungen, sie stürmte, als wir beide auf meiner Matratze auf dem Boden lagen, herein, ohne anzuklopfen, und schrie: „Das müsst ihr sehen, da ist ein Ballon!" Dann stand sie da in der Tür und glotzte uns irgendwie triumphierend an.

Jahre später hatten wir die Schlüssel zurück, das hieß aber nicht, dass sie nicht kommen und wegen unglaublich wichtiger Dinge stören würde. Und dann war es ja sowieso mit dem Sex vorbei, weil Rita zu kraftlos war und immer Schmerzen hatte.

Um zu überleben, versuchte ich jede Menge Gitarrenunterricht zu geben – ich fuhr sogar zu den Schülern, was manche ja nicht machen. Dann bekam ich Kontakt zu einer Grundschule, an der bisher die Musikschule nachmittags Unterricht für ein paar Kids gegeben hatte. Der Lehrer war weggezogen – ich konnte einspringen. Am Ende kamen noch VHS-Kurse dazu, schließlich fuhr ich spät mittags los, tingelte durch das halbe Ruhrgebiet und bediente abends eine von fünf der umliegenden Volkshochschulen. Und da war wieder der Effekt: Die Teilnehmer und Schüler waren dankbar, sprachen einen respektvoll an, wollten sich hinterher noch mit einem unterhalten, meine Meinung zu ihren Projekten, aber auch Ausbildungswegen und Anschaffungen wissen.

Nur zwei Mal habe ich negative Erfahrungen machen müssen. Einmal, als ich in krasser Selbstüberschätzung Flamenco anbot, weil ich der Meinung war, dass ich das nach drei Monaten des Übens für das lausige VHS-Niveau gut genug konnte. Es kamen tatsächlich doppelt soviel wie sonst, da saßen mindestens 25 Leute, während sonst nicht mal die 10 zusammenkommen, die reichen, um den Kurs stattfinden zu lassen (so dass man einfach eine fiktive Person mit aufführt, die allerdings von allen in Umlage bezahlt werden muss). Bei dem, was ich am Einführungsabend dann vorspielte, standen die ersten schon nach zwei Minuten auf und sagten „Frechheit" zu diesen paar Griffen, die ich mir angeeignet hatte und gingen. Ich war am Boden zerstört, versuchte mit aller Macht cool zu bleiben und der Kurs fand tatsächlich noch mit 11 Teilnehmern statt.

Ein anderes Mal hielt mich in Dorsten ein ungepflegter, nach fermentierter Scheiße und kaltem Rauch müffelnder Typ in einem verschossenen, abgewetzten Sakko unbestimmter Farbe an. Er war mir schon vorher unangenehm aufgefallen durch seine Ausdünstungen, den Unwillen, wirklich was zu lernen und der ersten Gitarre, die ich definitiv nicht stimmen konnte.

Jetzt standen wir zum Glück draußen vor der Schule am Stadtrand, an der frischen Luft. Fledermäuse flatterten um die Lichtinseln der hohen Straßenlampen unter einem blauschwarzen Himmel. Ich versuchte Abstand zu gewinnen, er rückte näher, beinahe hätte ich gekotzt. Da fragt der doch: „Sie sind ja ein erfahrener Mann ..." Später musste ich bei diesen Erinnerungen immer an den „Nudge! Nudge!" Sketch von Monty Phytons denken. „Your wife, is she a gower?" Damals aber sann mein Gehirn nur auf Flucht.
„Wissen Sie, ich besitze einen Bauernhof." Nein, so eine Überraschung aber auch!
„Und ich bin so einsam, ich hab jetzt schon gedacht, in so einem Kurs wie diesem könnte ich interessante Frauen kennenlernen. Aber ich weiß nicht ..." Ich war sprachlos.

„Haben Sie nicht einen Tipp, wie ich Erfolg haben könnte. Was muss ich tun?" Wasch dich, du Arsch! Nein, ich sagte: „Sie können das nicht zwingen, Sie könnten höchstens eine Kontaktanzeige in der Zeitung aufgeben. Gehen Sie da einfach mal hin, die beraten Sie auch!" Ach, die Ärmsten! „Und ganz wichtig ist, dass Sie gepflegt erscheinen, neue Kleidung, neues Deo ..." Rauchen aufgeben, vorm Duschen erst mal den Kärcher ... „Ich muss leider los, meine Frau ist schwerbehindert, die wartet auf mich!", und ich setzte mich in Bewegung. Er sagte noch etwas, ich rief: „Bis zum nächsten Mal!" Aber zum Glück kam er nie wieder!

VHS findet nur begrenzt statt, ich hatte, soweit ich mich erinnere, durch die 20 Termine pro Jahr in fünf Städten gut 3000 DM verdient, abzüglich Sprit! Mit dem übrigen Unterricht kam ich auf ungefähr 6000 pro Jahr und das reichte, weil Rita zu der Zeit (gegen Ende der 80er) einen Job als Sekretärin, speziell ausgeschrieben für eine Behinderte ausübte. Da verdiente sie ganz gut. Es war eine kleine Firma für alternative Kosmetik, für die sie die Korrespondenz machen und das Büro hüten sollte. Das Arbeiten am Computer ging ja anfangs noch und etwas Sinnvolles zu tun zu haben und selber Geld zu verdienen, ließ sie regelrecht aufblühen.

Dann machte leider die Firma pleite und sie bekam durchs Arbeitsamt einen neuen Job bei einem Kleinunternehmer, der anscheinend mit seinen Kumpanen nichts anderes tat, als eine Firma nach der anderen zu gründen, um die eine durch die andere zu „refinanzieren". Ich glaube jedenfalls, das war der Ausdruck dafür. Rita meinte, das sei reiner Betrug. Nett war der Macker auch nicht, er stellte der Vergünstigungen wegen eine Behinderte als Teilzeitbeschäftigte ein und erwartete volle 8 Stunden Arbeitsleistung, der Idiot. Auf die Frage, ob ich mal mit ihm reden sollte (ich schlug demonstrativ die Faust in Handfläche, dass es klatschte), winkte Rita ab. „Bloß nicht!"

Doch durch den Stress, den der Kerl erzeugte, wurde Rita wieder krank, sie hatte einen schweren Rheumaschub, längere Krankenhausaufenthalte und konnte hinterher nicht mehr arbeiten. Das Ergebnis: eine Minirente von 180 DM.

Das war zur Zeit des Mauerfalls und 1990 gehörte plötzlich die DDR zu Deutschland. Genau genommen gehörten nun etwa die Hälfte des Bodens und der Arbeiterschaft der Treuhand. Statt Freiheit bekamen die Montagsdemonstranten Kohls knallharten Kapitalismus.

Mir selber wurde damals klar, dass ich nicht genug verdiente und ich gestand mir zähneknirschend ein, dass ich mir einen „Beruf" suchen musste, so wie meine Eltern es sich vorgestellt hatten. Da rief mich der Rektor der Grundschule ganz in der Nähe an, wo ich begonnen hatte, Gitarre zu unterrichten. Als deren Musiklehrer letztes Jahr ausgefallen war und die Abschiedsfeier für drei in Pension gehende Lehrer musiklos zu werden drohte, übernahm ich drei Stunden Musik pro Woche für sechs Wochen, plus Abschiedsfeier. Bezahlt wurde ich aus der schwarzen Kasse, 600 DM steuerfrei.

Jetzt suchten sie ganz regulär einen Sportlehrer. „Grundschullehrer sind im Moment keine zu haben, da dachte ich sofort an Sie! Und anscheinend sind Sie der Einzige, der sich für unser Städtchen beworben hat!"

„Das liegt daran", erklärte ich ihm, „dass man sich hier offiziell mangels Bedarf nicht bewerben DURFTE! Aber ich habs aus Protest trotzdem gemacht."

Ich wurde mit befristetem Vertrag für ein Jahr angestellt und fand es an der Grundschule toll. In den Pausen mit Reihen von Kids an den Händen über den Schulhof zu wandern, gab mir ein gewisses Gefühl der Sinnhaftigkeit, des Väterlichseins. Ich war stolz darauf, dass ich mit den Kindern konnte, dass ich sie im Grunde verstand, weil ich selber so kindlich geblieben war.

Danach kam ein Vertrag an einer Hauptschule und ich hatte die Nase wieder voll von unverschämten Schülern und Eltern und dem Unterricht UND dem Rektor, der doch als erstes glatt meinte, ich sollte dem Schulverein beitreten und den ersten Beitrag gleich bar bezahlen. Es ging um einen Jahresbeitrag von 60 DM und ich war immer noch pleite! Ich machte ihm klar, dass ich lange sehr schlecht verdient und zuhause eine schwerbehinderte Frau hatte und der Vertrag ja nur über ein Jahr lief. Er wollte es nicht so recht begreifen, dass ich nicht zahlte!

Dann gab es einige Zwischenfälle mit renitenten Blagen und deren verpeilten Eltern am Telefon, mit dem Ende, dass ich nicht mehr gern telefonierte! Und der Effekt hält bis heute an! Da war beispielsweise das kleine, zarte Mädchen, das sich, getroffen vom schweren Fußball, den Unterarm gebrochen hatte, was man aber nicht sehen konnte. Als sie begann, massiv über Schmerzen zu klagen, schickte ich sie mit Begleitung zur Sekretärin, die den Krankenwagen bestellte. Am Nachmittag schrie mich eine ganze Familie am Telefon an, warum ich mich denn nicht um das arme Kind gekümmert hätte! Wie bitte, ich musste 32 andere SchülerInnen betreuen, ich war davon ausgegangen, dass die Sekretärin die Situation im Griff hatte, wie ich das von der Grundschule her gewohnt war.

Nach den zwei Jahren jedenfalls freute ich mich auf die Arbeitslosigkeit, ich hatte in Ritas Garten ein Gartenhaus gebaut, das ich als Tonstudio isoliert hatte. Ziel, mit Didi oder anderen Stücke für zwei Gitarren einzuspielen, die ich auf Grundlage meiner alten und einiger neuer Kompositionen geschrieben hatte. Gleichzeitig bastelte ich an einer 12saitigen Gitarre mit Verstärker und Lautsprecher, die nicht fertig werden wollte.

Das Tonstudio war ein Flop, weil die Holzwände zu dünn waren und die Isolation aus Styropor und Schaumstoff nicht effizient genug. Zu meiner Verblüffung nahmen die Großmembran-Mikros Geräusche auf, die ich gar nicht hörte!

Die Trecker zum Beispiel, die hinter dem nächsten Wäldchen pflügten, brummten munter im Hintergrund der Aufnahmen. Noch schlimmer waren die Schiffe auf dem Kanal. Obwohl 500 Meter weit weg, waren plötzlich die Schiffsdiesel hörbar. NOCH schlimmer Radfahrer, die laut quaternd vor dem Haus vorbeijuckelten oder Privat-Flugzeuge, die übers Grundstück flogen. Es gab keine zwei Minuten Ruhe am Stück. Das Projekt war gescheitert, eine Lokation zu mieten, die abgelegener und mit besserer Bausubstanz daherkam, war unmöglich, das Geld würde nicht reichen, mal abgesehen davon, dass ich ein richtiges Studio aufbauen wollte mit einer

Mehrspuraufnahmemaschine, Kompressoren, Hallgeräten und so weiter.

Meine Eltern blieben dabei, Musik war was für die Freizeit. Dass ich zum Beispiel für meinen Auftritt fürs Museum eine gute Zeitungskritik bekommen hatte, zählte gar nicht.

In den Augen meiner Eltern machte ich sowieso alles falsch. Richard Claydermann, das war Musik.

Passgenau kam im Anschluss an die Ferien nach Grundschule und Hauptschule ein Gymnasium, wo ich einen festen Vertrag bekam, um Kunst, Musik, Sport in der Unterstufe zu unterrichten. Ich hatte keine Lust dazu und trank mehr denn je. Da es nicht auffallen durfte, ging ich von Cognac und Whisky zu weißem Rum und Wodka über.

Womit ich nicht gerechnet hatte: Der Lärm im Sportunterricht plus Geräuschbelastung durch Musikunterricht stellte sich auf Dauer als tödlich nervend heraus. Wie von meiner Vorgängerin übernommen, bestand Musik zu weiten Teilen aus kunstlosem, uninspiriertem Gedengel auf den 20 verfügbaren Glockenspielen. Ansonsten hatten wir noch ein verstimmtes Klavier, ein zerdroschenes Schlagzeug und ein paar Triangeln. Beim Stichwort Gymnasium hatte ich eigentlich an Improvisationen gedacht, an systematisch sich entwickelnde Musikperformances oder an Entspannungsmusik – aber bis auf bestimmte Ausnahmen konnten sie erstens nicht vernünftig zuhören und zweitens nicht darauf reagieren, sie wollten einfach nur draufhauen!

Im Sportunterricht wars im Grunde egal, ob man in der Schwimmhalle oder in der Turnhalle stand, es „hallte" eben. WIR waren doch nicht so gewesen? Wir haben uns als Schüler doch nicht gegenseitig die ganze Zeit ANGESCHRIEN! Dabei galten wir, so die Lehrer, damals in der 8 als schlimmste Klasse der Stadt.

Auch im Kunstunterricht lärmten die meisten Klassen herum. Sie grölten auf den Fluren, kamen grölend in den Kunstraum und man musste sie erst beruhigen, um sie begrüßen zu können. Dann gings laut weiter. Da gab es Typen, ob in sechster oder neunter Klasse, die die ganze Zeit jemanden ansprachen, „Jason! Jason! Jason? Jason, Jason! Jason?", oder Hupgeräusche von sich gaben oder immer wieder, im Zehnsekundenrhythmus in ein irre lautes Gelächter-Gequietsche ausbrachen.

Und dann kamen noch meine besonderen Lieblinge, die Sauhunde, es ist schier unglaublich, die für den Lehrer kaum ortbar, mit einer Art Obertonsingen den Grundlärm der Klasse aufnahmen und mit einem „HMMMMM..." oder „AHHHHH" die Lautstärke weiter anheizten. Wahnsinn!

Es war schwer rauszufinden, wo die saßen, obwohl es meist zwei bis vier Kids waren, die zusammenhockten. Ich musste schon betont gleichgültig und beiläufig durch die Klasse wandern, um sie rauszupicken. Bald aber waren sie so schlau, dass sie aufhörten, wenn ich näherkam. Wenn ich sie erwischte, versuchte ich ihnen klarzumachen, dass das eine Art Körperverletzung darstellte, groben Unfug jedenfalls, genauso wie das Versprühen von 8x4 in geschlossnen Räumen! Da lachten sie dann nur drüber. Zum Rektor oder zu den Eltern konnte man damit nicht gehen, die lachten einen auch nur aus. Ich hätte ihnen was in Fresse hauen und dann kündigen sollen!

Aber so: Ende vom Lied, ich bekam nach ein paar Jahren einen Tinnitus, ein hohes Rauschen-Pfeifen, und verlor, was ich für unmöglich gehalten hätte, die Lust an der Musik. Dafür trank ich noch mehr. Mittlerweile brauchte ich eine halbe Flasche jeden Abend, um mich zu beruhigen, runterzukommen und mich einigermaßen wohlzufühlen. Dadurch nahm ich weiter zu, überschritt locker die Hunderter-Marke und blieb dennoch einigermaßen fit, schnell und stark. Beispiel: Schwiegermutter nervte an einem 34 Grad Sommertag damit, dass ich die ganze Installation im Haus kaputtmachte, indem ich zu stark auf die Klospülung drückte. Als Beweis zeigte sie mir im kühlen Keller ein Wasserrohr, an dem sich Kondenswasser sammelte. Als ich merkte, dass ich nicht gegen sie ankam, ging ich wieder hinauf und schlug mit der Faust ein Loch in die Badezimmertür.

Und ein Leben ohne Musik? Ein Leben ohne Fleetwood Mac, Santana, Stones, Beatles, Travelling Wilburys, Vollenweider, Led Zeppelin, Uriah Heep, um nur die Spitze des Musik-Olymps zu nennen, war mir nie vorstellbar gewesen. Dazu gehörten die Live-Konzerte, ich habe noch eins der letzten Grobschnittkonzerte gesehen, die Stones in Dortmund, Santana – mit drei Perkussionisten, zwei Keyboardern und mehreren Gitarren auf der Bühne ging die Post ab, der komplexe Rhythmus, die wabernden Klangflächen hoben meine Seele höher! Ja, ich war dann nicht mehr ich, ich war ein Stück Musik geworden. Etwa mit dem Millennium war damit Schluss, ich wollte keine Musik mehr, ich wollte zuhause nur noch Ruhe, Ruhe, Ruhe.

Nicht, dass ich kampflos aufgegeben hätte. Ein paarmal trat ich unter großem Aufwand die Flucht nach vorn an: Experimenteller Instrumentenbau etwa. Erinnert sich eigentlich noch jemand an Insterburgs Instrumenten-schlacht?

Mit den selbstgebauten Tröten aus Gießkannen und Schläuchen, Bumbässen usw. sollte ein Sketch, mindestens ein aufführbares Stück für die Abschlussfeier entstehen.

Es war nicht machbar. Das Desinteresse der Schüler, die auch nicht ein Stück Material mitbrachten, die vier linken Hände, mit denen sie auch noch das, was ich besorgt hatte, verhunzten, das ständige hysterische Herumgealbere, das aber auch gar nichts vom Witz eines Ingo Insterburgs oder Karl Dalls hatte. Am Ende spielte eine Gitarrengruppe um eine junge neue Kollegin einen neuen Popsong, den ich gar nicht kannte und auch nicht kennen wollte.

Ein andermal war ich mir sicher, dass ich mit den Stimmchen in der 7b einen Weihnachtshit produzieren konnte. Die Mädchen sangen ganz bezaubernd Jingle Bells und konnten sogar den kompletten Text. Ich hatte ein paar Probesekunden davon auf dem Computer, nahm das Material, verhallte es mehrfach (auch durch Spurendoppelung und Verschiebung), Dynamik verstärken, fertig. Das Ergebnis begeisterte die Klasse durchaus und ich konnte ihnen klarmachen, dass wir im Frühherbst anfangen mussten, um für Weihnachten den Song fertigzuhaben und ihn ans Stadtradio liefern zu können.

Wie vorausgesehen war es schwierig, den Song komplett einzuspielen, dazu waren sie zu undiszipliniert und es gab zu viele Störungen. Nach einer Arbeitswoche voller Trickserei am Computer hatte ich ein Ergebnis für den ersten Teil des Songs, der zweite Teil sollte als Kontrast aus einem Rap bestehen.

Ich stellte in der Pause in der Schulbücherei das Ergebnis sechs der acht Schülerinnen vor, die hauptsächlich mitgesungen hatten. Sie waren auch ganz begeistert, aber dann machte ich den Fehler, darauf zu drängen in den zwei Wochen Herbstferien weiterzuarbeiten. Ich wollte eine Gruppe aus interessierten Schülern und Schülerinnen haben, die zustande brachte, was in der kompletten Klasse anscheinend nicht klappte. Als ich vorschlug, wir könnten Telefonnummern austauschen, um einen Klassentreff in der Schule mitten in den Ferien vereinbaren zu können, machten zwei der Mädchen dicht und meinten, das fänden sie irgendwie komisch und dazu hätten sie keine Lust. Mit dabei war ausgerechnet Michelle, die bisher am meisten geleistet hatte (Text vorsingen, dirigieren, organisieren, kritisieren) und ohne die wir noch gar nichts gehabt hätten.

Da mir die Reaktion äußerst merkwürdig vorkam, brach ich das Ganze ab. Schon am Tag drauf musste ich der Vertrauenslehrerin und dem Rektor erklären, warum ich Schülerinnen nach ihren Telefonnummern gefragt hatte! Ich war anscheinend plötzlich ein Monster! Ein Kinderschänder!

Ich konnte als Zeugin ein vernünftiges Mädchen aus der Gruppe benennen, die meine Angaben bestätigte: Ich hatte einen Aufnahmetermin in den Ferien für mindestens die halbe Klasse geplant und kein Tete-a-Tete mit einzelnen Schülerinnen im Sinn gehabt.

Wochen später kam mir in der Stadt Michelle auf dem Bürgersteig entgegen, sie sah mich und wechselte auf die andere Straßenseite! Das tat nochmal richtig weh und sorgte dafür, dass meine Abscheu gegenüber Schülern allgemein sich verstärkte! Es mochten ja mal Nette dabeisein, war aber egal, man konnte ihnen nicht trauen, dazu waren sie zu dumm und verschlagen. Und ausgerechnet Siebtklässler! Und dann diese knollennasige Michelle! Wofür hielten sich diese Scheißblagen eigentlich!

Die Idee, mit einem Schüler-Song ins Radio zu kommen, hatte ich noch nicht ganz aufgegeben, aber das letzte bisschen Engagement ging mir flöten, als ich einem „Duo", zwei Freundinnen, die ich auf dem Schulhof bei der Aufsicht ein Stück von den Missfits hatte in Perfektion singen hören, meinen teuren Digitalrecorder in die Hand gedrückt hatte, damit sie im etwas hallenden Treppenhaus eine Aufnahme machen konnten.

Sie zerstörten das Gerät (Fallschaden) und als ich die Speicherkarte prüfte, waren nur blöde Sprüche und endloses Gelächter drauf. Ich konnte mit diesen Blagen nichts anfangen!

Als größtes Problem stellte sich jedoch nach einiger Zeit der Rektor heraus. *Freundlich wohl mit Aug und Mund, sann er Krieg im tückschen Frieden.* Oder um Pink Floyd abzuwandeln: *When you turn your back on him, he gets the chance to put the knive in.*

Nein, er war wirklich ein Ober-Arschloch. Man musste ja schon mal selber lauter werden, um die Meute zu übertönen, da behaupteten die Blagen gegenüber ihm doch glatt, sie hätten Angst vor mir!

Ich war am Boden zerstört. ANGST, vor MIR? Ich war der permissivste, weichste Lehrer an der Schule! Und der imbezile Rektor glaubte den Schülern? Es ging doch nur um Noten und ums Sitzenbleiben der Faulsten und Verschlagensten, nicht um Angst!

Mit Tränen in den Augen ging ich in eine Klasse Acht, die fragten, was denn los sei und ich erzählte, was der Rektor mir gerade vorgeworfen hatte, da fingen sie an zu lachen: „Angst? Vor Ihnen, Herr Kämmerer? Hahaha! Sie sind ein Teddybär! Hahaha!"

An der Hauptschule war es normal gewesen, einmal laut zu brüllen, dann herrschte Ruhe und hier hielten es die anderen Kollegen auch nicht anders. Die durften auch mit dem Klassenbuch auf den Tisch kloppen, dass es knallte, ich durfte das nicht! Manche Klassenbücher waren zu den Halbjahreszeugnissen schon total zerfetzt!

Dann gab es noch die eher fiesen Kollegen, die gerne Fünfen verteilten und die Kids runtermachten. Komischerweise waren die Schüler bei denen ruhig und sie erzählten dem Rektor auch nicht, sie hätten Angst. Von mir erzählte man sogar, ich würde mit Stühlen nach den Schülern werfen! Hätte ich das einmal gemacht, wäre ich kein Lehrer mehr! Denkt doch mal nach!

Das ganze Elend entwickelte sich schrittweise weiter. Im Kunstunterricht hatte ich von einem Schüler ein Bild nicht bekommen, es lag auch nicht in der Mappe im Regal. Er behauptete, es abgeben zu haben und hatte sogar Zeugen dafür. Lächerlich! Das Spiel kannte ich seit Jahren, es war immer das Gleiche und traf auch andere Kollegen, die sich genauso ärgerten wie ich. Als ob die desinteressierten Schmutzbären sich nach Wochen noch an die für sie unwichtigen Bilder erinnern würden.

Ich ging dazu über, die Machwerke einzusammeln und in einer teuren Reißverschlussmappe im Lehrerzimmer zu lagern. Gleiches Spiel! Da bin ich laut geworden und habe die Schüler angebrüllt, das sei unverschämt, ob sie mir unterstellen würden, die Bilder im Lehrerzimmer aus der Mappe zu nehmen und wegzuwerfen.

Die kleinen dämlichen Mistböcke zuckten die Schultern und blieben dabei, sie hätten abgegeben.

Ein Vater beschwerte sich beim Rektor, ich hatte einen Termin mit beiden, der Vater bekam recht und ich die Auflage, das Problem mit der Fachkonferenz Kunst zu „regeln" und eine Fortbildung zum Thema Leistungsmessung im Kunstunterricht zu absolvieren.

Jetzt war ich im Unterricht gehalten, ein Leisezeichen zu machen, also zum Beispiel einfach die Hand heben und den Zeigefinger auf die Lippen legen. Auch hier hätte der Rektor sich eigentlich hinter mich stellen müssen, stattdessen machte er mich zum Spielball der Kids, die am Ende bestimmen durften, ob ein Fenster geöffnet wurde oder nicht, welche Stücke gespielt wurden und an welchen heißen Tagen sie den Unterricht draußen genießen durften, auch wenn man da gar nicht unterrichten konnte.

Rita ging es nicht gut und da hing ich in der Schule fest und dachte an meine Maus, die zuhause schief in ihrem Rollstuhl saß, darauf angewiesen, dass ihre Mutter sich um sie kümmerte. Die allerdings war auch nicht immer da, fuhr mit ihrem Auto einkaufen oder verzog sich in den Garten, wo sie permanent Unkraut jätete. Rita hatte schon vor vier Jahren einen Antrag auf Pflegegeld gestellt und war abschlägig beschieden worden, genauso beim Folgeantrag ein Jahr später. Nun wollte sie keine weiteren Anträge stellen und das Geld fehlte uns an allen Ecken und Enden, da ich natürlich nur Teilzeit arbeitete, um möglichst schnell wieder zuhause zu sein.

Solange ich viel Musik gemacht hatte, hatte ich kaum etwas getrunken. Earl Grey und Rauchtee hatte ich konsumiert. Jetzt gab es nichts Sinnliches, Sinnhaftes, Sinnvolles mehr in meinem Leben und ich soff so viel ich konnte, knapp eine Flasche Wodka am Tag. Meine Leber verdaute das Zeug über Nacht, ließ den Bauch wachsen und am Morgen war mir ein wenig komisch, aber es ging, es roch auch niemand, was ich mir angetan hatte, der Konrektor dagegen fiel mir auf, weil er wie eine komplette Brauerei stank.

Nach ein paar Jahren wurde ich immer unsportlicher, aus einem Sprintchampion wurde ein fußlahmer 130 Kilo-Krüppel, der permanent schwitzte – auch im Winter, denn die Heizungen liefen auf Hochtouren und Fenster durfte ICH ja nicht öffnen.

Ich wurde depressiv, ich hatte regelrecht Angst vor manchen Klassen, vor manchen Schülern, vor dem Rektor und irgendwann merkte ich, dass ich auch vor anderen Dingen Angst hatte. Im Dunklen z.B. oder vor Höhen.

Das hatte mir doch früher nichts ausgemacht. Kleine Zimmerchen oder irgendwo eingesperrt sein. Früher hätte ichs romantisch-gemütlich gefunden. Ich bekam aber einen Schweißausbruch und Herzrasen, als ich nach einer AG nachmittags aufgeräumt hatte und in die weitläufige Pausenhalle runterkam, um festzustellen, dass alle Ausgänge schon abgeschlossen waren, auch der Durchgang zum Hauptausgang vorne und ich hatte nun mal keinen Schlüssel für diese Türen.

Erst nach einiger Zeit des ziellosen Herumrennens und gegen die Türen Ballerns, kam mir die simple Idee, wieder nach oben zu stiefeln und mir einen Raum in der ersten Etage an der Ostseite aufzuschließen, die Räume hatten Türen auf einen umlaufenden Balkon und eine Rollstuhlrampe. Diese Außentüren ließen sich mit einem Nothebel öffnen. Ich trat auf den Balkon hinaus und auf der Brüstung saß ein Fasanenhahn, der mich schief ansah und spöttisch kollernd davonflog.

18
Intermezzo ohne Sex
Porno II

Eben waren wir schon beim Millennium angekommen, nun nochmals zurück, das Jahr des Mauerfalls: Meine Musik, meine CDs kaufte ich beim Ohr in Münster, manchmal bei Berlet in Neheim und sehr oft in Brittas kleinem, feinen Laden in einer Nebenstraße der Fußgängerzone. Sie hatte innerhalb kurzer Zeit raus, was mich interessierte und vor allem kannte sie sich viel besser aus als ich, weil sie jahrelang für einen großen Musikverlag in Berlin gearbeitet hatte. Klassik, Jazz, PopRock, ich dachte immer, ich sei schon gut unterwegs, aber sie kannte solche großartigen Exoten wie Jason Lindh und Bo Hansson oder Gabor Szabo und Scheiben wie das unglaubliche Köln Concert von Keith Jarrett. Ich habe verdammt eine Menge von ihr gelernt.

Meist bekam ich meine Scheibe zum Einkaufspreis, was mir ziemlich half und bald begann ich Britta in der Mittagspause oder am Abend einzuladen, wenn es gerade in meinen Tagesablauf passte.

Ich hatte immer Hunger und ein kurzer Abstecher in ein italienisches, griechisches oder chinesisches Restaurant gab mir was. Dazu die lustige Britta, das war was anderes, als traurig zuhause zu sitzen und Butterbrote zu mampfen, während Rita in Dortmund studierte.

Es funkte immer mehr zwischen uns und eines Tages meinte Britta, sie wolle mich zum Abendessen bei sich zuhause einladen. Wunderbar, ich erzählte Rita, ich ginge mit einem Freund in den Pub, der gerade eröffnet hatte. Es fiel auch nicht auf.

Ich holte Britta mit dem Auto von ihrem Laden ab und als erstes küssten wir uns. Ach, einmal wieder dieses kleine Wunder, der erste Kuss! Ich war hin und weg, diese Hingabe, dieses Schmelzen, ihre zutrauliche Zunge und besonders verblüffend ihr Arm, wie er sich besitzergreifend-schützend um meinen Nacken legte und shivers down my spine sandte.

Das Abendessen in ihrer aufgeräumten Wohnung mit lauter Platten- und CD-Regalen an den Wänden, von Zappa- und Stones-Konzertpostern unterbrochen, war auch something else: Die geordneten, warmen Harmonien von Cat Stevens im Hintergrund, die raffinierten Saltimboccas, getrocknete Tomaten, gegrillte Paprika, drei Käsesorten und einen teuren kräftigen Barolo, der damals wohl an die 20 DM gekostet hatte und den man heute privat gar nicht mehr bekommt. Der ging runter wie roter Samt und war unschlagbar zusammen mit Käse, Salami und Oliven.

Aber das Essen war ausnahmsweise für mich Nebensache. In den letzten zehn Jahren hatte der Sex zwischen Rita und mir merklich nachgelassen und war eher in eine Art ergebnislosen Kuschelsex ausgeartet, weil Rita nur noch selten in der Lage war, richtig zu bumsen. Ihre Knöchel waren geschwollen. Und sie hatte immer öfter überall Schmerzen, die kaum wegzubekommen waren. Da musste sie schon ein Morphinderivat nehmen oder mehrere andere Schmerzmittel auf einmal – die Philosophie verschiedener Ärzte war da schon sehr unterschiedlich.

Hatte sie Schmerzmittel intus, ließen zwar die Schmerzen nach, aber es war ihr oft nicht gut! Das Studium litt, ein Semester kam zu dem anderen, Arbeiten konnten nicht termingerecht abgeben werden und als ich sie nach einem heftigen Rheumaschub bei der Uni Do abmelden musste, sagte die bescheuerte Tussi im Büro doch tatsächlich, ja, das werde auch Zeit! Ich begriff die Bemerkung nicht richtig. Diese dumme Kuh konnte doch den Fall Rita mit seinen traurigen Details nicht im Kopf haben und wenn schon, dann verbat sich ja doch wohl jegliches Urteil ihrerseits. Statt nachzufragen, wie sie das meinte, habe ich nichts gesagt und ärgere mich noch heute drüber. Sausäcke! Scheiß Uni! Guckt euch mal lieber eure Selbstmordraten an, ihr Pfeifen!

Kein Wunder also, dass ich nun Britta, die ein wenig wie meine Frau vor 10 Jahren wirkte, jugendlich, ein wenig jungenhaft, spritzig, lustig, an die Wäsche wollte, wie ich ihr dann auch rundheraus erklärte.

Deswegen dieses Abendessen, das aber anscheinend von Britta doch eher als Hauptsache des Abends verstanden wurde. Sie hatte es in der Mittagspause vorbereitet, dann aber keine Zeit mehr gehabt, selber was zu essen, jetzt hörte sie nicht auf zu spachteln, wobei wir uns natürlich unterhielten. Worüber, ist mir allerdings heute ein Rätsel.

Irgendwann reichte es mir, ich grabbelte mit der Linken unter ihre Bluse und streichelte ihre BH-losen Brüste, sie lachte und futterte weiter. Irgendwie auf dem Sofa seitlich sitzend-hockend, mit Links beschäftigt, in der Rechten das Rotweinglas, wurde es mit der Zeit gleichermaßen lächerlich und unbequem.

Ich weiß nicht mehr, ob ich etwas Unpassendes gesagt hatte, oder sie mir mit irgendeiner Bemerkung auf den Geist gegangen ist, der Ton der Unterhaltung wurde aus unerfindlichen Gründen kühler und da halfen weder der Rotwein noch Cat Stevens drüber hinweg. Meine Hand unter ihrer Bluse schien mir plötzlich unpassend und ich zog sie zurück, nicht ohne nochmal zu betonen, wie toll sie sich anfühlte.

Ja, und das wars dann auch schon, ich ging ziemlich bald, während sie bedauerte, es sei doch noch so viel übrig. Wie hatte sie sich das denn vorgestellt, wir mampfen bis Mitternacht und fallen dann müde und mit prallen Bäuchen und halblahm übereinander her? Platsch!

Oder hatte ich sie völlig missverstanden und sie wollte nur einen Freund zum Quatschen! Die berühmte Freundschaft ohne Sex? Wieso dann der Kuss, wieso dann die heißen Blicke, die sexuellen Anspielungen?

Unser Verhältnis blieb weiterhin so, wie es vorher gewesen war, diesen Abend erwähnten wir nie wieder, ich kaufte meine Scheiben bei ihr und wir machten unsere Witze über die dümmliche Politik und den dicken Kanzler, gingen aber nicht mehr zusammen essen.

Ein Jahr später lernte sie durch ihren Bruder in Berlin einen Arzt kennen, einen drögen Schweizer, den sie wenig später heiratete. Sie machte den Laden dicht, zog mit ihm in die Schweiz und ich habe nie wieder von ihr gehört. Zu blöd, dass auch das Ohr später schloss, so dass ich nur noch nach Katalogen oder später online CDs bestellen konnte.

Online – das Internet war ein Segen für mich. Wenn Rita sich in ihrem Zimmer, wo sie übrigens einen Alarmknopf hatte, schlafen gelegt hatte, durchforstete ich die Pornoseiten auf der Suche nach den Porno-Trailern oder gar kompletten Filmen, die man verblüffenderweise meist problemlos downloaden konnte. Die lieferten meinen Fantasien weiteres Bildmaterial. Anfangs stand ich darauf, möglichst nette Gesichter zu finden. Die Damen mussten schon hübsch und vollbusig sein, durften aber nicht die abstrakte kühle, überschminkte Schönheit eines Supermodels aufweisen. So was würde sich ja nie mit mir abgeben! Nein, es mussten Frauen mit freundlichen, charmanten Gesichtern sein, die mir signalisierten, wir sind umgänglich, wir sind verständnisvoll, erzähl mal, wie gehts dir, was sollen wir machen ...

Ganz ideal fand ich es, wenn sie fragend oder etwas ängstlich in die Kamera schauten, möglicherweise in Handschellen verzagt auf einer Bettkante sitzend, als würden sie sagen, wenn du mich benutzen willst, OK, aber tu mir bitte nicht weh, so dass man antworten könnte, na komm, ich befreie dich, dann kuscheln wir ein bisschen! Oder: Ich tu dir nichts, Schatz, ich werde nur eben deine drei Löcher besamen und jetzt öffne den Mund ... Aber es gab nicht viele solche Bilder, die wenigstens einigermaßen ästhetisch&echt wirkten.

Später fielen mir die englischen Ladys auf, die sich selbstbewusst auszogen und posierten. Ganz besonders eine Dreiergruppe stach aus der Masse raus: Eine kleine Dicke, eine etwas größere Mollige und eine Hochgewachsene mit fast noch jugendlicher Figur und kleinen, festen, hochstehenden Brüsten. Gut, auch sie hat ein kleines Bäuchlein und drei vier Kilo auf den Hüften, aber das machte sie weich, anfassbar, noch schöner jedenfalls. Ich würde sie nach Kleidung und Haltung der upper middle class oder besser der under upper class zurechnen.

Die korpulenteren kleineren Damen sind mit großen Brüsten ausgestattet, schätzungsweise Körbchengröße H. Nun sind das keine Sexbomben-Atomraketen-Geschosse, die aggressiv auf den Betrachter zeigen, wie junge Brüste gebaut, nur eben vergrößert. DIESE Brüste, ich nenne sie Kanonenkugelbrüste, hängen, so dass sie bei der kleineren, Carol, nur noch fünf Zentimeter bis zum Bauchnabel Platz lassen. Bei der etwas größeren, Jane, sind es zehn Zentimeter, nur die hochgewachsene Gertie leidet mit ihrem „normalen" Busen nicht unter einer „Hängepartie".

Carol hat sogar mein Problem, unter dem Bauch bildet sich mittlerweile eine Falte, die nur weggeht, wenn ich mich sehr aufrecht halte.

Man sollte denken, die Drei würden peinlich berührt und etwas zerknirscht dreinschauen, aber das genaue Gegenteil ist der Fall. Sie wissen, dass Rubens sie wohlgefällig betrachtet und gerne gemalt hätte, weiche üppige Rundungen überall, Bäuche, Pos, Busen. Deswegen wohl sind die eleganten Frauen äußerst selbstsicher: Auf Bild 1 schütteln Carol und Jane verträumt ihre weißen Schlüpfer von den Füßen, auf Bild 2 posieren sie militärisch Rücken an Rücken und Carol grinst uns mit ihren kleinen weißen Zähnen fröhlich an. Sie trägt eine Lennon Brille mit ungünstig dicken Gläsern und die Haare könnten ruhig länger sein. Die allgemeine Nacktheit wird kompensiert durch schiere gute Laune. Jane schaut amüsiert fragend drein. Die Extra-Kilo transportieren Gemütlichkeit und Gelassenheit. Gertie macht den Eindruck, sie sei Tante Gertrud aus Freiburg, Apothekerin, abgeklärt, intellektuell. Sie schaut eher neutral und scheint zu überlegen, wies nun weitergeht. „Kinder, was fangen wir denn nun an?"

Sie wirken sehr sauber, rosig, sind im mittleren Alter und die Haut ist noch nicht faltig, was der Molligkeit geschuldet sein kann. An Po und Oberschenkeln haben sie einen Anflug von Zellulitis, was ich in anfänglicher Begeisterung gar nicht sah. Auch jetzt ist es immer so, ich habe mir die Bilder gerade mal auf den Schirm geholt, dass ich diese „Fehler" zunächst nicht sehe, für mich sind die Fotos ein Fest der Rundungen, der fließenden Formen, der Anschmiegsamkeit, dann kommen die witzigen, freundlichen Gesichter und dann kann man mal an die Haut denken, die natürlich nicht mehr supermodelhaft straff gespannt ist, aber wer im Glashaus sitzt..., insgesamt machen sie auf mich den Eindruck lustiger geschrubbter Marzipanschweinchen. Ich möchte direkt reinbeißen. Unter etwa 10 Bildern gibt es nur eins, das alle drei auf einem Bett vereint, wobei Carol mit gespreizten Beinen daliegt und für den Betrachter ihre Schamlippen auseinanderzieht, um ihre Möse zu zeigen, die delikat rosa schimmert, einer edlen Muschel ähnlich.

Insgesamt Bilder, die so gar nichts von gängigen Pornos haben. Ich wünschte, ich würde eine oder meinetwegen drei solche Frauen kennenlernen und sie würden mich mal rannehmen. Irgendwie automatisch kam die entsprechende Fantasie dazu: Ich bin erst 17 (wie gesagt, ich weigere mich ja, erwachsen zu werden) und belästige eine hübsche Gleichaltrige, die sich wehrt, als ich ihr an den Busen gehe. Ihre Tanten kommen dazu, führen mich ab und stellen mich vor die Wahl, Polizei oder Schwanz zeigen.

„Kann ich nicht", würde ich sagen, „ist zu peinlich."

„Wir sehen ihn sowieso, er ist immer noch steif!"

„Und peinlich war, was du eben gemacht hast!"

Schließlich fummel ich meinen Penis heraus, den sie begeistert betasten und wichsen, ich werde weich in den Knien.

Wir sind in Janes Wohnung und sie würfeln um mich, wer gewinnt, setzt sich auf die Kante des Küchentisches, spreizt die Beine und ich muss sie zwei Minuten lang lieben, dann wird neu gewürfelt. Ich befriedige sie alle drei und komme selber zweimal, dann sitze ich auf der Tischkante und sie nehmen nacheinander auf einem Stuhl zwischen meinen Beinen Platz, um mich zu blasen. Carol ist Siegerin, sie erhält die dritte Ladung und saugt mich aus.

Ich besuche die Damen erneut und bin diesmal der, der auf dem Stuhl oder Hocker sitzt und eine nach der anderen oral befriedigt, ich darf nur den Mund benutzen. Danach gehts ins Bett und weil sie so zufrieden mit mir sind, legen sie sich nebeneinander auf den Bauch und ich darf ihre dicken pneumatischen Popos vögeln, wie ich gerade Lust habe.

Ein paar der Internet-Bilder zeigen die Ladys in dezenten weißen Blusen, grauen Röcken, Perlenketten, Strümpfen, Strapsen, was natürlich nach und nach abgelegt wird. Zwischendurch ein Standbild, bitte, so sehen wir in Unterwäsche aus! Wir brauchen uns nicht zu schämen! Und wie sie sich dann mit mädchenhafter Anmut der weißen Schlüpfer entledigen, hat wieder was.

Auch die intelligente Bildgestaltung unterstützt die Erotik: Während Carol auf einem Foto flach liegt, sitzt Jane auf dem Bett und schaut freundlich interessiert gezielt genau dorthin, wo man beim Fotografen den Schritt vermuten müsste. Gertie lächelt verheißungsvoll. Man möchte den Damen sofort zeigen, was sie sehen wollen.

Um es zeitlich einzuordnen: Ich wurde 50, wir haben es aus verschiedenen Gründen nicht gefeiert, ich fand es auch keinen Grund zum Feiern, aber ich erinner mich jetzt, Vorsätze gehabt zu haben und zwar hatte ich mir ausgerechnet, dass wir durch mein Gehalt einigermaßen versorgt waren und das Leben in den nächsten 10 Jahren genießen sollten, was danach kam, würde wahrscheinlich nicht mehr so gut sein und es würde immer schwieriger werden, mal eine Fete zu feiern, irgendwohin zu fahren oder Urlaub zu machen. Aber daraus wurde nichts, die Probleme in der Schule und mit Rita machten mich einfach fertig. Dann die Konflikte mit Schwiegermutter, ach so ja, als ich die feste Anstellung bekam, heiratete ich Rita. Der Fotoaasgeier, der vor dem Standesamt auf einer Bank auf Beute lauerte, war sichtlich irritiert, der langhaarige Typ in Jeans und die Rollstuhlfahrerin konnten ja nicht das strahlende Brautpaar sein. Er verpasste seinen Einsatz und guckte nur dumm hinter uns her.

Schwiegermutter war und blieb jemand, der sich keiner logischen Argumentation zugänglich zeigte. Ein neues Beispiel: Sie behauptete plötzlich, ich benutzte zu viel Klopapier (?) und ich verstopfte ihr Klo unten von unserem, also von oben aus. Das ist natürlich Schwachfug, das Fallrohr geht nämlich senkrecht an ihrem Anschluss vorbei. Aber das Ganze führte dazu, dass wir uns immer wieder gegenseitig anschrien. Ich war bereit, einen

Fachmann kommen zu lassen, vergaß es wieder und bereute das sehr, als der Konflikt nach drei Wochen wieder aufflammte! Später stellte sich raus, an ihrem Toilettentopf hatte sich ein Dichtungsring selbstständig gemacht, der alles blockierte!

Als Ritas liebe Tante Zilli starb, vermachte sie ihr Häuschen Rita, so dass wir plötzlich doch ausziehen und etwas bequemer leben konnten.

Vor der Idylle lag der Umzug, den ich ein bisschen unterschätzt hatte. Ein Umzugswagen wäre angebracht gewesen. Ich dachte, das ginge schon mit dem Golf, den wir gerade fuhren, übrigens auch ein Geschenk von Ritas großzügigem Schwager, der als Vertreter das Auto 350 000 km über die Autobahn gescheucht und jetzt einen Mercedes Kombi angeschafft hatte. Beispielsweise war mir nicht klar gewesen, was mittlerweile alles auf dem Dachboden lagerte und dass ich so viele CDs besaß: zwölf Kästen mit je ungefähr sechzig CDs plus einhundert Schallplatten! Dann die Schlagzeugteile und die historische Instrumenten-Sammlung mit Bombarden, Kavalleriehörnern, Schalmeien, einem Kornett (defekt), einer Citole (Eigenbau), Dudelsack, Drehleier (beide defekt) und dem alten französischen Saxophon aus angelaufenem Silber, auch defekt, das ich wegen der ornamental verspielten Optik unbedingt hatte haben müssen.

Es hingen Erinnerungen an den Dingern: Das Saxophon hatte ich in Bielefeld gekauft, als Rita dort für das Fach Geschichte im Archiv arbeitete. Ich fuhr, ich begleitete sie, ich hatte ja nach dem Studium Zeit. Und ich streifte durch die Stadt, kaufte ein, aß Currywurst und fand Bücher oder eben so ein Saxophon in den Gebrauchtwarenläden. Eine tolle Zeit! Neben Bielefeld lernte ich Münster, Gütersloh, Vlotho und Minden recht gut kennen. Kühlschrank, Geschirrspüler und zwei selbstgebaute Weichholzschränke und der geniale Klapptisch. Fahrräder, Ritas Dreirad! Letzteres musste demontiert werden. Es war endlos, aber lohnend!

Rita war vom Bauerngarten angetan, den wir so eine Zeit lang erhielten, Gemüse in Reih und Glied, gemischt mit Bauernlilien, Ringelblumen und Dahlien. Nur am Rand setzten wir als Sichtschutz Thuja, Jasmin, Buddleja, Sonnenblumen. Was noch, Walnuss stand schon hinter dem Haus, Esskastanie musste ich unbedingt pflanzen, ist mittlerweile eingegangen. Das dunkle Glas mit den auf weißem Rum aufgesetzten grünen Walnüssen in der kleinen kalten Vorratskammer mit den Vorkriegsbodenfliesen. Ich müsste es mal abgießen ... müsste ... müsste ...

Das kleine Bauernhaus mit den uralten duftenden Rosen davor hatte keinen Keller! Ein Tonstudio konnte ich auch komplett vergessen, weil wir hier draußen auf dem Land in einer Art Schleife der Autobahn lagen, die einen Halbkreis von etwa drei Kilometer Durchmesser um uns herum beschrieb. Der Wind musste schon aus dem Norden kommen, damit wir die Autos mal nicht hörten, sondern die Nachtigallen am Waldrand.

Natürlich lebte es sich ruhiger, hier wurden einem nicht die Schlüssel geklaut, nur leider war das mittlerweile egal, wir machten ja nichts Aufregendes mehr und schon gar nicht in der Horizontalen. Aber es hatte schon was, abends draußen in Frieden zu grillen, drinnen die Musik laut machen zu können, in Ruhe fernzusehen und das

Telefon einfach mal zu überhören. Mit Schwiegermutter war das nicht möglich gewesen, wenn es klingelte, stürzte sie zum Hörer, als hinge ihr Leben davon ab.

In jenem Jahr begann ich mich für die diversen Masturbationshilfen, für Silikonmuschis zu interessieren. Das „händische" Vorgehen ödete mich an, Seitensprünge waren nicht in Sicht und die Benutzer der Geräte beschrieben in glühenden Tönen die Vorzüge der Silikonvaginas. Schließlich erstand ich eine, ein Plastikrohr mit einer weichen Silikoneinlage, deren „Lustkanal" in etwa einer echten Vagina nachgestaltet sein sollte. Um es kurz zu machen, das Ding fühlte sich, wenn man es in heißem Wasser auf Betriebs-Temperatur gebracht hatte, wirklich gut an und nachdem ich es solange nicht mehr getan hatte, auch ziemlich echt! Viel, viel besser als Handbetrieb! Auch hatte man die Hände frei, wenn man das etwa flaschengroße Teil einfach zwischen zwei schwere Kissen stopfte und sich auf die Seite drehte, um sich drin zu versenken. Schloss man die Augen und strengte die Fantasie an, konnte man zeitweise glauben, man läge wirklich bei einer Frau, die einem, sagen wir, den Po entgegenstreckte.

Es klappte nicht! Ich war wieder auf Start, ich war direkt dorthin gegangen und hatte keine 4000 Euro eingezogen. Ich konnte zwei Stunden lang meine Lust in das Plastikding hämmern, es tat sich nichts. Ich konnte mir Bilder ansehen, Filmchen, es tat sich nichts. Immerhin war es schweißtreibend und gut für den Kreislauf.

Etwa zu dieser Zeit fand ich das Bild der drei englischen Grazien, die auf dem Bett sitzen oder liegen, ich googelte noch zwei, drei weitere und ließ den Mediaplayer eine

Diashow abnudeln.

Ausgerechnet ein Bild schaffte es, auf dem „Carol" und „Jane" (Namensgebung von mir) nebeneinander auf dem Boden knien, die Hände auf den Oberschenkeln, die belustigten Gesichter einander zugewandt und ganz offensichtlich in eine angeregte Unterhaltung vertieft. Sie tragen dunkle Strumpfhosen, die hellen, nackten Oberkörper betonend und außerdem Perlenketten. Ihre großen, durchhängenden Brüste liegen mit den Brustwarzen etwa in Höhe der Ellenbeugen! Das wirkt überhaupt nicht lächerlich! Jane hat ihre Brille auf, sie lacht, Carol sagt etwas, der Betrachter ist außen vor.

Das Bild hat etwas Fröhliches, Echtes: Weißer, schlichter Hintergrund, ein Kamin mit goldener Uhr ziert die Wand und das Grau-Schwarz-Weiß plus Hautfarbe von pastellenem Ocker bis Vandykbraun ergeben eine edle samtene Ästhetik. Wahrscheinlich spielt im Hintergrund „Pomp And Circumstanzes".

Es ist wohl die Normalität der Frauen, ihre rundliche Mütterlichkeit, die auf mich wirkt. Es ist die Abwesenheit schrill aufgetakelter, superglatter Hochglanzerotik. Ich stelle mir vor, ich stünde mit auf den Rücken gefesselten Händen vor ihnen, meine Erektion ragt ungeschützt nach vorne und schreit geradezu danach, gepackt und benutzt zu werden.

Sie nehmen mich abwechselnd in den Mund, streicheln meinen Hintern, Margret steht daneben und schaut zu, kommentiert oder küsst mich auf den Mund, streichelt meine Brust. Wie ich da so stehe, bin ich völlig ausgeliefert, machtlos, ich muss, ob ich will oder nicht, in Carols oder Janes Mund kommen – ja, tatsächlich, das wars dann! Die Silikonmuschi ist weich und glatt genug, um in der Fantasie als Mund durchzugehen, und plötzlich, ich konnte es kaum glauben, entstand da dieses hohle Gefühl mitten in mir drin, gefolgt von dem typischen Kribbeln, das dem Höhepunkt vorausging, der Punkt, an dem man abbrechen und mit ein wenig Glück und Konzentration wieder weitermachen kann, und dann das fast schmerzhafte Herausschießen des Spermas. Das war so ungewöhnlich, ich dachte, die Eichel, nicht von einer festen Hand umschlossen, platzt! Ein sehr störender Nebeneffekt, der nach einiger „Übung" nachließ.

Ich schloss die Augen und versuchte so lange wie möglich in meiner Fantasie, in meiner Illusion zu bleiben, aber mehr als gute 10 Sekunden waren es wohl nicht. Das ging früher schon mal besser! Aber immerhin! Sogar noch, als ich das Silikonteil im Waschbecken mit jeder Menge Duschgel säuberte, spürte ich diesem besonderen Orgasmus nach. 10 Sekunden hin oder her, er war weitaus befriedigender als zehn handgefertigte Höhepunkte zusammengenommen. Hätte ich mir doch schon früher, viel früher so ein Teil gekauft!

Man könnte denken, ab jetzt nehme ich jeden Abend die Silikonmuschi mit ins Bett ... von wegen, es dauerte einfach zu lange, 60-90 Minuten manchmal. Und daran war anfangs auch nichts zu drehen. Also kam das Teil nur etwa alle zwei Wochen zum Einsatz und erst nach einem Vierteljahr stellte sich eine Veränderung ein. Nach einem Jahr wars mit Handbetrieb ganz vorbei und wenig später musste ich sehen, dass ich darauf auch kaum noch reagierte. Was ist man doch für ein Gewohnheitstier.

19

Intermezzo mit Sex

Ich hatte mich immer über die Einladungen bei Siegrid und Giselle gefreut, weil da alles easy war und das Haus riesig, so dass Rita mit ihrem Rollstuhl richtig viel Platz hatte. Ich meine, sogar im Bad hatte sie mit verschwenderischen 30 Quadratmetern mehr Platz als bei uns. Außer einer gewaltigen Badewanne mit Sprudelfunktion und zwei Toiletten nebeneinander findet man noch ein Bidet, eine Dusche, das Ganze gekrönt von einem erschreckend offenherzigen Fenster auf den Garten und genug Platz, um mit dem Rollstuhl Walzer zu tanzen. Verdammt, warum gibts hier keine Gardine? Zwei Stühle, ein Mahagonischrank und eine entsprechende antike Tür. Ja, die beiden haben Geld. Siegrid ist Steuerberaterin, Giselle Tierärztin.

Kennengelernt hatte Rita Siegrid zu Studiumszeiten im Wartezimmer beim Zahnarzt. Ziemlich schnell hatten beide festgestellt, dass sie gerne gärtnerten und eine Kakteensammlung besaßen. Ein paar Tage später trafen wir Siegrid unter großem Hallo bei einem Kakteenzüchter in Hörstel wieder. Nachmittags waren wir dann schon auf Kaffee und Kuchen eingeladen und lernten Giselle kennen. Die beiden hatten je eine Doppelhaushälfte und betrieben dort vorne jeweils ihre Tierarzt- bzw. Steuerberaterpraxis.

Hinten raus lag die Wohnküche, welche in eine Wohnlandschaft und letztlich in den Wintergarten überging, den am Fenster eine weiß gekieste Kakteenlandschaft mit Opuntien, Schwiegermuttersitzen, lebenden Steinen, Greisenhäuptern und so weiter zierte. Die waren alle größer als unsere Exemplare und die Greisenhäupter hatten nicht die Schädlinge, die unsere immer heimsuchten.

Das ganze Haus war außen und innen strahlendweiß gestrichen, starkfarbige Bilder und bunt lackierte Objekte verliehen dem Ganzen eine helle Heiterkeit, die man gerne mit nach Hause nehmen würde.

Im Wintergarten punkteten neben den gewaltigen Bananenstauden große Obst- und Blumen-Aquarelle auf hochweißem Papier in leuchtend reinen Farben, wie ich sie noch nie gesehen hatte. Aber was die Beiden in meinen Augen sofort adelte, war die Tatsache, dass sie eine komplette Yamaha Natural Sound Anlage in Schwarz hatten, die uns zu teuer gewesen war. Jedenfalls lief da gerade Al Stewart und ich war mal wieder mit unserer eigenen mühsam und extrem sorgfältig zusammengestoppelten Gebraucht-Anlage nicht so ganz zufrieden.

Diesmal gab es zur Charlotte Royale und Schwarzwälderkirsch-Eistorte Kaffee aus den Anden und, juchhu, klare Schnäpse von Zieglers, die ich mir noch nie hatte leisten können.

Später rauschte im Hintergrund Al Di Meola durch seinen Traum, die Sonne ging unter und die Beleuchtung des Pools an, die großen Walnussbäume in der Hecke hinten im Garten schimmerten in einem unglaublich fröhlichen Grün und wir saßen immer noch da. Giselle warf den neuen riesigen Weber Grill an, mit dem man ganze Fußballmannschaften begrillen konnte, und versorgte uns mit Entrecote Steaks, die in einer bunten Pfeffermischung gewendet worden und bei 60 Grad zwei Stunden vorgegart waren.

Siegrid erzählte ein paar „bescheuerte" Vorkommnisse, wie sie es selber nannte, aus der Tierarztpraxis, wo verrückte Köter noch verrückterer Herrchen die anderen Patienten fressen wollen, total Wahnsinnige mit einem Korb voller halbtoter Singvögel erscheinen, die sie in Benzin und Motoröl gebadet hatten, um Parasiten zu entfernen, und erwachsene Frauen tatsächlich die weibliche Gynäkologie ihrer Katze erklärt bekommen müssen. Ich erzählte ein paar Superwitze, zum Beispiel den vom Mathematiker, Physiker und Priester auf dem brennenden Hochhaus ... und den von Maria und Joseph im Stall: Josef, ein ordentlicher Handwerker, räumt vor der Niederkunft noch ein bisschen auf, fällt auf dem rauen Holzboden, reißt sich das Knie auf und stöhnt: „Jeesus!"
„Ja", sagt Maria, „das ist besser als Kevin!"

Die vorgegarten Steaks wurden auf dem Gas-Grill irre gut und ich verabschiedete mich von meinem Vorurteil, dass man unbedingt Holzkohle benötigt. Die kubanisch-brasilianische Musik, die nun lief, ging ins Blut wie der Temperanillo und etwas später versuchten Giselle, die von der Toilette kam und Siegrid, die einen Rum-Cocktail gemixt hatte, mitten auf der ausgedehnten Holzterrasse eine Rumba. Ich stand auf, machte beiläufig die entsprechenden Tanzschritte, Sam-ba-ba, und wedelte dezent mit den Armen dazu: „Das ist Samba, schaut!" Und schon hatte ich Giselle in den Armen, die bestätigte, was ich wusste, ich hatte immer noch Rhythmus im Blut und ich konnte tanzen.

Wir machten beide eine ganz gute Figur, aber dann kam die Stelle, wo sie ihren Hintern an meinen Schoß presste, um diese schraubenartige Figur zu tanzen. Da war

181

der Effekt wieder: Hatte ich doch plötzlich den Duft ihres Haares, ihr Parfum, ihren leichten Schweißgeruch in der Nase und ihr expressiver Po drückte so gegen meinen Penis, dass er sich innerhalb von Sekunden aufrichtete und prächtig stand. Wir tanzen wieder auseinander, aber ich blieb stehen und sagte nur halbwegs verlegen, halb stolz, denn ich war doch ein wenig erwachsener geworden: „Ach, du Scheiße!" und hielt die Hände vor die zeltartige Beule in der Hose. „Das hat dein Hintern gemacht, ich bin unschuldig!" Und dann ließ ich das alberne Versteckspiel sein und stemmte die Hände in die Hüften. Die Damen geruhten laut loszulachen und ich lachte mit.

„Klar", stellte Rita fest, „wir haben so lange nichts mehr gemacht, ich kann das einfach nicht mehr. Der muss bestimmt mal wieder so richtig entsaftet werden."

„Rita!", rief ich, wie konnte sie nur so aus dem Nähkästchen plaudern!

Giselle machte zweieinhalb Schritte auf mich zu, als ob sie es eingeübt hätte, und griff nach meinem Ständer, überrascht beugte ich mich vornüber, machte so eine Art Grunzgeräusch und sagte wenig überzeugend: „Das geht aber jetzt zu weit!", und Giselle gleichzeitig: „Ich glaube, das kann man hinkriegen." Und dann fügte sie hinzu: „Wir sind ja schließlich zu zweit!" Siegrid kam auch näher.

Ich wollte einen Schritt zurück machen und die Flucht antreten, aber Giselle drückte den Schwanz nun rhythmisch und es fühlte sich einfach zu gut an. Wann hatte das zuletzt mal jemand getan? Was jetzt?

„Hej, Rita, sag doch auch mal was!"

Sie grinste. „Also, ich bin müde, ich muss mich jetzt hinlegen!" Sie meinte, sie würde das Sofa in der Küche nehmen, sprich in der Küchen-Esszimmer-Wohnlandschaft. „Viel Spaß, Klaus!"

„Rita!", rief ich klagend, „ich kann doch nicht ...!"

Sie blieb mit dem Rollstuhl in der Tür stehen und sagte über die Schulter: „Du wärest bescheuert, wenn du das ausschlägst!", und sie rollte durch die Terrassentür zum Wintergarten rein.

„Nun, wie ist es mit uns?", fragte Giselle und Siegrid zog die Augenbrauen hoch.

„Oh Gott!" , sagte ich nur.

„Wir sollten erst mal duschen!", schlug Siegrid vor. Ich bekam das Bad unten, sie verzogen sich nach oben und ich war gehalten das Duschgel mit den Erdbeeren drauf benutzen. Aha! Mit dem Duschen war ich nicht ausgelastet und ich grübelte, ob das nicht alles nur ein Witz war. Gleich würden sie mir sagen: „Ätsch, hast du Fuzzi, du kleines Dickerchen, wirklich geglaubt, zwei so rassige Weiber wie wir würden uns mit dir intim beschäftigen? Träum weiter." Außerdem waren sie lesbisch, wie ich sofort vermutet hatte. Beziehungsweise bi, wie Rita meinte.

15 Minuten später rätselte ich, was ich tun sollte. Sie wollten doch wohl nicht draußen zur Tat schreiten? Also vielleicht im Wintergarten? Oder war ganz klar, dass ich zum Schlafzimmer raufkommen sollte? Oder wars doch nur der dumme Witz, für den ichs mehr und mehr hielt – ich meine, wer wollte schon mit MIR ... Ach, so ein Mist! Ich wanderte zur Bar und nahm einen Drambuie, nur weil ich ewig keinen mehr getrunken hatte, schüttelte mich und da standen sie auch schon.

„Alkohol mindert die Potenz!", sagte Giselle.

„Ein richtiger Kerl stände jetzt ohne Kleidung hier!",
meinte Siegrid.

„Ihr hab doch auch noch eure Sachen an!"

„Das täuscht." Beide fassten den Saum ihrer Kleider
und mit einer fließenden Bewegung, Frauen werden mit
diesen Bewegungen geboren, zogen sich die Klamotten
über den Kopf und standen da, wie die Evolution sie
erschaffen hatte. Ich stand wohl da mit offenem Mund.

Es gibt eine blöde Episode aus Dänemark, als Rita
und ich am Strand spazierengingen, damals konnte sie
das noch, und zwei Mädchen, um die 18 Jahre, zum
Wasser hinuntergelaufen kamen und sich im Trab auszogen. Und ich Idiot guck weg! Ich war ja viel zu cool
hinzusehen, kurz blickte ich hinter ihnen her und stellte
beim Anblick der perfekten Körper – wohlgeformte Beine, dralle Hintern, schmale Taillen – fest, dass ich nicht
cool, sondern dämlich war. Ihre Dreiecke und im Laufen
sicher schaukelnden Brüste hätte ich doch auch zu gerne gesehen. Aber ich lebe und lerne ja.

„Du bist immer noch angezogen, das ist unfair!"

„Ich gucke ja nur, und es gibt so viel zu gucken, ich
meine, ihr seht ..." ich suchte irgendwelche treffenden
Superlative und fuchtelte mit den Händen in der Luft herum. „Boa, ihr seht so wahnsinnig aus!"

„Danke, danke! Und jetzt du!"

Schlechtes Timing, es ging wirklich zur Sache und ich
musste vor den beiden strippen, das war ja noch schlimmer als bei der Musterung, die ich natürlich nicht gehabt
hatte. Und ein wesentlicher Unterschied zu damals: Ich
wog nun 35 Kilo mehr als mit 18. Ich hakte die Daumen
in Hose und Unterhose und zog beides gleichzeitig runter, weg damit!

Mein Schwanz freute sich und wippte auffordernd. Und mir fiel etwas auf, das ich so noch nicht wahrgenommen hatte, ich konnte über meinen Bauch meinen Schwanz nicht mal ganz sehen, nur die Eichel schaute hervor! Unmöglich! Da musste was passieren!

Mir war regelrecht schwindelig von einer Gemengelage an Gefühlen: Es war mir doch peinlich, meinen beachtlichen Bauch und meine Erektion zwei Damen zu zeigen, die ich so gut nun doch nicht kannte, aber ich war auch rasend gespannt auf das, was gleich passieren würde. Hm, ich fand es außerdem in gewisser Weise RICHTIG. Hatte ich nicht so ein Abenteuer durchaus verdient?

Und es stimmte, was ich eben gesagt hatte. Ich wusste kaum, wo ich hinsehen sollte, die großen Brüste Giselles, die rasierten Muschis, die Schamlippen der beiden, ich wollte das alles haben und zwar auf einmal! Vor Spannung und Lust begann ich zu zittern.

Sie dirigierten mich zu der Couch aus fetten Bambusrohren und dicken cremefarbenen Polstern und schon erfüllte sich meine Fantasie mit den englischen Ladies – oder doch nicht so ganz: Giselle saß vor mir, hatte mich in der Hand und begann mich überraschend heftig zu wichsen. So heftig, dass ich stöhnte und mich wand, meine Güte, hatte die einen Griff! Was machte die für einen Sport?

Siegrid stand neben mir und gab mir mit der Hand Klapse auf den Po, mal sanfter, spielerischer, mal fester und durchaus ernst gemeint.
„Hej, muss das sein?"
„Du bist gut! Ein vernünftiger Sexsklave sagt danke,

wenn er so verwöhnt wird!"

„Verwöhnt?" Irritiert hielt ich mir die Hände vor den Hintern.

Sie wandte sich ab und kam mit einem Klettband, einem doppelseitigen, zurück.

„Leg die Handgelenke zusammen!"

„Das ist nicht dein Ernst!" Jetzt hörte Giselle auf mich zu bearbeiten. Siegrid räusperte sich nur einmal. Ich tat wie geheißen, protestierte aber sofort: „Das ist zu eng, ich kann das nicht ab"

„Das ist doch gar nicht eng!"

„Nee, gar nicht, Mensch, ich bekomme Platzangst davon."

Tatsächlich lockerte Siegrid die Fessel etwas. Gut. Nun konnte ich mir vorstellen, ich könnte das Ding aus eigener Kraft loswerden. „OK!"

„Na, da sind wir aber froh! Sonderbehandlung gibts sonst eigentlich nicht!" Und zack landete der nächste noch festere Hieb auf meinem Po. Und noch einer.

„Aua!" Ich wand mich und trippelte auf der Stelle. Wie entwürdigend!

Giselle rupfte nun an meinem edelsten Teil herum, als wollte sie es ausreißen, und meinte: „Die Haare hier könnten ruhig mal weg! Die stören!"

„Hmhm", machte ich.

Siegrid kam mit dem Mund näher und küsste mich sacht. „Mach dir die Lippen nass!"

Ich leckte mir einmal über die Lippen und die Küsse wurden intensiver, ich hatte ihre Zunge im Mund und mir wurde ganz anders. Dann verdrosch sie mir zur Abwechslung wieder den Hintern und ich streckte die Hände nach unten. Klettfessel oder nicht, ich konnte nach wie vor die Hiebe blockieren.

„Nimmst du wohl die Hände da weg!" Und sie schlug mir gemein seitlich auf die linke Pobacke. „Au! Das tut wirklich weh!"
„Du sollst danke sagen und nimm die Hände da weg!"
Ich begriff, dass ich den beiden, so gefesselt, tatsächlich unterlegen war: Ich wurde wirklich vergewaltigt!

Kaum war der Gedanke entstanden, begann dieses fließende kribbelnde Gefühl im Unterleib und im Penis, Sekunden später war es so weit. Giselle sagte irgendwas, aber sie hörte nicht auf und mit am ganzen Körper verkrampften Muskeln kam und kam ich.

Ich kriegte mit, dass Siegrid den Kopf wandte, um sich das Spektakel anzusehen, wie mein Becken zuckte und das Sperma rhythmisch aus der Eichel schoss. Ich fand es tatsächlich immer noch peinlich, aber gleichzeitig enorm erotisch, meinen Höhepunkt zwei erwachsenen Frauen vorzuführen. Ja, wahrscheinlich war ich schizophren! Jedenfalls hatte das hier eine ganz andere Dimension als meine vorhersehbaren Fantasien und mein monotones Soloamüsement.

Giselle stippste ihren Finger in das Sperma, das auf ihren Brüsten gelandet war, steckte ihn in den Mund und sagte: „Hmm!"
Siegrid zog nach. „Nicht schlecht! Ach, wir haben den Ouzo vergessen!"
„Mist, ja, stimmt."
„Na, dann muss er nochmal."
Und Giselle fragte mich: „Du KANNST doch nochmal, oder?"
Und ich zögerlich: „Jaaaha?"
Siegrid wischte das Sperma vom Boden auf. Ich wurde

wieder zum Frischmachen geschickt, setzte mich danach, ganz „Mother Natures Son", auf die Bambuscouch und stellte mir vor, so zu wohnen, mit dem stillen grünen Ausblick in den Wintergarten und auf die beleuchteten Bäume draußen.

Es war ein heißer Tag gewesen und jetzt erst herrschte eine angenehme Temperatur. Frische Luft kam durch die mit Moskitonetzen ausgestatteten Schiebetüren und ich war mal nicht neidisch wie sonst. Von mir aus konnten diese beiden Engel wohnen wie der Sonnenkönig persönlich. Sie hatten mir gerade die Gewissheit gegeben, dass ich mit Frauen noch etwas anfangen konnte, wenn sie real auftraten und nicht vermittelt als Bildmaterial. Danke!

Ich überlegte, was sie wohl genau vorhatten, und ob ich wohl in den Genuss eines Blowjobs von zwei Frauen gleichzeitig kommen könnte, das war etwas, das mich in entsprechenden Videos schon sehr erregte. Toll wäre auch, wenn sie sich auf die Couch knieten und ich könnte es ihnen von hinten .... Aber es sollte ganz anders laufen.

Ein paar Minuten später kamen die beiden in riesigen weißen T-Shirts, die mir noch zu groß gewesen wären. Drunter trugen sie nichts. Die Wirkung war enorm. Giselle kam näher und gab mir einen großen Ginfizz. Ich nahm ihn mit links und hob mit rechts den Saum ihres Shirts hoch.
„Nur gucken, ob noch alles da ist", und ich legte die Hand auf ihren Po. Sie wackelte neckisch damit.
„Ein Wunder der Natur!"
Sie nickte dankend, wackelte nochmal und entzog

sich mir mit einer Drehung. Siegrid stellte eine vereiste Ouzoflasche und zwei Gläser ab.

Giselle setzte sich neben mich und erklärte: „Wir möchten, dass du gleich in die Gläser ejakulierst. Wir gießen den Ouzo drüber für unseren ganz speziellen Cocktail." Meine Augenbrauen wanderten hoch.

Siegrid meinte: „Du musst es selber mal probieren, schmeckt irre!"

„Klar!" Ich nickte weltmännisch.

„Wir haben folgenden Vorschlag: Hier ist ein kleiner Vibrator ..." Das Ding war etwa so dick wie mein Daumen, nur 15 Zentimeter lang und hatte vorne eine umgebogene Spitze. Ich hätte gedacht, damit suche man den G-Punkt. Aber: „Damit kann man die Prostata stimulieren und du spritzt in Nullkommanichts! Was meinst du?"

Es überlief mich heiß und kalt, als ich mir bildlich vorstellte, was die beiden mit mir vorhatten. Ich zuckte cool die Schultern. „OK!"

„Toll! Schau, du kannst dir aussuchen, wie und mit wem du es haben willst." Sie sah Siegrid an, die sphinxhaft lächelte.

„Ich nehme Halle Berry!"

„Du kriegst eine von uns beiden, aber du kannst dir aussuchen, ob die Glückliche es dir mit dem Mund machen darf oder ob du sie ganz klassisch bumsen willst."

„Wow", sagte ich ratlos.

Wir landeten oben im Schlafzimmer auf dem XXL-Bett, weil „da genug Platz war für kompliziertere Spielereien." Ich lag auf Siegrid, meinen Schwanz in ihrer herrlich heißen Scheide, meine Zunge in ihrem willigen, hingebungsvollen Mund und musste plötzlich an Barbara denken. Aber nicht lange, denn hinter uns, zwischen unseren gespreizten Beinen kniete Giselle mit zwei Gläsern, dem Spielzeug und einer Tube Gleitcreme.

Sie hatten mir eben beigebracht, dass ich als guter Sex-sklave ansagen musste, wenn ich kommen wollte. Sie konnten es verbieten oder erlauben. Dann sollte ich mit dem „Arsch hochkommen" und Giselle würde dafür sorgen, dass ich in die Gläser spritzte.

Ich hatte vergessen, wie großartig es ist, auf einer echten Frau zu liegen, sie zu riechen, die Weichheit und Wärme zu spüren und IHRE REAKTIONEN. Wie einsam die Beschäftigung mir meiner toten, kalten Silikonmuschi war, wurde mir jetzt erst so richtig klar.

Was mich aber fast bis zum Wahnsinn erregte, war die Art, wie sie mich benutzten, ich hatte, wie in meinen Fantasien, keine Verantwortung, ich war ein Objekt, das spritzen sollte, weil sie einen speziellen Cocktail trinken wollten. Dann kam auch noch Giselles Dildo voller Gleitcreme und durchbohrte mich so sanft, dass ich vor Lust anfing zu zittern. Ich war eigentlich dabei, Siegrid zu bumsen, aber dazu musste ich den Hintern nun mal auf und ab bewegen und bei jeder Aufbewegung glitt der Dildo ein winziges Stückchen tiefer...

Eins sollte ich noch erläutern: Der Anus eines älteren Mannes ist, wie schon David Loge ganz nüchtern feststellte, eher unansehnlich, faltig, groß und möglicherweise haarig. Nichts, worauf man ernsthaft stolz sein kann! Dass sich jemand gerade mit dem meinigen beschäftigte, war der Gipfel der Intimität. Es war wunderbar unanständig und ich hoffte nur, es würde nichts Peinliches passieren. Das wirklich Peinliche bestand jedoch dann in etwas ganz anderem: Ich hatte kaum losgelegt, fand den Hautkontakt und Siegrids Körper überhaupt toll, da drehte sie den Kopf zur Seite und sagte: „Geh runter, du

bist zu schwer!"
Und ich ganz blöd: „Echt jetzt?"
Sie sah mich scharf an, ich richtete mich auf, warf mich neben sie und entzog mich dadurch auch Giselle.
„Er ist wirklich zu schwer, da krieg ich keine Luft mehr. Wir machens also klassisch von hinten. Hej, nun guck nicht so bedröppelt, ich sag dir, drei Wochen Urlaub bei uns und du nimmst 10 Kilo ab! Sextraining, weiß du?!"
„Hört sich gut an!"

Ich kniete also jetzt hinter Siegrid, meine Hände waren wieder auf dem Rücken zusammengebunden und ich dachte nur: „Scheiße, Alter! Soweit hast dus also nun gebracht, bist fürs Ficken zu schwer. Du Blödmann! Von wegen: Fit For Fun! Das wird aber nun anders!" Wurde es dann doch nicht, aber dazu gleich.

Der Dildo schlich sich sanft in mich rein und die umgebogene Spitze war plötzlich an der richtigen Stelle, ich stöhnte laut: „Ohhh Gottogott!" Wird die Prostata stimuliert, fallen das hohle Gefühl, wenn der Köper auf Orgasmusbereitschaft schaltet und das sekundenlange Kribbeln als Ankündigung weg. Der Orgasmus kann sofort kommen, schlagartig, besonders, wenn man in einer schönen Frau steckt.

Mir ging das alles etwas zu schnell und als ich rief, „Ich komme!", mich aus Siegrid zurückzog und beinahe umfiel, denn ich konnte mich ja nicht festhalten, hatte der Orgasmus schon richtig zugeschlagen. Ich kam mit dem Oberkörper auf Siegrids Hintern zu liegen und Giselle molk anscheinend das Ergebnis in die Gläser, indem sie fest zupackte. Das brachte mich zum Stöhnen und dann protestierte ich: „Vorsicht, nicht so fest, der ist jetzt empfindlich! Vorsicht, verdammt!" Ich hatte, jaja, warum nicht auch das noch, das kleine Problem, das manche Männer haben: Nach dem Orgasmus ist die Eichel minutenlang überempfindlich, so dass jede Bewegung, jeder kleine Streichelreiz als Schmerz empfunden wird – etwa so, als würde Schmirgelpapier über die bloße Eichel gerieben.

„Empfindlich oder nicht, du musst nochmal!" und Giselle hob mein Ding etwas an, Siegrid schob mit einer kleinen rotierenden Bewegung den Hintern zurück und ich schrie „Au!" und steckte wieder in ihr drin. Und schon jammerte ich wieder: „Was machst du denn da?" Womit ich meinte, was steckst du da in mich rein? Das war nicht das dünne Teil von eben. Dieses Gerät war viel zu dick!

Ich sah hinterher, dass es gut drei Zentimeter Durchmesser hatte. Ich dachte in den ersten zehn Sekunden, es zerreißt mich. FAST tat es weh. Aber der „Fastschmerz" und der noch intensivere Druck auf die Prostata wirkten, der Erinnerung nach jedenfalls, in kürzester Zeit. Vor Überraschung und völlig verkrampft konnte ich gar nicht richtig reagieren, ich kriegte nur ein „Nein!" heraus. Siegrid spürte die hektischen, zittrigen Bewegungen und rief: „Er kommt!" Sie zog ihren Hintern weg und meinte, sie hätten doch Kondome einsetzen sollen.

Um auch das mal deutlich zu sagen: Sofort zu kommen, ist kein echter Vorteil. Solch ein „verfrühter" Höhepunkt ist weniger intensiv und dauert wohl nur halb so lang wie ein normal herbeigeführter. Manchmal wird man hinterher das Gefühl nicht los, es sei ein verpfuschter Orgasmus gewesen, einer, der nur kurz aufflackert, um sofort oder nach wenigen Sekunden zu erlöschen.

In diesem Fall hatten sie es mir dreimal in einer Stunde gemacht. Der dicke Dildo war, weil Giselle sich um das Glas und meinen Schwanz kümmerte, schlagartig rausgeflutscht, was ein bisschen wehtat und Sekunden später, als ich mich umdrehte und hinsetzte, einen Wind nachkommen ließ, der, Frrrrrrrt, zwei Sekunden maschinengewehrartig vor sich hinknatterte. „Sorry!", sagte ich pro forma. Die beiden lachten, sie saßen sich gegenüber und füllten gerade einen guten Schuss Ouzo in ihre Gläser. Man meinte förmlich, das Sperma in der eiskalten milchigen Flüssigkeit zischen zu hören. Sie wirbelten den Inhalt der Gläser dreimal herum, prosteten sich zu und tranken. Mit einer Hand zwischen ihren Beinen machten sie es sich selber.

„Immer wieder ... richtig gut", kommentierte Giselle. Ihre rechte Hand flatterte in ihrem Schoß.
„Schön weich ... und viel ... runder so!" Siegrids Finger tauchten in ihren Scheideneingang. „Tolle Idee von dir."

Sie hatten, wie ich später erfuhr, Cognac, Wodka, Rum, Southern Comfort, Sekt ausprobiert, aber die gleichmäßige Optik und die tatsächliche Verbesserung des harten Anisgeschmacks machten Ouzo 12 zum Mittel der Wahl.

Der Anblick der Beiden ließ mich nicht kalt. Nach ein paar Sekunden wurde ich schon wieder steif, schmerzhaft steif.
„Ach guck dir das an!" Sie klickten ihre Gläser aneinander. „Da muss man wohl mit nem Hammer draufschlagen, um ihn kleinzukriegen." Und Giselle meinte: „Ich

kümmer mich gleich um dich!"

„Nee! Nicht nötig, das wird dem Kleinen zu viel Rubbelei, da wird er empfindlich!"

Giselle zuckte die Schultern und als ich zusah, wie sie ihre Gläser leerten, sich vorbeugten und küssten und nach etwa fünf Minuten fast gleichzeitig kamen, pulste das Blut in meinem Steifen und er wippte ein wenig vor sich hin.

Ende vom Lied: Ich stand vor dem Bett, auf dem Giselle kniete, versenkte mich glücklich in ihre klatschnasse, heiße Scheide und überlegte, ob ich wohl verlangen durfte, ihren Hintereingang zu nehmen. Irgendwas hielt mich davon ab und das war auch gut so, denn wenig später ließ meine Erektion nach. Kein Trick half, weder das Anspannen des Beckenbodens, noch Denken an besonders schweinische Dinge, die ich mit Giselles wunderbarem weichem Popo anstellen könnte.

„Mach dir nichts draus", tröstete mich Giselle, als ich schließlich einfach so rausgeflutscht war, „du hast ja einiges geleistet, das musst du bedenken. Und ansonsten vermute ich, dass es dein Kreislauf ist, du bist nicht fit genug, du musst abnehmen und Sport treiben!"

„Ich weiß!", knurrte ich enttäuscht. Nach meinen Maßstäben hatte ich versagt.

Wir saßen draußen, ein Spirituskamin kämpfte mit der feucht-kühlen Nachtluft, wir tranken Armagnac, als man eine Tür klappern hörte, Rita fuhr wohl mit dem Rollstuhl ins Bad. Ein paar Minuten später kam sie spitzbübisch grinsend herausgerollt. Man könnte meinen, dass mir die Situation nun peinlich gewesen wäre. Im Gegenteil, ich hatte ja, wie schon mal erwähnt, das Gefühl, ich hätte es verdient. All die Jahre ohne. Und dies: Eine abgeklärte Sache unter Erwachsenen, ein Spaß. Keine heftigen Gefühle. Alles gut!

Dass Siegrid allerdings Rita mitteilen musste, ich hätte dreimal funktioniert, fand ich ein wenig, hm, komisch. Man meinte auch, ich sollte mich bei meiner Frau bedanken, sie sei doch außergewöhnlich.

Das wüsste ich, verkündete ich und bedankte mich mit Küsschen. Als ich mich zu ihr runterbeugte, wollte ich, „Ich liebe dich!", sagen, konnte es aber gerade nicht. Heute bedauere ich das.

20

Wenige Wochen später war ich erneut eingeladen. Ich fuhr alleine hin und wurde ganz schön in die Mangel genommen.

Ohne große Vorbereitung beugten sie mich im Wintergarten über einen Tisch und Siegrid praktizierte mit genügend Gleitgel einen kleinen, knubbeligen Vibrator in meinen Po. Der Apparatismus war nur zehn Zentimeter lang, wie ein Miniaturpenis geformt, aber ganz schön dick und mit dem Batteriefachdeckel am Ende gar nicht dazu gedacht, ganz eingeführt zu werden. Es tat nicht wirklich weh, aber ich jammerte vorsorglich ein bisschen. Siegrid schob noch weiter und ich merkte, dass das ganze Ding in mir verschwand.
Ich wurde etwas panisch: „Das kriegt ihr doch nie wieder raus, bei dem stumpfen Ende!"
„Es ist eine Schnur dran, merkst du das nicht?"
Sie zog daran und ich merkte sehr wohl, wie Schnur und Dildo sich in mir bewegten. Das Ding reichte ziemlich genau bis zur richtigen Stelle und ich wurde schon kribbelig und kurzatmig. Dann kamen sie auch noch mit Handschellen und einem Knebel.
„Ich hasse Knebel!", sagte ich. „Muss sofort würgen, wenn ich den in den Mund nehme!"
Giselle zuckte die Schultern. „Sag Bahnhof und das wars."
„Bahnhof" war das Codewort, bei dem ich einen Abbruch wirklich wollte. „Nein, nein" und „bitte bitte" zählten nicht. Nur wärs das dann gewesen, dann hätte ich gehen können. Das hatten sie mir jetzt beim zweiten Mal klargemacht. Es herrschte irgendwie ein anderer

Ton, Schluss mit lustig. Ich wusste nicht, was ich davon halten sollte und war schon ganz dadderig.

Giselle wollte mir den gelben Gummiball in den Mund schieben und ich sagte tatsächlich kläglich: „Bitteeee!"
Giselle lachte und drückte den Ball gegen meine Lippen, ich öffnete den Mund und da kam er. Ich holte tief Luft durch die Nase, um Würgereize zu unterdrücken und es schien erstmal gutzugehen.

Gummibänder wurden hinten eingehakt und klemmten Haare ein.
„Aua", nuschelte ich an dem Ball vorbei, der komisch schmeckte.

Mit den Händen auf dem Rücken schoben sie mich zur Terrassentür hinaus ins Freie.
NACH DRAUSSEN?
Und wenn mich jemand so sah? Giselle ging vorneweg und zog an der Schnur, die sicher über fünf Meter lang war. Ob ich wollte oder nicht, ich musste mich in Gang setzen. Die Schnur führte links neben meinem Hodensack her und grub sich unangenehm in meinen After, der sich zusammenkrampfte und seinerseits den Dildo schön drin behielt. Direkt vor mir saß ein silbriger Knubbel auf der Schnur, bei Giselle vor der Fernbedienung noch einer.

Plötzlich begriff ich, was lief. Rita hatte gepetzt. Sie musste etwas von meinen geheimen Obsessionen weitergegeben haben, die Sache mit den Holzdildos mit Schnur etwa und möglicherweise so einiges andere. Wie konnte sie nur?!

Giselle und Siegrid hatten die Schnur eines Vibrators

verlängert und die Drähte grob mit dem billigen Isolier-
band zusammengeklebt und isoliert. Was hatten sie
genommen, ein altes Lautsprecherkabel?

Mitten auf dem Rasen fühlte ich mich schrecklich expo-
niert und dann stellte Giselle auch noch den Vibrator an
und das Ding in mir summte munter vor sich hin.
„Gib auch mal!", sagte Siegrid und nahm die Kontroll-
box. Prompt drehte sie am Regler und das Summen
in mir wurde aggressiver, wurde zu einer Art Brummen
oder Rütteln, das mich kirre machte. Sie zog an der
Schnur und „Mhmhh!" um den Knebel rum brummend
stolperte ich hinter ihnen her.

Eine perfide Idee, mich mittels eines Objekts im Po zu
führen. Lächerlich und peinlich!

Längs durch den Garten gings bis zum Pool und den
Bäumen dahinter, dann zurück. Es war nicht mehr Hoch-
sommer, mir war kalt, obwohl ich bei meinem Überge-
wicht das eigentlich gar nicht spüren sollte. Ich fror wohl
vor Aufregung. Ich zitterte am ganzen Körper.

Dann wollten sie auch noch, dass ich bestimmte Pflanzen „wässere!" Ich kann notfalls auch mit Erektion pinkeln, aber es dauert, ich muss mich konzentrieren. Das
begriffen die beiden nicht. Siegrid meinte mich motivieren zu müssen, indem sie den Vibrator im Dildo auf
Höchststufe stellte, und Giselle trat hinter mich, legte
eine Hand auf meinen Hintern, nahm mein Glied in die
andere, drehte mich ein wenig und zielte damit in Richtung des kleinen Bambusstrauches im Beet vor uns.

Das alles zusammen war zu viel. Giselle war bekleidet,

eine Art Tennisdress, und ich spürte den Stoff an meiner nackten Haut, ihre Hand an meinem Schwanz und dann dieses Erdbeben im Po: Meine Beine zitterten stärker vor Erregung, Angst, Lust, Erwartung. Jetzt kam ich auch schon. Ich brach in die Knie, hockte da auf dem feuchtkalten Gras und aus meiner Eichel quoll ein paar Sekunden lang etwas Sperma.

„Na, schau mal an!"

„Das haben wir doch gar nicht erlaubt!"

„Du sollst uns das sagen, wenn du kommen willst! Das haben wir dir doch erklärt!"

„Dafür müssen wir dich aber ein wenig bestrafen."

Ich hatte ganz andere Probleme, der Vibrator trieb mich in den Wahnsinn. Es fühlte sich an, als würde ich gleich Durchfall kriegen.

„ ...ach en hibator auch ... " nuschelte ich.

„Du musst schon deutlicher sprechen!" Jetzt machten sie sich auch noch lustig über mich! Die Erregung war völlig verschwunden. Unbeholfen stand ich auf, streckte ihnen den Po entgegen und brummelte, so laut ich konnte, „MMMHHHH!". Tolle Vorstellung! Sex-Kabarett!

„Der Dildo? Was ist damit?"

Ich rollte die Augen, schüttelte den Kopf und grimassierte. Scheiß Knebel, dämliche Idee!

Giselle hatte ein Einsehen und nahm ihn mir ab. Und den Vibrator stellten sie auch aus.

Aber dann sie meinten doch: „Jetzt müssen wir ihn bestrafen für unerlaubtes Spritzen. Fünf Schläge."

„Wie hätte ich euch das mit dem Knebel sagen können?"

„Eben, gar nicht und für die Widerrede nochmal drei Schläge."

Giselle zog einen von drei dünnen Bambusstäben aus einer großen Rosmarinstaude, trat hinter mich und legte los.

Zack! Und ich jaulte vor Schmerz auf. Mein Hintern brannte.

„Au, aua!" Ich trat von einem Bein auf das andere, als ob das etwas bringen würde.

Ich sollte still stehen, wurde angeordnet. Die machten mir Spaß! Ich war noch nie mit so einem dünnen elastischen Stab auf den bloßen Hintern geschlagen worden. Das tat ja weh, mehr, als ich gedacht hatte und als ich aus der Kindheit gewohnt war. Und es hielt an!

Giselle nahm mich in den Arm und strich mit den Lippen über meine Wange. Mit der Rechten griff sie sich den erschlafften Penis, um ihn wieder hochzubringen. Ich drehte den Kopf weg, sie fasste in meine Haare, drehte ihn wieder zurück und küsste mich auf den Mund. Ich war eigentlich sauer, aber als unsere Zungen sich trafen, wuchs ich auch wieder in ihrer Hand.

Dann passierte ... nichts. Es wurde es immer blöder und langweiliger. Und dafür hatte ich diese Schmerzen ertragen? Wir warteten nämlich auf einen Besuch. Nach und nach erfuhr ich, es war eine gute Freundin, ein paar Jahre älter als sie, und dass sie mich an sie hatten ausleihen wollen, damit die liebe Regina auch mal was vom Leben hatte. Sie hätten ihr erst mal gezeigt, was sich in meinem Popo verbirgt und uns dann allein gelassen. Sie wären noch eben einkaufen gefahren.

Stückchenweise wurde mir klar, was sie mir angetan hätten: Mich nackt einer wildfremden Oma präsentiert und dann den Dildo vor ihren Augen aus meinem Po gezogen. Uff!

Irgendwann klingelte Siegrids Handy, Der Besuch sagte ab, Verkehrsunfall. Die Beiden diskutierten, was sie nun mit mir machen sollten, sie wollten gleich noch, am späten Samstagabend, Einkaufen fahren und sie kamen auf eine gewisse Jessica, der sie versprochen hatten, an sie zu denken, damit sie auch mal ihren Spaß hatte. Dann stritten sie erst mal darüber, ob das nicht eher ein Scherz gewesen war, so Siegrid, zustande gekommen nach zu ausführlichem Alkoholgenuss.

Eine superintelligente 24-Jährige Studentin ohne den obligatorischen Freund, die sich mal austoben sollte. Na gut, wenn es denn sein musste. Wenn ihnen nichts Besseres einfiel! Es gab aber dann noch ein Problem und sie schworen mich drauf ein, es nicht als solches zu sehen. Sie sei unheimlich schüchtern und wollte nicht erkannt werden, sie wolle nicht, dass ich sie sehe, also müsste ich eine Augenbinde tragen.

Ich dachte nur, why not? Wann hatte ich zuletzt eine 22-Jährige gehabt? Rita. Vor 25 Jahren! Jetzt durfte ich mich sogar ein wenig ausruhen, sie hatte erst ab halb sieben Zeit. Und sie wollten mich nicht ausgepowert und ausgelutscht an sie übergeben. Also out time.
„Kann ich denn jetzt den Dildo loswerden?"
Ich konnte nicht. Aber als diese Jessica endlich kam, führten sie mich elenderweise vor, wie sie es ursprünglich geplant hatten.

Vorher, während wir noch warteten, gab es ein leichtes Abendessen, Hühnchenspieße mit Früchten auf Salat, das Hähnchenfleisch mit Zitrusfrüchten mariniert. Ich machte mal wieder auf Angeber: „Habt ihr das mal mit kandierten Mandarinen probiert?" Die Dinger kriegt man aber praktisch nicht mehr.

Sie ließen mich ansonsten in Ruhe, damit ich hinterher „funktionierte" und plötzlich hörte man die Klingel. Giselle setzte mir eine Schlafmaske auf und bugsierte mich wieder zu besagtem Tisch. So begrüßte ich also den Besuch mit dem Hintern! Das hatte ja mal Klasse! Au Mann!

Mit der Augenbinde versehen lag ich mit dem Oberkörper auf dem Tisch und hatte meine Schwierigkeiten! Siegrid zog zwar an der Schnur, aber ich sollte mithelfen, drücken, doch das ging nicht. So war ich nicht programmiert! Schon gar nicht vor drei Zuschauern!
„Wenn ich drücke, muss ich gleichzeitig, äh, Wasser lassen. Ich kann nicht anders!" Ich musste an „Die neuen Leiden des jungen Werther" denken, wo der Held bekennt, dass er beim Wasserlassen immer auch „ein Ei" legen muss, sonst funktionierts nicht.
„Dann mach das doch!", sagte jemand. Eine Hand schob ein kaltes Glas von unten über meine Erektion.
„Nein!" Ich wollte mich erheben, eine Hand im Rücken drückte mich wieder runter. Ich wollte sagen, ich hätte solche pubertären Sachen schon lange hinter mir gelassen, aber wenn ich ehrlich war, zitterte ich schon wieder vor Erregung und Scham.

Ich machte mit und mehr werde ich hier nicht dazu sagen.

Nach vollbrachter Tat schoben mich Giselle und die junge Frau, die heftig angefeuert und applaudiert hatte, vor sich her, die Treppe rauf in eins der Gästezimmer, wo sie mich ans Bett ketteten. Giselle wies Jessica auf das

Spielzeug hin: „In der Kommode liegen Dildos, Ruten, eine kleine Peitsche, Gleitgel, Kondome, alles, was man so braucht." Sie ging endlich mit einem „Viel Spaß!"

Nach diesem „Vorgang" eben derart ausgeliefert zu sein und im Dunkeln rumzutappen, hatte zur Folge, dass ich ganz tatterig so irgendwie die Treppe raufgekommen war. Jetzt, auf dem Rücken liegend stand meine Erektion unanständig hoch, soweit ich das fühlen konnte und weitere Schauder liefen über meinen Körper. Angst, Erwartung, Scham: So hatte ich mich noch nie gefühlt. Die Erregung ließ mich nicht richtig nachdenken.

Sie musste wohl am Bett stehen und auf mich runtersehen. Warum tat sie nichts?
„Tut mir leid, dass ich nicht besser aussehe." Womit ich in erster Linie mein Gewicht, meinen Bauch meinte.
„Aber du siehst doch toll aus!"
Das klang sogar ehrlich, ich zitterte stärker. „Naja!"
Sie stand da und bewegte sich anscheinend nicht. Ich spürte ihre Blicke förmlich über meinen Bauch zu meinem Geschlecht wandern. Ich zog ein Bein an, um ihren Blick zu blockieren. „Das ist mir alles etwas peinlich! Vor allem die Vorführung eben."
„Aber das war das Erregendste, was ich je gesehen habe. Ich habs unheimlich genossen, deine Angst, du hast sogar gestottert! Und die Verzweiflung, als du deinen Urin laufen lassen musstest."
„Hör auf!" Ich hatte regelrecht Schüttelfrost, sah sie das denn nicht.
„Und dann der kleine Furz als Krönung des Ganzen! Frierst du?"
„Nein, das ist Erregung. Du musst irgendwas machen, ich halts nicht mehr aus!"

Sie setzte sich neben mich und legte eine Hand auf meinen Bauch. Ich hätte fast gelacht.

„Spürst du ihn schon strampeln, 16. Monat. Es wird übrigens ein kleiner Elefant ... der Rüssel schaut schon raus!"

Sie fiel fast vom Bett vor Lachen. Dann wurde es wieder still.

Es machte mich wahnsinnig, dass nichts passierte, da hatte ich die Idee! Was erregte mich oft am meisten, Hilflosigkeit. Ich, ein dicker alter Kerl, wirkte vielleicht gar nicht so hilflos, die Hände waren ja nicht mal eng gefesselt.

„Wenn ich dich um eins bitten darf?"

„Ja, was ist denn?"

„Ich weiß, du hast da Ruten und Peitschen, aber, bitte, tu mir nicht weh!", und ich zog die Beine etwas an und bog den Oberkörper etwas durch und drehte ihr das Gesicht zu, Lippen benetzt, Mund leicht geöffnet. Bin ich ein Schauspieler? Bin ich ein Genie?

„Ich will dir doch nicht wehtun!"

Ich ließ mich zurückfallen. „Danke! Giselle hat das schon gemacht, heute!"

„Die Striemen auf deinem Hintern?"

Ich nickte.

„Du Ärmster, das müsste man eigentlich eincremen."

„Ach, nicht so schlimm!"

Die Unterhaltung ebbte wieder ab. Und ich erinnere mich genau, wie ich an dem Punkt die Situation total versemmelte, als nämlich im Leerlauf ein Rest Verstand einklickte und ich begriff, wer die junge Dame war.

OH MEIN GOTT!

NEIN!

Rita hatte vor Jahren mal erzählt, dass sie bei einem Besuch bei Giselle&Siegrid ein Mädchen kennengelernt hatte, Mittelstufe Gymnasium, die in der Nachbarschaft lebte und mit ihren Tieren, Katze, Hund, Pferd bei Giselle ein und ausging. Die Eltern waren reich, hatten ihr Geld irgendwie mit Mode gemacht. Das Mädchen aber war missgestaltet, eins ihrer Augen, ich wusste nicht mehr, ob links oder rechts, saß nicht da, wo es sein sollte. Mehr kann ich nicht erinnern, aber es reichte mir. „Jessica" hatte ich gehört, auch das schien mir im Nachhinein zu stimmen, konnte natürlich auch Einbildung sein, aber nun machte der Unfug mit der Binde Sinn. Oder auch nicht.

Dachten sie, ich könnte nicht, wenn ich die jetzt Erwachsene erst einmal gesehen hätte. Albern! Da müsste ich doch drüber stehen.

War sie wirklich schüchtern, sie war doch auf Regelschulen gewesen und ging jetzt zur Uni. Musste doch ganz schön hart im Nehmen sein. Taff! Aber Sex war natürlich etwas Besonders.

Oder hatten sie gedacht, wenn man schon einen Sklaven hat, kann man auch gleich auf Nummer Sicher gehen. Hauptsache, ihr verdirbt es nicht das erste Mal.

Ich versuchte erfolglos, das Ganze wieder zu vergessen. Das ging auch nicht.

Würde es mir wirklich nichts ausmachen, wie war das doch nochmal bei Lennon, „clever, classless and free..." oder war ich in Wirklichkeit immer noch der fucking peasant?

Da ritt mich der Teufel: „Ich weiß, wer du bist!"

„WAS weißt du?"

„Jessica, ich vermute, mit deinem Gesicht stimmt was nicht."

Pause. Lange Pause. „Und was stimmt da nicht?"

Ich wand mich. Was hatte ich mir nur gedacht? Gar nichts.

„Äh, meine Frau hat dich vor Jahren mal kennengelernt, deswegen habe ich jetzt vermutet ... ich hätte lieber nichts sagen sollen, entschuldige!"

Von ihr kam nichts, sie war von der Bettkante aufgestanden.

„Was ich eigentlich sagen wollte, hörst du: Von mir aus können wir den Quatsch mit der Augenbinde auch lassen! Es ist egal, wie du aussiehst, das hier ist nur ein Spiel und es soll dir Spaß machen, du brauchst über mich eigentlich gar nicht nachzudenken. Ich kann sie natürlich auch auflassen, wie du willst."

Meine Erregung war abgeflaut. Ich hatte es verbockt, so was von verbockt.

„Hej, sag was!"

Pause, dann: „Ich weiß nicht. Das ist eine dämliche Situation."

„Ich wünschte, ich hätte nichts gesagt, machen wir doch einfach weiter, weißt du was, ich lasse die Binde auf, du hast ja meine Vermutung noch nicht bestätigt und, weißt du", quasselte ich im Dauerfeuerverfahren, „du kannst mit mir machen, was du willst, du darfst mir sogar wehtun, ich mache alles mit."

„Alles ... ah ... wenn ich dir sage, was meine geheimste Fantasie für Männer vorsieht, ziehst du dein Angebot zurück."

„Glaub ich nicht! Was ist denn das für eine Fantasie?"

Schweigen.

„Na komm!"

Sie setzte sich wieder und griff unerwartet nach meinem Hodensack, untersuchte und bewegte ihn sanft. Ich stöhnte.

„Ich, als Kaiserin, lasse jeden Morgen einen Gefangenen kommen, er sitzt vor mir auf dem Boden. Der Penis ist hochgebunden und stört nicht. Ich zertrete dem Schwein die Hoden. Oder er wird über den Tisch gebeugt, so wie du eben und ich nehme ein Messer, schneide ihm den Sack auf und hole die Eier heraus. Ich spiele mit ihnen, mache es mir selber und werfe die Dinger dann den Katzen vor."

Dann fragte sie mich doch, ob ich nun Angst hätte!

„Wenn meine Blase nicht so leer wäre, würde es jetzt daherlaufen!"

Sie drehte und zog an meinem Sack und ich schrie auf oder es war wohl mehr ein Quietschen!

Es tat weh. Panik überflutete mich und diese typische Übelkeit, die in Wellen kam. Ich stöhnte: „Bitte, bitte, nicht!"

„Das war schon zu fest?" Sie lachte und ließ mich los.

„Sorry! Das mach ich nicht wieder! In Wirklichkeit will ich dir doch nichts tun. Vielleicht sollte ich dir mal ein paar Hiebe mit dem Stock geben, das wäre ganz nett, aber es ist nicht das, was ... hm ..."

„Also, was sollen wir machen? Fernsehen?", fragte ich genervt. „Vielleicht bindest du mich schon mal los!"

Ich wollte nicht mehr gefesselt sein, ich hatte es doch mit der Angst zu tun bekommen.

Sie griff aber nach meiner Augenbinde, blendendes Licht für ein paar Sekunden, dann sah ich ihr Gesicht. Es war zum Weinen. Ein Auge, ich werde nicht sagen welches, saß nicht da, wo es sein sollte, es war nach außen und etwas nach unten verschoben – in diesem ansonsten normalen Gesicht mit einem netten weichen Mund und dunklen Augen.

Ist euch überhaupt klar, dass völlig symmetrische Gesichter, also klappsymmetrische Photoshopkonstruktionen gar nicht so schön aussehen? Erst winzige Abweichungen, Asymmetrien machen den Reiz wirklicher Schönheit aus. Es geht um allerkleinste Nuancen, Millimeter und Bruchteile derselben. Aber wenn die Natur gleich zentimeterweise danebenhaut, sieht es aus, als hätte jemand, der gar nicht zeichnen kann, zugeschlagen. Doch es gab Schlimmeres und ich sagte munter: „Hallo Jessica!"
„Und? Was machst du jetzt, willst du gehen?"
„Kind!" Ich spielte den Genervten. „Ich warte drauf, dass es losgeht. Bis jetzt wars langweilig."
Sie stand auf und wanderte ums Bett rum und wieder zurück.
„Ah, um ehrlich zu sein, ich glaube nicht, dass ich soviel Spaß hätte, wenn ich jetzt mit dir etwas anstellen müsste. Ich fänds schöner, wenn du mit mir was machen würdest, ich hätt gern die passive Rolle. Was meinst du?"
„Ja, wow, jederzeit, gut!" Und ich würde die Fesseln los, die mich immer nervöser machten. „Was soll ich denn mit dir anstellen, was gefällt dir, wie sehen deine Fantasien aus, ich meine, wenns nicht gerade darum geht, dass ich die Eier verliere!"
„Ich, also, ...ah, ich werde ... nein, die heftigste Fantasie kann ich dir nicht sagen, aber ich habe oft Vergewaltigungsfantasien. Es gab mal ne Meldung, dass eine junge Frau im Central Park von mehreren Männern vergewaltigt worden ist, sie wurde gefesselt liegengelassen und eine zweite Gang hat sie missbraucht. Ich meine,

das ist, äh, natürlich furchtbar, aber wenn ich mir das vorstelle, äh, kann ich ..."
„Jaja, ich versteh schon. Dann mach mich mal los!"

Als ich meine Beweglichkeit zurückhatte, ließ ich sie da Platz nehmen, wo ich gerade gelegen hatte, die Hände oben arretiert. In der Kommode fand ich ordinäre Wäscheklammern. Ich knöpfte ihre Bluse auf, schob ihr mit dadderigen Händen den weißen BH hoch und grabbelte an den kleinen Brüsten herum, ein saugutes Gefühl. Dann zeigte ich ihr eine Wäscheklammer und setzte sie auf eine Brustwarze. Sie schrie auf und lamentierte, ich machte ihr klar, dass sie mir nun ihre scheußlichste, dämlichste Fantasie mitteilen musste, sonst kämen weitere Klammern auf die nächste Brustwarze, den Kitzler, die Schamlippen ...

Es war, was ich noch nie gehört hatte, die Vorstellung, gepfählt, also auf einer Art Pfahl aufgespießt zu werden. Als Hexe verfolgt und gefoltert setzte man sie gefesselt auf den wie einen übergroßen Bleistift angespitzten Zehn-Zentimeterstamm, auf den sie langsam runterrutschte, bis er sie innerlich verletzte und schließlich tötete. Dabei bekam sie vor allen Leuten, die das gespannt verfolgten, am Anfang noch einen Orgasmus, das traurige Ende gehörte nicht mehr dazu. Natürlich nicht.

In Wirklichkeit wurde man, soweit ich aus dem Geschichtsunterricht vor Jahrzehnten bei unserem sadistischen, ungünstigen Gnom von Schulleiter wusste, sofort da unten zerrissen, nix Orgasmus! Was für eine bestialische Angelegenheit.

Ihre Geschichte dazu: Schon recht früh, vor der Periode, hatte sie diese Fantasie entwickelt und sich mit den Fingern zum Höhepunkt gebracht. Aber um es realistischer zu machen, hatte sie einen Besenstiel aus dem Besen geschraubt und ihn mit ins Bett genommen, um ihn abwechselnd gegen den Kitzler oder Scheideneingang zu pressen, dabei umklammerte sie den Besenstiel mit den Beinen und tat so, als müsse sie dadurch ein Runterrutschen verhindern. Schon bald hatte sie sich selber mit dem Kopf des Besenstiels entjungfert und die blödsinnige Fantasie endete in wundersamer Verzückung.

Da das Bett die kleinere Version des moskitosicheren Himmelbetts in Giselles&Siegrids Schlafzimmer war, hatte es auch diesen Rahmen aus gut handgelenkdicken Holzstreben, um die nun zurückgezogenen Netzbahnen zu tragen. Ich hängte Jessica, nur noch mit einen Slip bekleidet, mit einem Stück dicken, weichen Seils, das wohl nicht zu sehr einschneiden würde, an den erhobenen Armen am Fußende des Bettes auf. Ich fragte mich, wie stabil die obere Querstrebe war. Dann sagte ich mir, dass man die ja reparieren konnte, wenn sie durchbrach. So, jetzt der schönste Moment. Der Frau den Schlüpfer runterziehen, tataaaa! Sie war rasiert, ein kleiner Streifen Haare stand wie ein Ausrufezeichen über dem Schamhügel. Der Slip hing in den Kniekehlen, was ich immer besonders erotisch finde. Völlige Nacktheit ist eher normal, so sind wir eben – denkt mal drüber nach!

Ich trat zwei Schritt zurück, um mein Werk zu betrachten und ... mir blieb der Atem stehen, ich keuchte förmlich vor Lust.
„Mein Gott! Ich habe noch nie ... noch nie so etwas Gei-

les gesehen. Das ist irre, das sprengt jeden Rahmen! Du bist der Wahnsinn!" Diese schlanke geschwungene Körperlinie mit den hilflos erhobenen Armen, die Hüften, die Beine!

„Das ist gemein, richtig gemein, verarschen kann ich mich selber! Ich weiß, wie ich aussehe!" Sie senkte den Kopf und drehte ihn weg und zwar so, dass sie mir ihre Schokoladenseite zuwandte.

„Eine Scheiße weißt du!", brüllte ich sie an. „Schau dich doch an, eine fantastische nackte Frau, vom Schicksal gequält, von den Genen misshandelt und ich hänge dich auch noch auf, damit ich dich besser vergewaltigen und foltern kann. DAS ist mehr als Pornografie. Du bist unglaublich!"

„Ist das dein Ernst?"

Statt einer Antwort drängte ich mich an sie und suchte ihren Mund. Ich wollte ihre Zunge, ihren Speichel, in sie eindringen, ihre Zunge in meinem Mund. Ein endloser Kuss. Unsere warmen, nackten Körper spüren, ihre Hilflosigkeit!

Keuchend ließ ich sie los. An meinen Beinen Nässe. Ein Schleimfaden, glasklar, hing aus meiner Eichel. Ich nahm ihn auf und: „Mund auf!", steckte ihr die Finger in den Mund. „Freudentropfen. Wie schmeckt das?"

„Herrlich!"

„Denk dran, ich werde dir nachher noch in den Mund spritzen und du wirst alles schlucken. Hast du schonmal?"

„Nein."

„Hast du überhaupt Erfahrung mit Männern?"

„Ja!"

„Oh gut!", sagte ich überrascht. „Wie ... ich meine ..."

„Kann ich dir das nachher erzählen?"

Es stellte sich raus, dass sie sich schon vor Jahren ein Katzenkostüm für den Karneval gekauft und im Schritt geöffnet hatte. Ein Klettverschluss, etwas sperrig, sorgte für leichte Zugänglichkeit. Damit hatte sie einmal im Hinterhof einer Kneipe, einmal in einer lauschigen Nische „Erfolg" gehabt. Nur dass es nicht sehr befriedigend gewesen war.

Auf einer Privatfete hatte es schon besser geklappt und der einzige Wermutstropfen blieb, dass sie es nicht wagte, sich ihm, den sie ganz nett fand, zu zeigen. Nach der Fete blieb sie für ihn unauffindbar. Traurig!

Jetzt suchte ich eine Rute aus. Damit strich ich fest über ihren Körper, die Arme entlang, die Brüste anheben, den Bauch beklopfen, den Po, nicht zu sanft, es sollte ja keine Lachnummer sein. Die Beine runter, innen wieder rauf und schließlich auf ihrem Kitzler rumfiedeln, bis sie jaulte vor Lust. Das hatte ich immer schon mal machen wollen. Und nun, da sie ihren ganzen Körper spürte, konnte es zur Sache gehen.

Seil war keins mehr da, aber Klettbänder als Rolle. Ich zog ihre Schenkel auseinander und klettete sie seitlich an den Pfosten fest, so dass sie nur noch auf den Zehenspitzen stand. Als ich zwischen ihre Beine fasste, fing sie sofort an zu zittern. Ideal!

Was nun? Ich brauchte einen normalen Dildo und etwas ... hm ... wie einen Holzklotz oder ein Kästchen, vielleicht tat es auch der Pferdedildo für ausgeleierte Mösen, der da lag wie eine rosa Riesen-Zucchini. Dann fiel mir das schwarze Gummiding auf. Zum Aufpumpen. Einem Dildo ähnlich in der Grundform ließ es sich zusätzlich ballonartig aufblähen. Na also!

Ich setzte ihr die Augenbinde auf, pflanzte mich auf einen Stuhl neben sie und begann zu labern: „So, meine Damen und Herren, wir haben hier die Hexe Jessica, die heute gepfählt wird, guckt mal hier, ich ziehe schon mal die Schamlippen auseinander, könnt ihr von da unten sehen, die Vagina ist schon geöffnet in Erwartung des Pfahls! Ist das nicht nett! Ist das nicht beautiful? Ich kann direkt einen Finger reinschieben. Ja, es ist ein bisschen eng für das dicke Ding, das da gleich kommt. Aber es ist ja gut zugespitzt, wir kriegen es schon in sie rein, keine Sorge! Schön nass ist sie auch, hier, seht ihr an meinen Fingern? Guckt mal, wie sie zittert, sie hat Angst oder sie ist geil oder beides? Ob sie uns wohl einen kleinen letzten Abschiedsorgasmus vorführt? Ich glaube fast, es ist bald soweit."
„Klauuus!", sie zog den Namen tremolierend in die Länge. „Du machst mich verrückt, mach mich los, ich muss zur Toilette!"
„Wo ich dich so schön da hingehängt habe. Glaubst du, dass sie Jesus wieder runtergelassen hätten, Ich muss mal für kleine Messiasse!? Nönö! So nich."

In der untersten Kommodenschublade lagen zwei Plastikschüsseln.
Die kleinere presste ich ihr zwischen die Beine. „Du machst jetzt hier rein! Lass es laufen."
„Das kann ich nicht, ich hab ... noch nie ..."
„Jaja, ich weiß, du hast noch nie gepinkelt!"
„Vor anderen, das kann ich nicht!"
„Ach so, aber ich musste vorhin, da gabs auch kein Pardon. Jetzt will ich mal einen schönen Springbrunnen sehen!"

„Bahnhof, Bahnhof, Schluss! Ich seh doch gar nicht, wohin das geht! Lass mich runter!"

„Könnte dir so passen. Das ist jetzt eine von meinen Lieblingsfantasien, DAS will ICH sehen! Verstehst du, aus der Nummer kommst du nicht raus!"

„Du bist verrückt!"

„Nee, ich hab nur Jahrzehnte drauf gewartet! Und los!"

„Oh Gott!" Sie schob das Becken zwei Zentimeter vor, ich wusste, gleich kommts und da war der zaghafte gelbe Strahl!

„Tausende von Zuschauern freuen sich über den gelben Regen, ja, kommt näher, damit ihr besser sehen könnt!"

„Klaus!", schrie sie und der Strahl versiegte. „Bist du wahnsinnig, das kannst du doch nicht machen!"

„Ich könnte dir etwas helfen und dir die Schamlippen auseinanderziehen, Klaus´ ambulante Hilfe für saubereres Pinkeln." Mit Zeigefinger und Daumen der Linken fummelte ich ihr weiches nasses Fleisch auseinander. Sie wand sich.

„Hier, liebe Leute", ich beugte mich vor und tippte kurz unterhalb ihres Kitzlers mit dem Zeigefinger der Rechten darauf. „Da ist das kleine Pipiloch!"

Sie schluchzte, ich hatte sie da, wo ich vorher gelandet war.

„Ja, ist ja gut, ist ja gut, jetzt mach endlich, ich wollte dich noch vor der Tagesschau hinrichten."

Gut, dass die Schüssel etwa einen halben Liter fasste, es hörte nicht auf und sie machte so gequält quiekende Geräusche, die mich sonst beunruhigt hätten. Da hätte man normalerweise den Notarzt geholt. Schüssel wegstellen, Frau abtupfen, Gummidildo einführen, Monolog wieder aufnehmen.

„Das ist also der Anfang vom Ende, da geht die Spitze des Pfahls in sie hinein, und noch mehr und noch mehr – ach Mist, jetzt hab ich ihn fallenlassen", und ich zog das Teil wieder aus ihr raus, sie war soweit, dass sie nur noch Urwaldgeräusche abgab.

„Vielleicht könnte man Frauen auch durchs Popoloch pfählen, bei Männern macht man das so. Glaub ich jedenfalls. Sollen wir das mal probieren, ja, genau!"

Schon hatte ich das Ding in ihrem Hintern und pumpte es auf. „Na super, gleich platzt ihr der Darm."

Ihre Schenkel zitterten, es war schon mehr eine Art Vibration, sie zuckte in den Fesseln, die Klettbänder knirschten, das Holz stöhnte. Ich hätte gern mal eine Pause gemacht und mich um meine schmerzhafte Erektion gekümmert.

Hinten raus, vorne wieder rein mit entsprechenden Kommentaren. Ich weiß, ich weiß, das soll man nicht. Aber es war mir egal. Von ihr kam nur ein unverständliches: „Hilfehilfehilfehilfehilfe, nein, nein, neinneinnein ..."

Da sah ich, dass sie gar keinen Bodenkontakt mehr hatte, die Füße standen waagerecht, waren verkrampft, Zehen nach unten und sie hing nur noch an den Händen und den Schenkelklettbändern.

Als ich die Gummiblase noch etwas weiter aufgepumpt hatte, kümmerte ich mich um ihren Kitzler und den Hintereingang und mit Stoßatmung und Gejammer kam sie und riss dabei die obere Stange kaputt, knirsch-knack. Ich konnte nicht anders, ich musste lachen und sie kam immer noch und fing auch an zu lachen.

Immerhin hielt sie bis auf ein bisschen Gestöhne klaglos still, als ich sie, weiterhin gefesselt, auf die Seite legte, mir ihren Mund und dann den Po vornahm und mich ihrer sicher eine gute halbe Stunde lang völlig egoistisch bediente, was mit Rita so nie geklappt hatte, der ich übrigens von der ganzen Chose nichts erzählte.

Danach hatten wir Hunger, richtigen Schmacht. Ich wickelte mir ein Handtuch um, stiefelte runter, fand Giselle vor dem Fernseher und organisierte uns eine Flasche Chianti und Käse, Salami, Oliven. Und ein paar Grissini. Das Zeug starb schmerzlos, während wir nackt auf dem Bett hockten und Jessica, strahlend und mit verwuschelten Haaren, mir dreimal erklärte, wie herrlich das sei. Plötzlich war alles aufgezehrt und sie fragte mich, ob ich nicht nochmal wolle, es wäre schön, wenn sie mich reiten könnte. Sie wollte dabei ganz langsam machen, um es zu genießen. Gut, dann mal los!

Sie erzählte mir dabei von ihrem Pferd! Ich musste lachen, aber worauf sie rauswollte, es kostete etliche Tausender, es nach Amerika zu verfrachten. Auf meinen Einwurf, „Mein Gott, ihr habt es doch!", erklärte sie mir, ihre Eltern meinten, es lohne nicht bei so einem alten Tier, sie solle in Amerika eins kaufen, Pferde gabs da ohne Ende. Und sie selber habe nicht so viel Geld.

Ich ließ mir erst mal erklären, was das Tier in Amerika sollte. Als Präsident kandidieren? Fand sie nicht lustig. Sie hatte sich in Boston auf eine Stelle mit Aufstiegschancen beworben. Und wenn es da nicht klappte, gab es andere Angebote auf dem Biochemiesektor.

Wir redeten über Amerika und als ich ihr erklärte, dass ich da auf keinen Fall hinwollte, weil das Rechtssystem mit der Todesstrafe mir mehr als unheimlich war und es allein durch die fehlerhafte FBI-Haaranalyse schon so viele Fehlurteile gegeben hatte, dass ich überhaupt gar nicht verstand, dass sie das in einigen der Bundesstaaten weiter durchzogen, naja, da war ich geschrumpft und ich rutschte aus ihr raus.

Wir kriegten es wieder hin, redeten dann aber nur noch über Rezepte, Gardasee, gelungene Urlaube und irgendwann wurde sie schneller, ging in den Galopp und ich gab mir Mühe, mit ihr zu kommen, aber es war wohl eher umgekehrt, sie ritt einfach weiter und kam zweimal.

Als ich nach Mitternacht heimfuhr, dachte ich an ihr verrutschtes Auge und wie sehr es mich störte, solange sie angezogen war. Aber nackt konkurrierten andere perfekte Merkmale um die Aufmerksamkeit und das GANZE war etwas traurig Herausforderndes, das ich nicht verstand.

Insgesamt fühlte ich mich leicht, unbeschwert, zufrieden, so als könnte ich ausnahmsweise mal klar denken. In gewisser Weise war es die gute alte heightened awareness, die ich lange vermisst hatte.

Und wieder beging ich den typischen Fehler, zu denken, dass das ziemlich gut gewesen war und dass es sicher fürs Erste so weitergehen würde. War ich nicht nach Wolfgang Niedecken da, „wo isch hinjewollt han"?

Im Autoradio lag nur die melancholische America-CD und die Sender, die ich probierte, passten auch nicht zu meiner Hochstimmung. Da fiel mir „Jessica" von den Allman Brothers ein und ich sang und summte das heroisch-heraldische Instrumentalstück, bis ich den Motor abstellte.

Wochen später rief Jessica mich an und erklärte, sie

habe eine Einladung in die USA. Sie lud mich ein, das zu feiern. Ich sagte zu, freute mich auf weitere befriedigende Spielchen, bekam aber dummerweise eine schwere Erkältung und musste wieder absagen.

Als nächstes kam ein Brief aus den USA. Sie hatte eine Stelle in der Forschungsabteilung eines Chemiekonzerns in Boston. Man kann ihren Namen mittlerweile sogar googeln in Zusammenhang mit Begriffen wie Biochemie, Abteilungsleiterin, steigenden Umsätzen, Marktanteilen, Erfolg.

Sie schrieb, sie sei in mich verliebt, aber es sei ihr klar, dass das etwas Unmögliches sei. Ich sei mit großer Sicherheit nämlich nicht in sie verliebt, sondern nur reichlich sexsüchtig, wofür sie dem Schicksal ewig dankbar sei. Außerdem sei da ja noch Rita. Der Sex wäre eine Sache, sie könne aber meine wilden Küsse nicht vergessen, sie habe sich plötzlich normal und begehrenswert gefühlt, eine wunderschöne Erfahrung. Und wenn ich mal rüberkommen würde, sie habe ein Loft mit viel zu viel Platz und könne mich unterbringen, woraus allerdings nie etwas wurde.

Wochenlang formulierte ich an einer Antwort herum, schrieb ihr dann, dass es das Beste sei, was ich an Sex je erlebt hatte und dass wir das natürlich bei Gelegenheit wiederholen könnten, sie sei doch bestimmt auch mal wieder in Deutschland ... Aber sie habe leider Recht, in erster Linie käme für mich Rita. Und dass das Angebot natürlich verlockend sei, ich aber nach wie vor nichts von Amerikareisen hielt.

Seitdem habe ich keinen Kontakt mehr zu ihr.

21

This is the End

Die Zeit verging, Weihnachten kam und Rita hatte mit Siegrid und Giselle telefoniert, die nebenbei erklärten, dass ich eingeladen sei, mal wieder „vorbeizuschauen", sogar für ein verlängertes Wochenende in den Ferien, wenn ich Lust hätte.
Ha! LUST habe ich immer.
Sie würden mich schon fitmachen! Was ich denn dazu meinte.
„Drei Tage? Ich weiß nicht. Mal eben so, OK. Aber drei Tage, da muss ich erst drüber nachdenken."
Pause.
„Dann denk mal nach!", damit legte Siegrid auf.
„Ich würde am Wochenende zu meiner Schwester nach Gießen fahren." Sollte heißen, ich musste Rita hinfahren und wieder abholen. Gießen war für mich eine Weltreise, weil ich mittlerweile Sekundenschlaf entwickelt hatte. Ich kam kaum bis zum nächsten Autobahnkreuz, ohne dass meine Augen zufielen. Rita passte auf wie ein Schießhund und sagte dann „HUUP!" Meine Augen öffneten sich wieder und ich steuerte den nächsten Parkplatz an, um mich zu bewegen, heißen Kaffee zu trinken und den abgesackten Kreislauf wieder hochzubringen.

Das andere war: Sie waren mir über. Zweimal geballte, fitte Weiblichkeit und ich ein speckiger, schlapper Waschlappen, der schon wieder fünf Kilo zugelegt hatte und jede Menge trank. Ich wurde terrorisiert von einer Kollegin und von einigen Schülern in der sechsten Klasse. In der Acht machten 15 von 30, was sie wollten, 12 saßen nur da und guckten dumm rum, mit dreien zog ich den Unterricht durch!

Es war eine Grenze überschritten: Der Alkohol bewirkte, dass mit meinem Kreislauf was nicht stimmte und ich war doch tatsächlich zeitweise impotent, es ging nichts, eine richtige Erektion war nicht darstellbar und ich wollte mich bei den Beiden nicht lächerlich machen.

Dann diese Domina-Attitüde: Ihre Vorliebe fürs Bestimmen, Kommandieren, Fesseln ... und sie wollten sich durchsetzen, sagte ich nein, durfte ich gehen.

Ich habs schon erwähnt, früher hatten Rita und ich auch Spaß an sanften Fesselungen mit weichen Tüchern gehabt. Diese beiden Sexgranaten meinten es eher ernst. Ich aber konnte es immer weniger ab, ernsthaft festgehalten zu werden. Bondagefilmchen erregten mich enorm, aber in Wirklichkeit konnte ich das nicht ertragen. Sofort befielen mich Atemprobleme und Horrorfantasien, es stürze gleich das Dach ein oder es entstünde ein rasender Zimmerbrand und alle könnten sich retten, nur ich nicht, da ich festgebunden bin. Die Fesselung durch die stabilen Klettbänder hatte ich nur ertragen, weil der lang entbehrte echte Sex so überraschend kam. Aber jetzt hatte ich zu viel Zeit gehabt nachzudenken.

Wie problematisch das für mich ist, zeigt der Schulunfall neulich, ich kam über die geöffnete kleine Tür am Pult ins Stolpern, dämlich so was! Statt sofort zu fallen, begann ich reflexartig in ziemlicher Schräglage zu laufen, um die Sturzbewegung nach vorne aufzufangen. Die Neigung wurde aber immer stärker, bis sie das Laufen unmöglich machte, und ich krachte vor einem Schüler, der in der Tür stand, in 60 Zentimeter Höhe in den Türrahmen. „Herr Kämmerer, gehts Ihnen gut, haben Sie sich was getan?" Alles tat weh, andere wären erst mal liegengeblieben, ich wuchtete meine gut 130 Kilo hoch und sagte: „Nee, ich mach das immer so!" Später erst merkte ich, dass die rechte Schulter kurz disloziert gewesen war und es setzten immer stärker Probleme ein, bis zur fast völligen Unbeweglichkeit des Arms. Das hatte ich schon mal gehabt. Im Rahmen der Untersuchungen schob man mich diesmal auch in die „Röhre", ins MRT.

Ich dachte mir schon, dass es mir nicht gefallen würde, aber ich war auch der Meinung, dass ich, ein erwachsener KERL, das schon aushalten würde und ich konnte ja versuchen zu meditieren, im Kopf Musik zu machen, mein Lieblingsstück auf der Gitarre im Kopf nachspielen. Ja, denkste. Gar nicht gefiel mir, dass ich mittels eines Brustgurtes fixiert wurde. Und schon fuhr ich mit dem Kopf zuerst hinein und erschrak tödlich, die graue Stahldecke hing ja Zentimeter über mir, da war ja gar kein Platz. Ich fuhr da hinein wie in einen Sarg! HILFE! Ich ersticke, ich kriege keine Luft!

Sofort schloss ich die Augen, aber ich wusste ja, was ich gesehen hatte, und als ich ganz reingefahren war, wurde mir klar, dass ich da aus eigener Kraft nicht rauskommen konnte. Würde ich versuchen nach unten zu robben, würde der Gurt das verhindern, mein Kopf steckte zwei Meter tief in diesem Ding drin! Ich war lebendig begraben. Sollte ich den Panikknopf drücken und mich als Weichei outen?

Da merkte ich, dass ein Ventilator mir kühle Luft zublies, ich konnte doch tatsächlich atmen, wenn ich mich drauf konzentrierte. Blieb die stählerne Sargdecke über mir! Mit unmenschlicher Anstrengung konzentrierte ich mich auf Fragmente einer Komposition, die ich aus Zeitgründen, wie ich mir einredete, nicht fertigbekam. Es war aber wohl, wie ich im Grunde vermute, Unfähigkeit, ich war halt nicht McCartney, der nebenbei bemerkt, für mich ein Gott ist.

Generationen nach mir werden das erkennen und besser zu würdigen wissen als unsere schnarchnasigen verhipphoppten und getechnoten, schwerhörigen Zeitgenossen. Man wird Tage oder Monate nach John, Paul, Ringo und George benennen und Religionen gründen auf der Heiligen Vierfaltigkeit, da bin ich sicher. Zu ihrer Linken und Rechten werden sitzen Voormann, Berry, Clapton, Jagger, Richards, Jarrett, Plant, Page, Jones, Bonham, Townshend und Daltrey und all die anderen Heiligen. YEAH! YEAH! YEAH!

Ich fürchte fast, viele werden mich nicht verstehen oder meine Ernsthaftigkeit anzweifeln. Noch ein kleines Beispiel dafür, wie ich ticke? In einer der ersten meiner Klassen, einer 6, saß ein recht kleiner Junge mit dem Namen eines Künstlers aus dem Umkreis einer der ganz großen Gruppen. Sofort fragte ich, ob sein Großvater nicht zufällig mit Vornamen X hieße. Er nickte. Mir blieb das Herz stehen. „DER X Y?", fragte ich nach. Er nickte. Ich überlegte, wie häufig wohl der Name X Y sein mochte und fragte nach, ob er ihn häufig sehe, denn ich wusste, der Mann ist viel in England und Amerika unterwegs.
„Ja, manchmal!"
„Tjaaa, dann bestell ihm mal meine besten Grüße und meine Verehrung, er ist ja ein ganz toller Künstler!"

Er nickte.

In der nächsten Woche kam er zu mir: „Mein Großvater lässt ausrichten, er sei nicht der X, den Sie meinen!"

Was war ich enttäuscht. Was hatte es mich angestachelt, auch nur den Enkel eines meiner Helden unterrichten zu dürfen und so nebenbei einen Gruß ausrichten zu können. Was hatte es den schmuddeligen Musikraum, diese Schule mit ihren fast blinden Fensterscheiben und den Unterricht verzuckert, sich vorzustellen, dass man den berühmten Mann vielleicht in den Unterricht einladen könnte, oder dass er zumindest seinen Enkel in ein paar Jahren zur Entlassfeier begleiten würde. Aber man soll sich eben nicht zu früh freuen.

Zurück zur Röhre. Als ich da rauskam, wusste ich, dass ich das nie nochmal ertragen konnte, dabei hatte ich mich früher gern in engen Nischen, Schränken oder Ähnlichem versteckt. Ich war auch auf Bäume geklettert, das alles ging nicht mehr, weil so eine missgünstige Schulleiterkarikatur mich so tiefgreifend verunsichert hatte, dass ich gar nicht mehr ich war.

Jetzt gerade hatte ich eine Woche hinter mir, in der ich wahnsinnig frustriert in sechs Tagen zwei Flaschen Wodka, eine Flasche Birnengeist und eine Flasche Gin getrunken hatte. Nebenbei hatte ich für Rita vegetarisch gekocht (gebackener Chicorée mit Käse, Spinatlasagne mit veg. Bolognesesauce, Kartoffelspalten aus dem Backofen mit Joghurtsauce usw.) und selber „ersatzweise" hier mal eine Haxe, da mal ein halbes Hähnchen und dort Mantaplatte gegessen. Die verdammte Waage zeigte nun doch tatsächlich 137 Kilo!

Und ich war kurzatmiger denn je. Und mir stand noch mein Versagen bei Giselle vor Augen, obwohl ich eigentlich noch so richtig Lust gehabt hatte. Sollte ich mich nicht einfach melden? Ich konnte ja mit dem Saufen aufhören. Vielleicht brachte das schon was? Reine Willenssache bei mir. Hatte es schon ein paarmal durchexerziert. Ich bekam auch keinen cold turkey, kein Händezittern, keine Schweißausbrüche. Ich brauchte nur Mengen an Kaffee und mehr orale Befriedigung durch wirklich leckeres Essen.

Allerdings, c´est la vie, Rosalie, c´est la guerre, Pierre, passierte meist nach Tagen oder schließlich Wochen mal wieder irgendwas total Blödes, Nervenzerreißendes, Frustrierendes und ich konnte es wieder nicht anders verarbeiten als mittels Wodka&Co!

Meine Fantasien ließen mich nicht los, ich musste mir dauernd vorstellen, wie sie mir etwa Handschellen anlegen, zwei Stühle zusammenrücken und ich mit gespreizten Beinen und wackeligen Knien zwischen ihnen stehe, während sie mich mit Händen, Mündern und Dildos abwechselnd bearbeiten. Oder wie sie mich aufs Bett legen und sich auf mich setzen, meinen Mund und meinen Schwanz benutzen.

Nachts werde ich ans Bett gefesselt, so dass ich nicht fliehen kann, die Handgelenke am Kopfende gerade so angekettet, dass ich ein wenig Spielraum habe, aber meine Genitalien nicht erreichen kann. Dafür geht mitten in der Nacht die Tür – jede kommt und benutzt mich, wenn sie gerade Lust hat. Als Fantasie ging das gut. In Wirklichkeit wärs sicher extrem unbequem und frustrierend gewesen.

Vielleicht würden sie ja auch mit sich reden lassen und ich durfte zur Abwechslung mal bestimmen. Das Erste wäre, dass ich mich aufs Bett legte und mich von ihnen genüsslich nur mit den Brüsten vom Kopf bis zu den Füßen streicheln ließe. Ein Traum! Dann würde ich ihre Handgelenke an ihre Fußknöchel fesseln, sie mit ihren schicksten Dildos spicken und es ihnen gnadenlos langsam machen. Wimmern und zittern sollen sie wie Jessica.

Ein Bild bekomme ich auch nicht aus dem Kopf: Die zwei Frauen an Ketten durch den Garten zu führen. Die Kette ist an Klammern auf Brustwarzen und Schamlippen eingehängt und ich höre so gerne das leise Quietschen durch die Knebel, wenn ich daran ziehe. Ich lasse sie erst wieder frei, wenn sie ihre Rabatten gründlich gewässert und mich befriedigt haben.

Am Ende blieben die Fantasien doch nur Fantasien, weil ich mich zu schlapp und adipös empfand. Ich wollte zwar abnehmen, weniger trinken, ich wollte ja fettfrei kochen, grillen, ich wollte nachmittags Radfahren. Aber dann musste es doch wieder schnell gehen oder das Fleisch wurde in der Grillpfanne nicht so doll. Und in der Regel nervten die Schüler derart, dass ich nachmittags nicht mehr konnte, einfach nicht mehr konnte. Ich fiel ins Bett, schlief ohnmachtsartig, wobei ich mich gar nicht bewegte, stundenlang, so dass alles Mögliche einschlief, Arme, Füße! Ich stand erst abends wieder auf und die Bettwäsche hatte seltsame Muster auf meiner Haut hinterlassen.

Etwas später hatte Rita einen neuen Schub und sie sollte im Krankenhaus Cortison bekommen, leicht erkältet ging sie rein, bekam dort eine Lungenentzündung und EHEC. Sie litt grässlich und nach acht Tagen war sie tot. Mein Schatz war nicht mehr da. Ich konnte und wollte nicht begreifen, dass der kleine Körper in dem Bett sich nicht mehr bewegen würde, dass sie nie wieder was zu mir sagen würde, ich brach auf dem Boden zusammen und begann zu kotzen.

Zwei Schwestern halfen mir auf, gaben mir ein paar Zewas, um mich zu säubern und als ich von der Toilette kam und am Schwesternzimmer vorbeischlurfte, winkten sie mich rein und reichten mir warmen Tee. Ich hatte schon Mengen kalten Wassers aus dem Hahn getrunken und schlürfte den Tee ganz langsam, weil ich nicht wusste, was ich machen sollte. Ich hatte das Gefühl, ich könnte sie da nicht so allein lassen, so furchtbar, furchtbar allein.

Bei jedem Gedanken an sie schnürte es mir die Luft ab. Die Schwestern merkten, dass ich Atemprobleme hatte und schlugen vor, ich sollte mit einem Arzt reden, ich bräuchte ein Beruhigungsmittel. Vielleicht sollte ich besser über Nacht dableiben, ich könnte so nicht nachhause fahren. Mit reiner Willensanstrengung riss ich mich zusammen, beruhigte meine zitternden Hände, atmete tief durch und verabschiedete mich.

Da holten sie auch noch den verdammten Rollstuhl, den roten Klapp-Rollstuhl mit all seinen Macken, in dem die altgediente Tatonka-Reisetasche mit Ritas Sachen stand, Kleidung, Bücher, Radio. Mir drehte sich schon wieder alles. Den Rollstuhl sollten sie behalten, sagte ich, nahm die Tasche und der Griff verbrannte mir regelrecht die Handfläche. Da hatte ich noch einen Geistesblitz, wohl den letzten im meinem bescheuerten Leben, ich bat sie, meine Schwiegermutter zu benachrichtigen, ich war nicht in der Lage, mit ihr zu reden. Wir hatten uns sowieso noch nie verstanden und so, wie die drauf war, würde sie mir die Schuld am Tode ihrer Tochter geben. Ich war ja immer für alles, für jede Kleinigkeit der Sündenbock gewesen.

Gegenüber dem Krankenhaus lag ein Rewe, ich holte mir eine Flasche Whisky, weil der gleich mit 43 Prozent daherkommt und eine mit Wodka für den Fall, dass der Whisky zu schnell Sodbrennen machen würde. Wie ich nachhause gekommen bin, weiß ich nicht, plötzlich stand ich im Wohnzimmer und mir war bewusst, dass ich nun für immer alleine sein würde in diesem Gemäuer und es packte mich eine unglaubliche Wut, ich wollte irgendwas Teures zerschmeißen oder zerschlagen. Ich riss eine E-Gitarre von der Wand und wollte auf den Fernseher eindreschen, als mir der Gedanke kam, wie gern sie doch immer ferngesehen hatte. Sie würde es nicht wollen ... ich ließ die Gitarre fallen und nahm die Flaschen aus der Rewetüte. Der Whisky war nach zwei Stunden weg und wirkte nicht.

Er wirkte nicht! Ich war stocknüchtern!

Er verbrannte und verpuffte auf meiner unendlichen Wut und Verzweiflung. Ich brauchte noch die halbe Wodkaflasche, bis ich einschlief.

Die nächsten Tage verbrachte ich hübsch mazeriert in Alkohol, um die Realität möglichst nicht an mich ranzulassen, der Bestatter hatte Verständnis, er trank sogar einen mit. Danke, Mann!

Wenn der Alkoholpegel im Blut abnahm, begann ich zu grübeln. Wir hatten so vieles zusammen gemacht, Kakteen ziehen, bis uns Blumen interessanter erschienen, Musik hören, früher jedenfalls, Kräuter und Peperoni ziehen. Pizza backen. In der Landschaft rumjuckeln mit dem Auto, Fotografieren, Radfahren, chinesisch essen gehen, Museen besuchen, Kröller-Müller, da wollten wir immer nochmal hin, und diese Rheininsel, wie heißt die noch, haben wir nie gesehen, warum nicht?

Kochen, Backen, sie konnte so gut backen! Einmal hatte sie mich mit einer spanischen Pastete nach dem Buch „Internationale Spezialitäten" überrascht. Ich hatte das auch schon versucht, aber mit meiner eingebauten Überheblichkeit in Sachen Zutaten und Würzen hatte ich nur eine Pasteten-Karikatur hingekriegt. Sie hatte das Rezept exakt befolgt und das Ergebnis! Wow, war das ein Genuss gewesen! Vielleicht sollte ich ... nein, sollte ich nicht, bloß nicht!

Ein andermal war es eine Pastasauce aus Milch oder Sahne (?) auf gerösteten Zwiebeln gewesen, die Zwiebeln waren total verkocht und die Soße hatte eine rotbraune Farbe und schmeckte unirdisch gut. Da sei doch Tomatenmark drin, behauptete ich, nein, war es aber nicht.

Als sie noch laufen konnte, waren wir so gerne bei Ikea gewesen. Wie haben wirs geliebt, Küchenutensilien mitzunehmen, Siebe, Holzbretter, Gläser. Als sie im Rollstuhl saß, haben wirs noch zweimal probiert, aber der Spaß war weg.

Einmal hatte sie mich total verblüfft, hatte sie doch im

Keller mal eben aus alten Leisten ein Regal für meine Querflöten gebastelt. Nicht nur, dass eine ordentliche Aufstellfläche unten vorhanden war, es führte auch ein schützender Rand drum herum. Außerdem lief die obere Leiste schräg, und hatte Lederschlaufen, um die verschieden großen Holz- und Porzellanflöten aufnehmen zu können. Das Ganze mahagoni gebeizt! Toll! Es hängt auch heute noch da an der Wand, wie viele Jahre schon? Jahrzehnte lang schon jedenfalls! Jahrzehnte! Leute!

Hab ich ihr genug gedankt, habe ich sie genügend gepflegt? Hätte ich mich noch besser kümmern müssen, statt ihr dauernd was von der scheiß Schule und den bekloppten Drecks-Schülern vorzujanken? Nicht nur, dass ich nichts mehr gutmachen kann, ich sitze jetzt auch noch hier allein, wieso hast du mich verlassen? Warum musste das passieren? Ich würde am liebsten ein paar Krankenhäuser in die Luft jagen, aber dann sterben womöglich Unschuldige! Wer ist verantwortlich? Der Träger! Die Kirche in den meisten Fällen. Krankenhäuser sind Profitunternehmen, das ist doch mal pervers! Statt für mehr Hygiene, für Entlastung, für Erfolge zu sorgen, müssen Gewinne erwirtschaftet werden! Soll ich jetzt ein paar Bischöfe erschießen? Wenn ja, womit?

In mir tobte ein Schmerz, der auch jetzt noch immer wieder auftaucht, der physisch spürbar ist. Ich krümmte mich zusammen, um es erträglicher zu machen. Und ich brauchte Ozeane an Schnaps, um diese Wut, Enttäuschung, Trauer zu ertränken.

Drei Wochen feierte ich krank, dann kamen die Herbstferien und danach musste ich wieder in die Schule. Ich war ein anderer geworden. Ich war kaltschnäuzig, es gab kein Pardon mehr, die Fenster wurden geöffnet, protestierte ein Schüler, sagte ich völlig emotionslos: „Halt den Mund!"

Sie durften nicht mehr zwischendurch etwas essen oder trinken. Sie durften nicht mehr, wenn sie ein Bild oder einen Musiktest frühzeitig fertig hatten, ans Handy oder den MP3-Player gehen und Musik hören. Die Schule hatte sowieso Handyverbot, nur ich hatte es noch erlaubt.

Zwei Klassen, die rumbrüllten wie eine Horde brünstiger Seelöwen, warf ich hinaus, auf dem Schulhof mussten sie sich in Zweierreihen aufstellen und leise reingehen. Dann diktierte ich einen kleinen Text zum Thema Rücksichtnahme, Respekt und guter Unterrichtsatmosphäre.

Nach etwa zwei Wochen sprach der Rektor mich an mit seinem typischen „Herr Kämmerer, auf ein Wort!" Dann wusste man, dass er einen wieder auf dem Kieker hatte. „Die Eltern haben sich schon wieder über sie beschwert. Da gibt es Schüler, die sagen: ‚Der hasst uns und der beschimpft uns!' Sie müssen die Schüler einfach besser behandeln. Wenn sich das nicht ändert, muss ich erneut eine Dienstaufsichtsbeschwerde einreichen."
„‚Der hasst uns?' Un-ver-schämt-heit! Machen Sie doch! Was glauben Sie, was mich das noch kümmert?!"
Erstaunlicherweise ließ er mich danach in Ruhe! Durch meine unglaublich ungesunde Lebensweise wog ich am Ende 147 Kilo. Damit konnte ich kaum noch die Treppen in der Schule steigen, die linke Achillessehne machte dauernd Ärger und ich bekam peinlicherweise auch im Unterricht Sekundenschlaf.

Ich wollte auch gar nicht mehr arbeiten, riss mich jedoch zusammen, da ich dachte, ich kann doch nicht arbeitslos werden, ich darf das Haus nicht verlieren, das bin ich Rita schuldig!

Sexualität wurde zum Fremdwort für mich, ich war permanent impotent, das Gewicht, der untrainierte Kreislauf, der Alkohol ...

Aus einer Winter-Erkältung wurde ein Dauerreizhusten, ich fraß Hustenbonbons wie vorher Schokolade. Das machte mein Magen nicht mit, jeden Abend brauchte ich Omep, sonst gabs nachts Sodbrennen.

Schließlich schickte mich mein Hausarzt zum Röntgen, was ich blöd fand, ich wollte eigentlich nicht, meiner Meinung nach war ich schon oft genug geröntgt worden. Der Lungenfacharzt aber sagte zu mir: „Es tut mir leid, Sie haben Krebs!"
„Ja, ich verstehe, ich habe mir die Leber kaputtgesoffen, das ist halt so." Und das war also das Ende. Schade, dass ich nicht gläubig war, die Idee eines Paradieses, die Vorstellung dahin zu kommen, wo Rita wäre, könnte ein echter Trost sein. Aber uns war schon lange klar gewesen, dass, um mit Lennon zu sprechen „above us only sky" ist. Lustigerweise widersprechen sich die großen Religionen komplett. Die einen dienen uns die Erlösung vom SEIN an: das Nirwana. Die anderen das ewige Leben! BEIDE aber können nicht recht haben, so entlarven sie gegenseitig ihre Lehren als Dummschwätzerei!
„Wieso Leber?", sagte der Arzt, „Sie haben Lungenkrebs."
„Aber ich habe doch nie geraucht!"
„Das höre ich öfter! Sie leben aber im Ruhrgebiet!"

Nicht nur das, ich musste nun an all die Jahre denken, die ich in verqualmten Kollegien gesessen hatte, bis endlich offiziell das Rauchverbot kam! Schon vorher hatte ich Probleme mit einem permanenten Reizhusten gehabt und mein Hausarzt hatte mich gefragt: „Soll ich mal Ihren Rektor anrufen, Sie haben ein Recht auf einen rauchfreien Arbeitsplatz, Sie müssen nur darauf bestehen!"

„Um Gottes Willen! Das gäbe einen Ärger!" Ich hatte ja schon ganz freundlich nachgefragt, ob man nicht im Sinne der Nichtraucher eine Lösung finden könnte, sagte dieses Superaffenarsch von Rektor doch, er wolle keine Teilung des Kollegiums, diese mörderisch dumme Drecksau!

„Wissen Sie was", tröstete mich der Doc, „Sie haben Glück, dass sie so korpulent sind. Die Behandlung mittels Chemo nimmt normal gebaute Menschen so mit, dass sie viel zu sehr abnehmen!"

Am Ende entfernten sie mir doch einen Lungenflügel und jetzt habe ich relativ gute Prognosen, dass der Krebs nicht wieder auftaucht. Ich wiege nur noch 86 Kilo, bin aber dennoch immer kurzatmig, weil einfach die Hälfte der Lunge fehlt. Das einzig Gute: Ich bin verrentet. Nein, nicht pensioniert, ich war nie als Beamter angestellt gewesen. Ich sei zu spät in den regulären Dienst gekommen.

Auch so eine Verarsche, die Tausende Lehrer meiner Generation trifft.

Ich weiß nicht so recht, warum ich überlebt habe, ich wollte doch eigentlich gar nicht.

Natürlich konnte ich mir sagen, dass Rita das so gewollt hätte, aber sie war ja nicht da. Sie hatte Freunde gehabt, die sie immer mal anrief, ich hatte keine mehr. Mein Freund war der Alkohol gewesen. Giselle und Siegrid mal anzurufen, kam mir kurz in den Sinn, dann entschied ich mich dagegen.

Lange Zeit schleppte ich mich durch die Tage, stolperte im Garten umher, dachte an das wilde Blütenmeer, das Rita früher gehegt hatte, ließ Wasser aus dem Schlauch übers Land laufen, damit die Reste nicht vertrockneten, setzte mich wieder vor den Fernseher und würdigte die Gitarren an der Wand keines Blickes.

Sex im Selfmade-Modus geht nur noch selten, macht auch nicht mehr den Spaß wie früher. Da mir die Luft und die Ausdauer fehlen, schlafe ich meist dabei ein. Könnte heulen, wenn ich daran denke, wie ich als Jugendlicher Joga und Atemübungen genossen hatte. Jetzt sind die Atemübungen regelrecht notwendig und die Luft reicht doch kaum.

Am ehesten klappt es noch mit besonders frauenverachtenden Filmchen aus Japan, wo die Darstellerinnen gefangen gehalten und schlichtweg benutzt werden. Die totale Reduktion der Frau auf Sex. Da gibt es Szenen, in welchen den an ein Bett Gefesselten ein Stöpsel aus der Scheide gezogen wird, damit der Vergewaltiger die Hilflose penetrieren kann. Wenn er fertig ist, stöpselt er sie sofort wieder zu. Ein anderer kommt auf einen Blowjob vorbei und entfernt ihren Knebel. Kaum hat sie alles geschluckt, wird sie erneut geknebelt. Aber der nächste steht schon da, um sie wieder zu entstöpseln – ekelhaft! Absolut ekelhaft! Aber geil.

Ein Gegensatz, der für mich immer wieder die alte Frage

aufwirft, warum ich derartig Abartiges goutiere. Und bin ich damit verkommen, moralisch abwegig, oder sind die Gedanken nicht wenigstens frei. Alice Schwarzer würde mich jedenfalls verdammen, denn ihrer Meinung nach werden die Darstellerinnen für die Pornos (oder sei es nur ein Busen-Foto für den Stern) ausgebeutet. Die aber geben in Interviews zu, dass sie ursprünglich zu diesem „Job" gekommen sind, weil sie Sex mit wechselnden Männern, die gute Bezahlung und die Freizeit mögen.

Dass das Ganze immer wieder auch in langweilige Arbeit ausartet, weil Filme drehen wenig mit dem realen Zeitablauf zu tun hat, muss man hinnehmen. Jeder Beruf hat so seine Härten. Sorry for the pun.

Und dann sind da die auffällig vielen Szenen, in denen klar wird, dass die Darstellerin den Orgasmus nicht spielt, sondern erlebt. Da werden schon mal Rohrgestänge mit Schenkelkraft verbogen, da wird per Endoskop gezeigt, wie der Muttermund rhythmisch nach unten zuckt, um aktiv Sperma aufzunehmen. Zuckungen, die auch außen am Scheideneingang und am Poloch sichtbar sind. Tja, der Biounterricht zeigt das nicht!

Bleibt der Vorwurf, dass Frauen zum Objekt degradiert werden. Abgesehen davon, dass Staat, Politiker, Arbeitgeber, Industrie, Forschung, Schule allesamt den Menschen in seiner Gesamtheit nicht brauchen können und als Objekt für ihre Zwecke nutzen, mag ich das selber in meinen Fantasien ganz gerne, aber ich denke doch, dass in einer idealen Welt solche menschenverachtenden Werke verboten sein sollten.

Bitte nicht missverstehen, die Welt wird nicht ideal dadurch, dass man diese Art von Filmen verbietet, sie würde nur ideal werden, wenn man jungen Menschen zu lieben beibrächte, statt zweifelhafte Normen, Körper- und Menschenverachtung in ihre Köpfe zu packen. Ein wirklich liebensfähiger und geliebter ganzheitlicher Mensch würde wirklich dreckige Pornos sofort wegklicken.

Eins aber muss man den Japanerinnen lassen, sie sehen nicht nur makellos schön aus, sie nehmen auch den Job ernst. Während man bei Filmen aus der Restwelt andauernd Schauspielerinnen findet, die gelangweilt in die Kamera stieren oder bei Vergewaltigungsszenen, wenn sie sich wehren sollen, sich das Lachen nicht verbeißen können, schütteln die Japanerinnen entsetzt den Kopf, protestieren und wehren sich, so gut es geht. In Szenen, in denen sie sich gezwungenermaßen ausziehen müssen, z.B. bei vorgehaltener Pistole, sieht man ihnen die Verlegenheit richtiggehend an, da wird schon mal zwei Minuten gezögert, bevor der BH fällt. Ja, sie weinen und pinkeln sogar.

Dem Betrachter wird die Rolle des Übermächtigen angeboten, der sich nehmen kann, was er will – ganz im Gegensatz zum normalen Leben, wo, da bin ich überzeugt, die meisten Männer auch nicht zehn Prozent des Sex kriegen, den sie eigentlich haben wollen. Warum sonst ist das Internet voll von Pornos, warum sonst boomen Bordelle, warum sonst gibt es den Straßenstrich? Und im Fernsehen beschäftigt sich neuerdings eine gewisse Paula zu meiner nicht geringen Verwunderung mit Pornos, mit Orgasmen, mit „Hilfsmitteln", munter plaudert sie über die Dinge, die früher dort nichts zu suchen hatten, die verpönter, ja skandalöser waren als ein dem Wetterfrosch herausgerutschtes „Scheiße", weil die Bildwand versagte!

Ich muss gerade daran denken, dass für meine Eltern die Knef kein guter Mensch war, weil sie die erste Nackte im deutschen Film gegeben hat. „Die hat sich ausgezogen ..."

Zurück zu den Pornos: Sie bieten die Kompensation für Unmengen Männer, die in ähnlichen Situationen wie ich, unbeweibt, ungeliebt oder möglicherweise krank oder pflegend oder alt, hässlich, arm, auf diese Art Trost angewiesen sind und ihn nutzen.

Tatsächlich verbieten und aus dem Net löschen würde ich lieber all die Filme, in denen Menschen wirklich und real gefoltert werden. Es mag ja sein, dass das alles masochistische Darsteller oder Darstellerinnen sind, die das auch noch genießen, die Brüste mit Nadeln durchbohrt oder den Hintern blutig geprügelt zu bekommen. Ich bleibe dabei, alles, was real verletzt, gehört verboten.

Noch schlimmer und für akut verbotswürdig halte ich die Machwerke, die ich neuerdings im Internet finde, denn Google zeigt einem einfach jeden Mist, um auszutesten, was alles für einen User passen könnte: Nachgemachte Snuff-Filme! Frauen werden während oder am Ende des Geschlechtsakts erwürgt, erschossen oder aufgehängt.

Da klicke ich auf ein Filmchen mit einer Zahl als Titel, weil Mann plus attraktive Frau zu sehen sind. Die gehen auch nach einem Wortwechsel in den Clinch, haben horizontal und vertikal ihren Spaß, nur dass am Ende der

Kerl seinen Gürtel nimmt und sie stranguliert!

Nachdem ich mich zunächst wundere, was das denn nun soll, beschäftigt mich mehr und mehr die Frage, warum die dumme Kuh so unendlich hilflos mit den Armen rudert und ihm kleine, spielerische Klapse versetzt, statt ihm, die Reichweite käme hin, die Augen auszukratzen. Noch besser: Sie könnte ihm die Hoden zerquetschen! Steht aber nicht im Drehbuch.

Gespielt oder nicht, realistisch oder nicht: Diese Missachtung des Wertes eines Menschenlebens widert mich an. Der Scheiß ist gefährlich, ekelig und total überflüssig.

Wenn ich auf so etwas stoße, muss ich auch an Jessica denken. Der Unterschied zu Jessicas verrückter Pfählungsfantasie ist halt, dass sie es sich selber ausgesucht hat UND dass sie nur die Fantasie genießt und dabei ausschließlich den Beginn des Akts, nicht jedoch den in den Filmen inszenierten oft überlangen Todeskampf.

Das Leben macht nicht mehr wirklich Sinn, dabei habe ich eigentlich immer auf etwas gewartet, das Sinn er- möglichen sollte: Dass man einen Hit schreibt, im Lotto gewinnt, endlich nicht mehr arbeiten muss, mal so rich- tig feiern kann, im Urlaub ein wirklich schönes Häuschen am Meer findet, welches man auch bezahlen kann.

Dass die nächste Flasche Wein besonders gut schmeckt.

Ja, dass Uriah Heeps „Easy Living" endlich beginnt, also warten, hoffen, wünschen, statt einfach im Hier und Jetzt zu leben. Scheinbar war ich komplett auf „I can't get no satisfaction" geeicht!

Tatsächlich sprach mich der gesellschaftskritische Text wahnsinnig an, wie er gerade heute noch jeden anspre- chen sollte. Es ging Jagger nicht einfach nur ums Fi- cken, wie der Pöbel meint!

Zwischenzeitlich dachte ich mal, ich könnte vielleicht doch die Beatles-Zeilen unterschreiben: „I couldn't get no ... once, but its getting better all the time ..."

Schön wärs gewesen.

Nach ein paar tollen, aber singulären Erlebnissen geht gar nichts mehr und ich hechele durch mein Restleben, verkneife mir weitgehend das Trinken und lasse den Garten zu einer Wildnis verkommen, wie wir sie anders- wo immer herrlich gefunden hatten, wegen der Nach- barn aber nicht verwirklichen konnten.

Mittlerweile gehen mir die Ansichten der Nachbarn am Arsch vorbei und die efeuüberwucherten Bäume und zu lauschigen Wildwechseln mutierten Wege mit Knabenkraut, Aronstab und Brüderchen und Schwesterchen am Rand bilden ein Idyll, das Rita wohl gefallen hätte.

Ach Rita!

How I wish, how I wish you were here ...

Auch mit dem Sex ist es, wie schon erklärt, nicht mehr weit her und ich bin viel zu depressiv.

Als ich vor Jahren den 55. nicht feierte, wurde es schon schlimm: Mit 55 waren drei Viertel eines normalen Männerlebens schon um, weg, futsch und bei mir mit dem Krebs, der wieder aufflammen konnte, war sicher schon mehr verstrichen und to face the final curtain beschäftigte mich mehr, als gut für mich war.

Was dann passierte, veränderte mein Leben noch einmal und irgendwie ist Rita, lovely Rita, wieder mal dran beteiligt. Das Ganze gründet auf einen Tag, viel früher, an dem sie meinte, die Inge von nebenan brauche Nachhilfe in Deutsch und Englisch.
„Welche Inge?" Wir waren vor einem halben Jahr umgezogen in unser ererbtes Häuschen und nebenan lief nur ein Junge rum. Rechts konnte sie nicht meinen, da wohnte nur der alte Herr Borgmann.
„Nee, das ist kein Junge, das ist Inge, die ist ganz nett."
Sie tat mir auch sofort leid, als Mädchen so unvorteilhaft auszusehen und nicht wie Sweet Little Sixteen. Aber sie machte sich extra so zurecht. Klobige Schuhe, alte Jeans, kurze Haare, kein Make-up, dafür

manchmal eine aufgeschnittene Sicherheitsnadel als Fake-Piercing in der Nase.

Die Fuests konnten nicht viel zahlen, was mich nervte. Inge wollte nicht lernen, was mich noch mehr nervte. 10 Euro pro Stunde war das Mindeste, was ich verlangen wollte, als Lehrer kann ich auch 20 und mehr verlangen.

Aber für das sauer verdiente Geld der Fuests auch noch Misserfolge abzuliefern, war no go. Also versuchte ich sie zu motivieren, indem ich am Ende der Stunde englische Songtexte mit ihr durchging. Ich holte die Klampfe dazu und das Kind war begeistert.

Man konnte tatsächlich ganz gut mit ihr reden und ich gab ihr einfach die Gitarre und brachte ihr ein paar Griffe bei – irgendwann hörte das Gerede von Sinnlosigkeit, kein Bock, Angst usw. auf. Sie wollte dann später zur Querflöte wechseln und nahm richtiggehend Unterricht.

Ab und zu musste ich bei Gedichten oder schwierigen Grammatikthemen helfen, später bei „Andorra" und „Lord of the Flies".

Die Sicherheitsnadel war verschwunden, statt der Holzfäller-Flanellhemden trug sie T-Shirts mit coolen Designs und herrlich blöden Sprüchen und Wortspielen. Nach dem Abi sah ich sie seltener und dann fast zwei Jahre kaum noch, da sie studierte, BWL, ausgerechnet! Wie kann man nur!

Sie war nach Münster gezogen, kam aber wieder zurück, weil der Vater ein Pflegefall wurde und die Mutter mit ihren kaputten Hüftgelenken und ihrem Herzen trotz

Pflegekraft, die jeden Tag auftauchte, überfordert war. Nun fuhr Inge regelmäßig mit ihrem Golf nach Münster. Schließlich brach das Prüfungssemester an.

Sie hatte immer noch wie früher zwischendurch Zeit, für mich einzukaufen, wenn ich schlecht drauf war, und mit der umwerfenden Dame von zuletzt Dreiundzwanzig, blaue Augen, schwarze Haare, Atombrüste, zu reden, versüßte mir jedesmal den Tag.

Um mehr von ihr zu haben und sie zu beeindrucken, fing ich an, mit ungekanntem Eifer zu üben und Stücke zu komponieren, die ich ihr natürlich vorspielen musste. Und ich sagte, ich sei immer noch ganz gut am Computer – wenn ich ihr Arbeit abnehmen konnte ...

Ich konnte. Sie gab mir Skripte oder ein kleines digitales Aufnahmegerät und ich alter Spinner saß da mit einem idiotischen Lächeln im Gesicht, lauschte ihrer Stimme und tippte mir die Fingerspitzen platt.

Es passierte, als ich ihr neulich die Examensarbeit durchgesehen und reihenweise ganz simple Fehler und rhetorischen Kappes gefunden hatte, was ich in einer Kopie der Arbeit korrigierte. Vom Thema hatte ich keine Ahnung, es ging um den Euro und andere Währungen und die Rechte der Zentralbank. Ich habe, ja, meine Güte, lacht ruhig, in meinem Leben noch nicht einmal das genaue Funktionieren eines Bausparvertrages verstehen können!

„Gut, dass ich dir die Arbeit noch gegeben habe, meine Freundin Jenny hat die Fehler jedenfalls nicht gefunden." Sie setzte sich auf die Stuhllehne und nahm mich in den Arm.

„Danke, danke, danke!"

Ihre Brüste pressten sich schwer an mich, ihr Kinn lag auf meinem Kopf, ihr Duft hüllte mich ein.

Ich wollte sagen: „Danke mir nicht, ist doch selbstverständlich!", oder „Es war mir eine Freude!" Raus kam: „Tu das nicht!"

„Was?" fragte sie und ließ mich los.

Jetzt oder nie: „Inge, ich bin in dich verliebt."

Sie stand auf, zog sich zurück. Schnell ratterte ich raus: „Es tut mir leid, vergiss es, ich habe nichts gesagt, ich weiß, du hast einen Freund." Ein gutaussehender Bursche. Wenn ihr Vater zu Bett gegangen war, fuhr sie manchmal noch los und kam erst weit nach Mitternacht oder frühmorgens zurück. Ich hatte doch sowieso keine Chance, ich konnte ihr kranker, alter Vadder sein, zum Henker!

„Nein, mir tut es leid! Ich glaube, ich gehe lieber!"

„Inge! Bitte!", ich schrie fast, mit der halben Lunge aber war es ein eher heiseres Bühnenflüstern. „Tu mir das nicht an, geh jetzt nicht auch noch aus meinem Leben! In einem Monat habe ich die Kontrolluntersuchung und ich habe Angst!" Jetzt hatte ich mit der doppelten moralischen Keule zugeschlagen. Was war ich doch für ein Arsch!

„Die letzte Untersuchung war doch auch negativ, das wird schon!", versuchte sie zu trösten. „Du musst positiv denken!" Sie nahm den Stick mit der Datei vom Tisch. „Ich muss jetzt. Danke nochmal!"

„Warte!", flehte ich. „Äh, kaufst du morgen wieder für mich ein?"

Eine Sekunde Pause. „Ja, klar. Hast du einen Zettel?"

„Geb ich dir morgen Nachmittag, ja?" Ich versuchte ein unbeschwertes Lächeln, wahrscheinlich wirkte ich, als ob ich gleich in Tränen ausbrechen würde.

Sie nickte, „Tschau, halt die Ohren steif!"

Und ich rätsele immer noch, ob das wieder ihr typisches Lächeln war, als sie sich umdrehte.

Wenn ich so drüber nachdenke: Was würde ich dafür geben, von ihr richtig umarmt zu werden, stundenlang am besten. Sex ist komischerweise plötzlich nachrangig. Wenn sie morgen kommt, falls sie überhaupt kommt, muss ich sehr genau drauf achten, was sie sagt.

Ich würde ihr gerne erklären, dass ich ohne sie wohl wieder angefangen hätte zu trinken. Stattdessen habe ich wieder Musik gemacht. Ich würde auch erklären, ich wolle mich nicht zwischen sie und ihren Freund drängen, ah, obwohl es genau das ist, was ich will. Ich sei zufrieden mit dem, was sie mir gegeben habe und geben könne.

Und ich überlege immer noch, ob ich ihr sage, dass ich ihr in jedem Fall das Haus testamentarisch vermachen werde. Ein entsprechendes Dokument habe ich eben aufgesetzt, es muss nur noch von einem Notar unterschrieben werden.

Ich weiß es einfach nicht.

Ich bin wohl dabei, durchzudrehen. Vielleicht wäre es besser, ihr zuerst meinen neuen Song vorzuspielen:

When I see you now

When I saw, I saw you first
I didn´t think too much of you
Now I know you, know you better
And I´m so deep, real deep in love with you

When I saw, I saw you first
You were a wild and sad young thing
But now I am, I am the sad one
Because I´m deep, so deep in love with you

When I see, I see you now
a woman shining like the morning sun
I can only hold, yeah, hold my breath
And hope someday you´ll shine, yeah, shine, shine, shine on me

Naja, bei Eric Clapton und Patti Boyd hats doch auch geklappt.